बहू हाथ के पानी

पारिवारिक पृष्ठभूमि के उपन्यास

बहू हाथ के पानी

(छत्तीसगढ़ी उपन्यास)

दुर्गा प्रसाद पारकर

वाणी प्रकाशन

प्रथम संस्करण : 2023

वाणी प्रकाशन

4695, 21-ए, दरियागंज, नयी दिल्ली 110 002

फ़ोन : +91 11 23273167 फ़ैक्स : +91 11 23275710

शाखाएँ

अशोक राजपथ, पटना 800 004, बिहार

कॉफ़ी हाउस कैम्पस, महात्मा गांधी मार्ग, इलाहाबाद 211 001, उत्तर प्रदेश

महात्मा गांधी अन्तरराष्ट्रीय हिन्दी विश्वविद्यालय, वर्धा 442 001, महाराष्ट्र

36/ए, शेक्सपीयर सरणी, रानी बिरला गर्ल्स कॉलेज के पास, कोलकाता 700 017, प. बंगाल

www.vaniprakashan.com
marketing@vaniprakashan.in
sales@vaniprakashan.in

Bahoo Hath Ke Pani
by Durga Prasad Parkar

ISBN : 978-93-5229-884-6
Novel

मूल्य : ₹ 450

आर. टेक ऑफ़सेट प्रिंटर्स, दिल्ली-110 032 में मुद्रित

वाणी प्रकाशन का लोगो मक़बूल फ़िदा हुसेन की कूची से

भूमिका

छत्तीसगढ़ राज्य की स्थापना और छत्तीसगढ़ शासन द्वारा छत्तीसगढ़ी को राजभाषा का दर्जा प्रदान किये जाने के पश्चात् इस भाषा में रचनाकारों द्वारा कहानियाँ, उपन्यास, कविता, निबंध, नाटक एवं एकांकी आदि भी खूब–खूब लिखे जा रहे हैं। उन्हीं रचनाकारों में से एक नाम प्रमुखता से हमारे मानस पटल पर उभर आता है और वे हैं दुर्गा प्रसाद पारकर। बात यह नहीं कि उन्होंने अभी–अभी लिखना प्रारंभ किया बल्कि विगत चालीस वर्षों से वे छत्तीसगढ़ी भाषा की अनवरत मौन साधना करते आ रहे हैं। कोविड काल के दौरान लिखा गया उनका एक नया उपन्यास 'बहू हाथ के पानी' छत्तीसगढ़ी भाषा के साहित्यकारों एवं पाठकों की जुबां पर चढ़ा हुआ है।

प्रस्तुत उपन्यास 'बहू हाथ के पानी' छत्तीसगढ़ के ग्रामीण परिवेश की कथा है। पूरा का पूरा उपन्यास विवशताओं, विडंबनाओं, सामाजिकता, भावनात्मकता, दूसरे प्रदेश के लोगों द्वारा जाल बिछाकर यहाँ के लोगों को अपने झांसे में लेने का एक करूण बयान है। सब तरह की अभावों व यातनाओं और उससे कहीं अधिक सामाजिक एवं नैतिक वर्जनाओं की यातना छत्तीसगढ़ में खासकर स्त्रियों और बहुओं को झेलनी पड़ती है। साधन संपन्न ठेकेदारों के शोषण से किसान एवं बंधुआ मजदूर कहीं अधिक दयनीय स्थिति में जा पहुंचा है। कोई भी समर्थ रचनाकार जब अपने अनुभूत सत्य को सार्वभौम बनाकर अपनी कृतियों में उतार देता है तो यह पता लगाना बड़ा मुश्किल होता है कि उस रचनाकार पर उसके जीवन की किस घटना का क्या प्रभाव पड़ा था। सबसे पहले तो उन घटनाओं का पता नहीं चल पाता, जो उसे रचना के लिये प्रेरित करती है और यदि पता चल भी जाये तो उसके बिखरे सूत्र को जोड़कर व्यक्तिगत जीवन को पढ़ने की परंपरा बहुत ही क्षीण है।

इस कृति में हमें केवल यही बात देखनी चाहिए। रचनाकार का व्यक्तिगत जीवन यहाँ पर गौण है।

'बहू हाथ के पानी' उपन्यास में मुख्य कथा का केन्द्र बिंदु - रामनाथ और उसकी पत्नी केकती हैं। उनकी चार संतानें हैं, जिनमें तीन पुत्रियाँ और एक पुत्र है। पुत्रियों के नाम क्रमशः सरला, दुलारी और हंसा है पुत्र का नाम कुबेर है। रामनाथ और केकती ने अपनी संतानों को खूब संस्कार भी दिया है। तीनों बहनें पढ़ी-लिखी हैं किंतु पुत्र कुबेर का ध्यान कभी पढ़ाई में लगा ही नहीं। रामनाथ एक सामान्य किसान जरूर है किंतु खूब मेहनती है, साथ ही गायत्री माता का भक्त भी है। वह समय-समय पर गायत्री यज्ञ में शामिल होता रहता है। कुबेर भी अपने पिता की तरह ही मेहनती है पढ़ा-लिखा नहीं है तो क्या हुआ, अपने पिता के कार्यों में पूरा सहयोग देता है।

प्रत्येक माता-पिता की दो इच्छाएँ महत्वपूर्ण होती हैं, एक बहू हाथ के पानी पीना और दूसरी अपनी बेटियों को एक अच्छे घर में विदा करना। रामनाथ और केकती की भी बस यही दो इच्छाएँ थीं। लेखक ने सरला, दुलारी और हंसा पात्रों की जो सृष्टि की है, वह देखते ही बनती है। बस यूँ समझ लीजिए कि ये तीनों पात्र इस उपन्यास की धुरी हैं। इनमें से यदि एक को भी इस उपन्यास से अलग कर दिया जाए तो पूरा उपन्यास किसी मकान की भांति धराशायी और बिखरा हुआ प्रतीत होगा। रामनाथ अपनी बेटियों का ब्याह जिन घरों में करते हैं, उन घरों की स्थितियां प्रारंभ से ही विपरीत होती हैं किंतु सरला, दुलारी और हंसा के पैर पड़ते ही बेटियों का ससुराल जैसे स्वर्ग सा बन जाता है। अपने घरों को अनुकूल बनाने के लिये इन बेटियों को बहू के रूप में न जाने कितने कष्ट सहते हुए अथक मेहनत करनी पड़ती है। यह आजकल की बहुओं के लिये एक जीवंत उदाहरण है। इस दृश्य को रेखांकित करने में लेखक की तत्परता देखते ही बनती है, जो पाठकों को अपनी ओर बांधे रखती है।

मुख्य कथा के साथ-साथ इस उपन्यास में अनेक प्रासंगिक और गौण कथाएं भी चलती हैं, जो मुख्य कथा में ऐसे घुल-मिल जाती हैं जैसे सागर में नदियाँ। उपन्यास की भाषा, शिल्प और शैली सरल और सहज है, जो न केवल छत्तीसगढ़ी भाषी बल्कि हिन्दी भाषियों को भी आसानी से समझ में आने वाली है। छत्तीसगढ़ी मुहावरों का प्रयोग उपन्यास की रोचकता को और बढ़ा देती है।

जहाँ–जहाँ आवश्यकता पड़ी, वहाँ–वहाँ लेखक ने अंग्रेजी भाषा के शब्दों के प्रयोग से भी परहेज नहीं किया है।

'बहू हाथ के पानी' की रोचकता के कारण यह एक बैठक में पढ़ जाने वाली रचना है। इसमें लेखक का कथा प्रयोग अभिनव है, जो इस उपन्यास को दिलचस्प बनाता है। उपन्यास का अंत सुखद एवं सकारात्मक है। मैं उम्मीद करता हूँ कि भविष्य में भी लेखक की ऐसी प्रेरणास्पद रचना पाठकों को पढ़ने को मिलेगी। इन्हीं मंगल कामनाओं के साथ...।

दिनांक 09/08/2022

—डॉ. दीनदयाल दिल्लीवार
सहायक प्राध्यापक
हिन्दी शासकीय नवीन महाविद्यालय
बेलौदी

एक

रामनाथ ह अपन गोसाइन केकती संग दिन रात मेहनत करके अब्बड़ अकन पूंजी सकेल डरे रिहिस। एती-ओती बगरे धनहा-डोली ल अदला-बदली करके नवागांव म आठ दस एकड़ के चक बना डरे रिहिस। केकती ह बिक्कट किटकिटहीन राहय। काम-बूता बर तरतीर-तरतीर अउ बोले-गोठियाय बर घलो झरझरा। भइगे जब देखबे तब किटिर-किटिर करत राहय। तिही पाय के रामनाथ ह केकती के कोचई नाम धर दे रिहिसे। बोले-गोठियाय बर केकती के मुंह ह कोचई कस खजुवाते राहय। रामनाथ के घाठा परगे रिहिसे, केकती के गोठ ल सुनत-सुनत। केकती के झरझरा पन ह ओकर स्वभाव रिहिसे। ओकर खिसियई म मया लुकाय राहय।

अन्न-धन भण्डार रिहिसे। अपन प्लाट म बोर करवाय रिहिसे। गांव म बिजली आ गे रिहिस। बोर म सबमर्सिबल पंप घलो लगा डरे रिहिस। पांच हार्स पावर के पंप ल जब चालू करय ते फरफीर-फरफीर टंकी ह लघियात भरा के नाली म आगू डाहर फसल के पियास बुझाय बर निकल जाय। जब फसल ह लहलहावय त रामनाथ अउ केकती के चेहरा म उछाह छा जाय। धान गहूं के संगे-संग, साग-सब्जी घलो लगा लेवय। घर खाय ले उबर जय ते नौकर-चाकर मन करा ले हाट-बाजार घलो भेजवा देवय। कोठा म गाय-गरूवा के भरमार राहय। गरूवा मन के गोबर ले बढ़िया कम्पोस्ट खातू बन जावय। इही खातू ले बढ़िया फसल उपजावय। शुद्ध हवा-पानी अउ शुद्ध खाना ले रामनाथ के परिवार स्वस्थ रिहिस। रामनाथ के तीन झिन बेटी अउ एक झिन बेटा रिहिस। बड़े बेटी के नाम सरला, मंझली बेटी के नाम दुलारी, छोटे बेटी के नाम हंसा अउ बेटा के नाव कुबेर रिहिस हे। कुबेर ह बहिनी मन ले सबले बड़े रिहिसे। कुबेर सिधवा अउ समझदार रिहिस।

केकती ह खेत ले आवत-आवत पानी म भींग गे रिहिसे। खेत गिस त बादर ह साफ दिखत रिहिस फेर एकाएक बादर गढ़िया दिस अउ झमाझम पानी ह झोर दिस। केकती ल जुड़ सर्दी धर लिस। आज पनकप्पड़ ल नइ धर पाय रिहिसे। घर के सबो बूता ल केकती ह करय। अभी सरला ल रांधे गढ़े बर नई सिखोय रिहिस। सरला ल अंगना दुआरी ल बाहरे बटोरे बर सीख गे रिहिसे। थोर बहुत गोबर कचरा घलो कर लेवय। केकती ह बुखार के मारे हकरत रिहिस हे। रामनाथ ह ओकर हालत ल देख के डॉक्टर ल बलवाय बर कुबेर ल भेजिस। कुबेर ह सरला ल किहिस-देख तो बेटी तोर दाई बर गरम पानी मड़ा दे। सरला हव ददा कहिके चूल्हा म पानी तिपोय बर धर लिस। डॉक्टर के घर ह तीर म रिहिस हे तिही पाय के तुरते आ गे। आ के केकती ल देख के किहिस-घबराये के कोनो बात नइहे। ए पुतकी के दवई ल गरम पानी म अभी एक खुराक अउ काली दिन म तीन घांव खवा दुहू ताहन जर ह उतर जही। रामनाथ ह डॉक्टर ल फीस दे के बिदा करिस। उही दिन बारी ले भाटा घलो टोरे रिहिस हे, एक साग के पुरतीन भाटा घलो डॉक्टर बर जोर दिस। सरला ल बने पढ़ाये-लिखाये बर ओकर बबा ह कहिके भगवान घर चल दे रिहिस हे। तिही पाय के सरला ल पढ़ावत रिहिन। सरला ह हल्का उमर म अपन ददा कस डंगडंग ले बाढ़ गे रिहिस। रामनाथ ह अपन बेटी सरला ल किहिस-बेटी सरला!

सरला-काये ददा?

रामनाथ-भाटा आलू ल पोइल डर।

सरला-हव, कहिके भाटा-आलू ल पोइले बर धर लिस।

रामनाथ-कुबेर।

कुबेर-काये, ददा?

रामनाथ-तोर दाई ल दवई खवा दे।

कुबेर-खाना खाय के बाद खवाय बर केहे हे।

रामनाथ-अच्छा ले त तंय रोटी बर पिसान ल सान।

कुबेर-हव ददा।

सरला-(चिल्ला के) ए दाई वो।

रामनाथ-का होगे?

सरला-अंगरी ह कटागे।

केकती–ससुराल जाबे तिंहा कइसे करबे ?

रामनाथ–(दउंड़त जाथे) कइसे काट डरे बेटी ?

केकती–तिही पाय के तोला घेरी–बेरी बरजत रेहेंव। बेटी मन ल पढ़ई–लिखई के संगे–संग, चूल्हा–चाकी घलो आना चाही। केकती ह धकर–लकर खटिया ले उठत–उठत काहत रिहिसे–"दे लान मंय पउल देथंव।"

सरला–नही दाई ! तंय सुते राह। मय तो दिल्लगी करत रेहेंव।

रामनाथ–मय तो डर्रा गे रहेंव बेटी, तहूं ह सरला। केकती ल रोटी अउ दवई खवाय के बाद सबो झिन जेवन कर के सुतगे।

कुबेर ह अपन ददा संग किसानी म हाथ बटावय। बिहनिया ले गरूवा ल ढिल के खइरखा डाढ़ लेगय। आय के बाद एक परत चक ल घूमय। जेमा पानी नइ राहय ओ डोली के मुही ल फोर के आ के पंप ल चालू कर देवय ताहन भकभक–भकभक पानी ह टंकी म गिरय। पानी के धार ह खेत डाहर जावय। उही पानी म कुबेर ह नहा खोर के बटकी भर बासी खा के खेत डाहर निकल जय। तब तक ले बनिहार मन घलो पहुंच जय। कुबेर ल घलो रामनाथ ह बिक्कट पढ़ाय के सपना देखे रिहिसे। हर साल तो ले दे के परीक्षा म पास होवय तिही पाय के नौकरी चाकरी घलो नइ लग पइस। कुबेर के पढ़ई म ठीकाना नइ देख के ओला खेती किसानी के जिम्मेदारी ल दे दिस। रामनाथ ह अपन बेटा ल समझा दिस–"सुन कुबेर जब पढ़ई–लिखई म ठीकाना नइ परत हे त खेती किसानी म ठीकाना पार।" अब तो खेती किसानी ल बने चेत लगा के करे बर धर लिस। रामनाथ ह घलो पुरा सियानी कुबेर ल दे दिस।

रामनाथ अउ केकती दुनो झिन खेत के मेड़ो म गोठियावत बइठे रिहिन हे।

रामनाथ–केकती।

केकती–का होगे ?

रामनाथ–देखते–देखत कइसे हमर चूंदी ह पाक गे।

जिम्मेदारी ल पूरा करत–करत उमर के पता नइ चलिस, कइसे हम्मन बुढ़ागेन।

केकती–हव कुबेर के ददा। कब हम्मन सियान हो गेन तेह पतच्च नइ चलिस। अब तो दरपन देखे के मन घलो नइ करय।

रामनाथ–त मोला देख ले कर।

केकती–अब का तोला देखहूं डोकरा। अब तो नाती–नतरा देखे के मन हे।

रामनाथ–महूं इही बात ल तोला कहूं काहत रेहेंव।

केकती–त कुबेर ल बिहाव बर पुछते नही? का कथे ते।

रामनाथ–मय ह बाप हो के कइसे पुछंव, तिंही पूछ डर न?

केकती–सरला घलो तो सज्ञान होगे हे। सगा उतरतीस ते दुनो झिन के बिहाव ल निपटा देतेन। खरचा घलो बांच जतिस।

रामनाथ–बने तो काहत हस।

केकती–अभी तो सरला ह रांधे गढ़े बर घलो नइ सीखे हवय।

रामनाथ–केकती! जब जिम्मेदारी मुड़ी म आथे त सब सीख जाथे। तिंही ह कोन से मार मइके ले सीख–पढ़ के आय रेहे। मोर दाई ह सिखोइसे।

केकती–(लजा के) तहूं ह कुबेर के ददा।

रामनाथ–ले त फेर मउंका देख के कुबेर करा बिहाव करे बर गोठियाबे।

केकती–हव। ले मय पुछहूं, का कथे ते।

रामनाथ ह अब थके बर धर ले रिहिसे तिही पाय के जीयत–जीयत अपन जिम्मेदारी ल पूरा कर देतेंव कहिके गुनत रिहिसे। सरला ह अपन ममा गांव गे रिहिसे। बिहनिया महतारी बेटा ह खेत डाहर जावत–जावत केकती ह हपट के गिरे के नाटक करिस। हपट के गिरिस ताहन कुबेर ह अपन महतारी ल उठा के घर म लानिस। केकती ह ठट्ठा करत रिहिस हे फेर सिरतोन होगे। पांव ह मुरकुटागे। पीरा के मारे कहरे बर धर लिस। घर म लान के कुबेर ह अपन महतारी के पांव म बाम लगावत रिहिसे। केकती ह कथे–मोर हाथ पांव के सेवा तो करत हस बेटा फेर घर दुवार के बूता ल कोन करही? अब तो तोर बाप के संगे–संग महूं थके बर धर ले हवं। अब तो बस हमर दुनो झिन के एके ठन इच्छा हे तोर बिहाव कर के "बहू हाथ के पानी" पी लेतेन कहिके।

कुबेर–तंय कइसे गोठियाथस दाई, ए तो एक–दु दिन के बात आय। मय रांध गढ़ दुहूं, बाहर बटोर दुहूं अउ गोबर कचरा ल घलो कर दुहूं।

केकती–बेटा! दुआर के बूता ह बेटी–माई ल फभथे।

कुबेर–त रांधे गढ़े बर सरला बहिनी तो हवय दाई।

केकती–बेटी पर घर के धन आय बेटा। अब तो वहू सज्ञान होगे हवय। सगा उतर जही त ओकरो घर ल बसा दिंगे, कहिके गुनत हवन। घर सम्हलइया

तो चाही न। अब तिंही बता ऊंच-नीच म तंय हमर सेवा करत रहिबे त खेती किसानी ल कोन सम्हालही ?

कुबेर-दाई ! फेर अभी तो सरला के बिहाव करे बर हे। पहिली सरला के घर ल बसा देथन ताहन देखबोन।

केकती-त का एसो हम्मन ल बहू हाथ के पानी पीये बर मिल जही ?

कुबेर-वइसे बिहाव करे के मोर मन नइहे फेर हां मय तुमन ल नाराज नइ कर सकंव। तुंहर खुशी बर मय राजी हंव। फेर !

केकती-का फेर ?

कुबेर-पहिली सरला के रिश्ता तय हो जही ताहन फेर मोर बर खोजहू।

कुबेर के हामी भरे ले केकती के गोड़ के पीरा कम होय बर धर लिस। चेहरा म खुशी झलके बर धर लिस। कुबेर ह अब रांधे गढ़े के तइयारी म लग गे। केकती ह खटिया म बइठे-बइठे लफरा-लफरा लाली चेंच ल टोरे बर धर लिस।

रामनाथ ल अपन ससुराल ले लहुटत रतिहा हो गे रिहिसे। घर म जब आ के देखथे तब केकती ह खटिया म बइठे-बइठे चेंच भाजी ल टोरत हवय। ओ डाहर कुबेर ह चूल्हा म आगी ल फूंकत रिहिस। रामनाथ ह इंकर मन के बूता ल देख के कथे-कइसे केकती का हो गे ? कुबेर ह चूल्हा फूंकत हे।

केकती-(ताना मारत) चूल्हा नइ फूंकही त का करही, कुंवारा रहूं कथे।

रामनाथ-बने फोर के बात ल बता का हो गे तेला। तंय कइसे रांधे-गढ़े बर छोड़ के खटिया म बइठे-बइठे भाजी टोरत हवस ?

केकती-डोली डाहर जावत रेहेन, रद्दा म हपट गेंव। गोड़ म मोच आ गे हे। सियानी उमर म काला-काला देख के रेंगबे। भइगे गोठियाते रहिबे ते हाथ-गोड़ घलो धोबे।

रामनाथ-(मोटरी ल देखत) ए दे तोर दाई ह उरीद बरी जोरे हे।

केकती-बने बेरा म आय। चेंच भाजी म बरी मिला के रांधहूं।

रामनाथ-त तोर गोड़ म तो मोच आ गे हे न ? पिरावत होही।

केकती-ओतको नइ पिरावत हे मय साग ल भूंज बघार नइ पाहूं।

रामनाथ-(कलेचूप) कुबेर ले कुछु बात होइस का ?

केकती-(इशारा करत) चूप, बाद म बताहूं कहिके मुड़ी ल हव कहिके हला देथे।

रामनाथ-(इशारा ल समझ के खुश हो जथे) चलो ईश्वर के मरजी आय। एसो नवा लक्ष्मी आही तइसे लागत हे। इही साल "बहू हाथ के पानी" पिये बर मिल जही कहिके।

सरला अपन ममा घर गे रिहिसे अउ कुबेर ह नहाय खोरे बर चल दे रिहिस हे। मौका देख के रामनाथ ह केकती ल पूछथे-"कइसे कुबेर से कुछु बात होइस का?"

केकती-हव होइसे।

रामनाथ-का काहत रिहिस हे?

केकती-काहत रिहिसे, पहिली सरला के बिहाव कर देथन ताहन देखबोन कहिके फेर।

रामनाथ-का फेर?

केकती-बिहाव करे के ओकर मन नइ हे।

रामनाथ-त मनाते नही। लइका मन थोरे कही अपने मुंहु ले, बिहाव करहूं कहिके।

केकती-मनाय तो हवं।

रामनाथ-त मानिस?

केकती-माने बर तो मानिस फेर कहि दिस मोर मन ह तो बिहाव करे के तो नइ हे फेर तुंहर खुशी खातिर सोचहूं।

ओतके बेर कुबेर ह नहा खोर के घर पहुंच गे। कपड़ा-लत्था ल सूखा के अइस त अपन दाई के गोठ ल सुन डरिस। सुन के कुबेर ह पूछिस-"काकर खुशी बर सोचत हव दाई?"

केकती-तोर खुशी बर तो हम्मन सोचत हवन बेटा।

कुबेर-तहूं दाई, बस रात दिन बहू-बहू रट लगा दे हस। चल बासी दे, मोला भूख लागत हे।

केकती-बासी तो नइ हे। बासी रिहिसे तेला अंगाकर रोटी पो दे हवं।

कुबेर-त अंगाकर रोटी ल दे।

केकती-त खिसियाथस काबर?

कुबेर-नइ खिसियाहूं त का करहूं।

केकती-तोर तो मुंहु फुलोई ह ननपन के आदते आय। बहू आही न त समझ आही, कतना मुंहु फुलोबे तेह।

रामनाथ-चूप राह न केकती।

केकती-का चूप रहिबे। तुंहर बाप-बेटा के मुंहु फुलोई के मारे मय हक खा गे हवं।

रामनाथ-अब हक नइ खावस। एसो बहू आ जही ताहन सुख पाबे सुख।

केकती-(फुनफुनावत-फुनफुनावत) नान-नान सरकी ल जठा के कहिथे-"चलव बइठव रोटी खा लव।"

कुबेर-(अपन दाई ल मनाय के कोशिश करथे।) अंगाकर रोटी म घींव घलो लगा देबे दाई।

केकती-बड़ा घींव खवइया अस त घींव चुपरइया लान ले। मय कतेक दिन ले घींव ल तोर रोटी म चूपरत रहूं।

रामनाथ-(केकती ल गुस्सावत देख के) तोर पांव के पीरा कइसे हे?

केकती-पांव के पीरा के तुमन ल संसो हे?

रामनाथ-संसो हवे तभे तो पूछत हवं।

केकती-फेर कुबेर ल कहां संसो हे?

रामनाथ-महू ल संसो हे केकती, वहू ल संसो हवय।

केकती-संसो रहितिस ते बिहाव बर हव नइ कहि देतिस।

कुबेर-ले दाई तंय जइसन कहिबे ओइसने करहूं। तोला बहू चाही, त लान डरव बहू।

रामनाथ-तहूं केकती, लइका जवान हो गे हे। अब खिसियाय के उमर नइ हे। मनाय के उमर आय, समझाय के उमर आय।

केकती-अब तक ले का करत रेहेंव त?

रामनाथ-का करत रेहेस?

केकती-अब तक ले समझाय के बूता तो करत रेहेंव।

रामनाथ-अच्छा समझ गेंव, सोज म घींव नइ निकलत रिहिस त अंगरी ल टेड़गा करके निकालत रेहे।

केकती-हव, चूंदी ह अइसने नइ पाके हे डोकरा।

रामनाथ-अच्छा त मय ह डोकरा हो गे हवं अउ तंय ह।

इकर दुनो झिन के झगरा ल देख के कुबेर ह समझइस-"तुमन काबर झगरा ल बढ़ावत हव। तुंहर खुशी मोर खुशी आय। जइसन चाहहू ओइसने करहूं। फेर एक ठन शर्त हे।"

केकती–का शर्त आय?

कुबेर–सरला के रिश्ता पहिली तय हो जय।

रामनाथ–ठीक हे न। पहिली सरला बेटी के रिश्ता तय हो जही ताहन तोर बर देखे के शुरू करबोन।

केकती–ए ले अऊ रोटी खाबे?

रामनाथ–नही केकती, कुबेर के बात ल सुन के पेट ह भरगे।

केकती–बने काहत हस कुबेर के ददा।

अपन महतारी–बाप के गोठ ल सुन के रोटी ल जल्दी खा के कुबेर ह उठ के चल दिस। रामनाथ ह केकती ल किहिस–"अच्छा नाटक करे।"

केकती–का नाटक?

रामनाथ–गोड़ पीरा के।

केकती–नाटक नो हे। हपटे के नाटक करत–करत सिरतोन के हपट गेंव अउ गोड़ ह मोच खा गे।

रामनाथ–तोर गोड़ ह मोच भले खइस फेर हमर दुनो झिन के सपना ह तो पूरा होही।

केकती–सरला घलो बने पढ़ लिख डरे हे। नौकरी वाले दमांद मिल जतिस ते बने हो जतिस।

रामनाथ–बने काहत हस केकती, खेती किसानी के कोनो ठिकाना नइ राहय।

दु

रामनाथ गायत्री परिवार ले जुड़े रिहिस। बड़े बिहनिया ले नहा खोर के पूजा-पाठ करय ताहन बासी खा के खेत डाहर चल देवय। सरला ह सज्ञान हो गे रिहिस हे। रोज गायत्री माता ले बिनती करय। हे माता! सरला बर बने कस नउकराहा दमांद मिल जतिस ते बने होतिस। रामनाथ ह ओग्गर रिहिसे फेर केकती ह सांवली रिहिस। रंग ह भले करिया रिहिस हे फेर मन ह ओग्गर रिहिस। कुबेर ह अपन ददा के अंगोठ म ओग्गर रिहिसे फेर सरला ह अपन महतारी के अंगोठ म करिया रूपस रिहिस। पढ़ई लिखई म भारी हुशियार फेर रंग-रूप ह करिया। सरला के संगवारी मन ओकर नाव कारी धर दे रिहिन हे।

धीरे-धीरे संजे-संवरे के मन ह घलो उतरत गिस। पाउडर लगाय त अलग ले दिखत राहय पड़री-पड़री। हां फेर काम बूता, पढ़ई-लिखई म अव्वल नम्बर के रिहिस हवय। अब रामनाथ अउ केकती ह सरला बर लड़का देखत-देखत हलाकान हो गे। सामाजिक पत्रिका म घलो छपवाय राहय। सरला ह पढ़ई-लिखई भर ल नइ छोड़िस। अब तो सरला ह एम.ए. (हिन्दी) कर डरे रिहिस।

सामाजिक पत्रिका ल देख के नौकरी वाले लड़का मन सरला ल देखे बर आवय जरूर फेर रंग रूप ल देख के जबान देबे नइ करय। सरला ओतेक जादा बिलई नइ रिहिसे। सुन्दर रूपस करिया रिहिस। फेर बिलवा-बिलवा टूरा मन ल घलो गोरी लड़की चाही। साल के साल दसो लड़का देखे बर आवय। सरला ह अब तक ले दसो-बीसो लड़का वाले मन ल चाहा दे के पांव परत-परत असकटा गे रिहिस। एक दिन तो अपन दाई ल कहि दिस-"दाई तुमन मोर बर जादा चिंता-फिकर झन करव। मय अब बिहाव नइ करंव। मय एम.ए. पढ़ डरे हवं। अब बी.एड. के पढ़ई करहूं।"

केकती ह काय कहितिस। वोह तो अपन बेटी के खिसियाई के कारन ल जानत रिहिस हे। केकती ह भुलवारत किहिस-अइसन काबर कहिथस बेटी?

सरला-का मय तुंहर बर गरू हों गे हवं का?

केकती-तंय कइसे गोठियाथस बेटी। लइका ह महतारी-बाप बर कहूं गरू होही? तभो ले।

सरला-का तभो ले?

केकती-बेटी ह ससुराले म शोभा आथे बेटी।

सरला-ठीक हे दाई, त का मोर बिहाव नइ होही ते, तुंहर शोभा बिगड़ जही का?

केकती-नही बेटी।

सरला-का नही, मय तुंहर शोभा ल नइ बिगाड़ंव। बस मोला बी.एड. भर करन दे ताहन मय अपन गोड़ म खड़ा हो जहूं।

केकती-ओला तो हम्मन जानत हवन बेटी।

सरला-जानत हव त बड़े भइया के बिहाव ल काबर नइ कर देतेव।

केकती-वहू तो अड़े हे बिहाव नइ करंव कहिके।

सरला-काबर अड़े हे भइया ह?

केकती-वोह कथे पहिली सरला के बिहाव करबोन ताहन मय करहूं कहिके।

सरला-त मोर बर तो सगा उतरते नइ हे त कइसे करबे? अउ उतरत हे तेन मन जवाब देबे नइ करय।

केकती-का करबे बेटी, आजकाल के लड़का मन गुन ले नही बल्कि रूप के जादा पूजा करथे, भले ओकर चाल म कीरा परे रहय।

सरला-नही दाई हम्मन कोनो ल दोष नइ लगावन। भगवान घर देर हे फेर अन्धेर नइ हे।

केकती-बहुत समझदार हो गे हस बेटी।

सरला-अब तहूं मन समझदार हो जव। बड़े भइया ल बिहाव बर मनावव। ओतके बेर रामनाथ ह आथे त महतारी-बेटी के होखा-बादी चलत रहिथे। सुन के रामनाथ ह कथे-"तुंहर मन के का कीटिर-काटर चलत हवय?"

केकती-कुछु नइ चलत हे।

रामनाथ-कइसे कुछु नइ चलत हे। बिहाव-उहाव काहत रेहेव।

केकती-हां। सरला काहत हे, मोर बर रिश्ता नइ आवत हे त कुबेर भइया के बिहाव कर देव।

रामनाथ-ले न सोचथन। गायत्री माता हमर बिनती ल जरूर सुनही अउ हमर मनोकामना ल पूरा करही ताहन कन्यादान के धरम ल घलो निभाबोन अउ "बहू हाथ के पानी" घलो पिबोन।

रामनाथ ह गायत्री मिशन से जुड़े रिहिस। ए साल रामनाथ के सियानी म नवागांव म एक सौ ग्यारा कुण्डीय गायत्री यज्ञ के योजना बनिस। रामनाथ ह अब गायत्री महायज्ञ के तइयारी म भीड़ गे। गायत्री ह परिवार घलो प्रचार-प्रसार म लग गे।

कांकेर के भुवन घलो गायत्री परिवार वाले रिहिस हे। काम बूता ल छोड़-छोड़ के मिशन के बूता म लगे राहय। भुवन ह गायत्री माता के सोर ल बगरा के आदर्श समाज गढ़े बर लगे राहय। पं. रामचंद्र शर्मा के स्वस्थ समाज के निर्माण के सपना ल सिरतोन करे बर दिन-रात लगे राहय। एती भुवन के गोसइन अपन नोनी बाबू ल पढ़ा-लिखा के बड़े मनखे बनाय के मिशन म लगे राहय। भुवन के दु झिन बाबू अउ एक झिन नोनी रिहिस। बड़े बेटा के नाम खुमान अउ नान्हे बेटा के नाम दीपक रिहिस। दुलौरिन बेटी ह मंझली रिहिस। बेटी के नाम ल कविता धरे रिहिन। भुवन के गोसइन निर्मला ह परिवार ल शिक्षा बर जोर दिस। मध्यम वर्गीय परिवार रिहिस। गायत्री परिवार ले जुड़े रेहे के सेती कोनो किसम के दुर्गुण ह तीर म ओधन नइ पाय रिहिस। भुवन अउ निर्मला के कद-काठी ह एके बरोबर रिहिस हवय अउ रंग रूप ह चिरई जाम कस बिरबिट करिया। तिही पाय के लइका मन घलो करियच्च-करियच्च दाई ददा के अंगोठ म रिहिन हे।

भुवन के बड़े बेटा खुमान ह पढ़ई के संगे-संग बीच बीच म ननपन ले अपन ददा संग गायत्री परिवार के मिशन म जाय बर धर ले रिहिस। कविता बेटी ह घलो घर म अखण्ड ज्योति पत्रिका आवय तेला पढ़य। दीपक ह ननपन ले तुलमुलहा रिहिस हवय। ओकर धियान ह संगीत डाहर जादा राहय। एक दिन लकड़ी ल धर के किसन कन्हैया कस बांसुरी बजाय के अभ्यास करत रिहिस। भुवन ह ओला देख डरिस ताहन बाजार ले बांसुरी बिसा के लान के दिस। उही ल दीपक ह फूंके बर धर लिस। गायत्री मिशन म भजन खातिर हारमोनियम अउ तबला घलो रामनाथ घर राहय।

रामनाथ ह हारमोनियम बजावय। निर्मला ह गायत्री यज्ञ बर करसी सजा के चांउर सकेले खातिर गांव म करसी बांटे अउ सकेले के बूता करय। पींयर-पींयर कपड़ा पहिर के जब दुनो झिन जुग जोड़ी निकलय त लोगन मन जान डरय कि इमन कोनो करा गायत्री यज्ञ म जावत होही।

भुवन ह अपन बड़े बेटा खुमान ल बिक्कट पढ़ाय के सपना देखे रिहिस। फेर ले दे के ग्रेजुएट पढ़ पइस वहू थर्ड डिवजन। घर वाले मन काहय-नौकरी बर फारम ल भरते नही बेटा। खुमान ह भरे फेर लिखित परीक्षा म पास होबे नइ करय। क्लर्क बने बर लिखित परीक्षा देवाय बर टेम्पो म बइठे बर चढ़त रिहिसे त देखथे कि खुमान के हाईस्कूल के संगवारी पहिली ले बइठे हे। कोट टाई पहिरे सूटकेस रखे बड़ा ताव के संग बल्दाऊ बइठे राहय। बल्दाऊ खुमान ल देख के कथे-आ बइठ खुमान।

खुमान-अरे तंय!

बल्दाऊ-हव मय।

खुमान-कहां जाथस ?

बल्दाऊ-"मनी फंड" कंपनी के मिटिंग म जावत हवं अउ तंय कहां जाथस ?

खुमान-क्लर्क बने बर लिखित परीक्षा देवाय बर जावत हवं।

बल्दाऊ-छत्तीसगढ़िया मन मालिक बने बर जानबे नइ करव। बस नौकरीच्च-नौकरी।

खुमान-नौकरी नइ करबोन त अउ का करबोन बल्दाऊ ?

बल्दाऊ-तंय मोला देखत हस।

खुमान-हव।

बल्दाऊ-कइसे दिखत हवं ?

खुमान-साहब कस।

बल्दाऊ-तहूं ल साहब बनना हे ?

खुमान-हव। फेर कतेक मिल जही ?

बल्दाऊ-जतना जादा मेहनत करबे ओतके जादा आमदनी होही।

खुमान-ओ कइसे ?

बल्दाऊ-तंय "मनी फंड" कंपनी म जतने जादा रूपिया जमा करबे ओतने तोला फायदा होही। का रखे हे नौकरी म। साहब कस टीप-टाप पहिर ओढ़ के निकल ताहन देख कइसे तोला सेल्यूट मारही।

खुमान-त का करे बर परही?

बल्दाऊ-एक काम कर, आज परीक्षा देवा ले ताहन काली आबे।

खुमान-कहां आहूं?

बल्दाऊ-बस स्टैण्ड म मोर ऑफिस हे, उहें दस बजे आ जबे। दु घंटा ऑफिस म बइठथंव ताहन दौरा म निकल जथंव। खुमान परीक्षा सेंटर ल देख के टेम्पो वाले ल कथे-रूक रूक। ड्राइवर ह टेम्पो ल रोकथे। उही करा खुमान ह उतर जथे।

बल्दाऊ-काली दस ले बारह बजे के बीच तोर रद्दा देखहूं।

खुमान-हव बल्दाऊ।

बल्दाऊ-खुमान मोर नाम झन ले कर।

खुमान-त का काहंव यार?

बल्दाऊ-सर काह।

खुमान-जी सर! काली ऑफिस म आहूं।

खुमान ह गिस ताहन बल्दाऊ ह टेम्पो वाले ल किहिस चल "मनी फंड" कंपनी के ऑफिस। ड्राइवर ह टेम्पो ल ऑफिस डाहर बढ़ा दिस। बल्दाऊ ह मने मन खुश राहय काबर कि आज एक झिन एजेन्ट अउ बाढ़ जही। जतके एजेन्ट बाढ़ही ओतके जादा वसूली होही ताहन मोर कमीशन बाढ़त जाही।

एती खुमान ह घलो परीक्षा देवा के लहूटे के बाद गुनत रिहिसे। महूं ल अब सब सर कही। कोट-टाई पहिर के सूटकेस धर के धुमहूं। रतिहा ल अलथ-कलथ के ले दे के पहाय रिहिसे। काबर ओ हर तो रात भर बड़े आदमी बने के सपना देखत रिहिसे। बिहनिया उठिस धकर-लकर, नहइस-धोइस। पेंट शर्ट ल आयरन चलइस ताहन बिहनिया बन ठन के कांकेर बस स्टेण्ड "मनी फंड" कंपनी के ऑफिस जाय बर निकल गे। लगभग ग्यारा बजे खुमान ह "मनी फंड" कंपनी के ऑफिस पहुंच गे। उहें खुमान ह चपरासी ल पूछिस-सर हे का?

चपरासी-कोन सर?

खुमान-बल्दाऊ ह।

चपरासी-अरे कइसे बात करथस?

खुमान-काबर?

चपरासी-सर के कोनो नाम लेथे।

खुमान–त तंय बता का काहवं ?

चपरासी–बड़े सर केहे करबे नही ते नाराज हो जही।

खुमान–मय तो पहिली सर केहे रेहेंव त तिहीं ह तो नाम पूछे।

चपरासी–असल म छोटे सर घलो हे न। तेकरे सेती पूछ परेंव।

खुमान–चलो कोई बात नही छोटे अउ बड़े साहब मन के ध्यान रखहूं।

बल्दाऊ के दाई–ददा ह दुसर प्रदेश ले खाय–कमाय बर कांकेर आय रिहिन। पहिली बल्दाऊ के ददा ह गली–गली साइकिल म पेपर, टीना अउ प्लास्टिक बिसा के कबाड़ी मन करा बेच के जीवन यापन करत रिहिस। बल्दाऊ के ददा के नाम प्रेमसुख अउ दाई के नाम फूलबतिया रिहिस। दुनो झिन राहय त ले दे के घर खरचा चल जावत रिहिसे फेर साल भर बाद बल्दाऊ के जनम होइस। अब खरचा बाढ़ गे। अब खाय बर करे ते अस्पताल बर ते घर किराया बर। एती साग भाजी बेचे के मन बनइस। कांकेर के दाऊ ह प्रेमसुख करा ले साग भाजी बिसावय। एक दिन दाऊजी ह प्रेमसुख करा ले साग भाजी बिसाय बर गिस त प्रेमसुख ह बड़ उदास रिहिसे।

दाऊजी ह पूछथे–प्रेमसुख कइसे उदास दिखत हस ?

प्रेमसुख–का दुख ल बताबे दाऊजी।

दाऊजी–बता न। मोर राहत ले फिकर झन कर।

प्रेमसुख–मय जऊन घर म किराया म रहिथंव ओह एक हप्ता म खाली करे बर काहत हे। भइगे, दिन–रात इही चिंता ह खावत हे।

दाऊजी–अब मय तोर बर कुछु न कुछु जुगाड़ कर दुहूं। फिकर झन कर। अभी आधा किलो भांटा, आधा किलो रमकलिया अउ आधा किलो पताल तउल दे।

प्रेमसुख ह दाऊजी के बात ल सुन के खुश हो गे। प्रेमसुख ह धीरे–धीरे कर के छत्तीसगढ़ी गोठियाय बर सीख गे रिहिस हवय। प्रेमसुख ह दाऊजी ल तराजू ल जादा झूला के साग सब्जी दिस अउ हकन के पुरौनी घलो डारत गिस। दाऊजी ह पुरौनी ले खुश हो गे। घर म आ के दाऊ जी ह गउंटनीन ल चाय बनाय बर कहिके हाथ गोड़ ल धोए बर धर लिस। दाऊजी ह सोफा म बइठिस ताहन गउंटनीन ह चाहा पानी दे के बाद झोरा के साग भाजी ल निमारत–निमारत किहिस–कइसे आज साग भाजी ह जादा जादा लागत हे ?

दाऊजी–अरे ओ प्रेमसुख ह।

गउंटनीन–कोन प्रेमसुख ह?

दाऊजी–साग भाजी के बेचइया।

गउंटनीन–अच्छा!

दाऊजी–आज ओह मया म जादा–जादा जोर दे हे।

गउंटनीन–काबर?

दाऊजी–ओकर एक ठन समस्यिा ल हल करहूं केहेंव ताहन मया के मारे जादा–जादा जोर दे हे।

गउंटनीन–त मना नइ करतेच्च। हम्मन दुए परानी हवन। अतेक–अतेक साग सब्जी ल कोन खाही?

दाऊजी–उही ल तो महूं काहत रेहेंव। दुए झिन रहिथन अतेक बड़ घर ह भांय भांय लागथे।

गउंटनीन–त कइसे करबे?

दाऊजी–मय सोचत हवं प्रेमसुख के समस्यिा के हल कर देतेन ताहन हमरो समस्यिा खतम हो जतिस।

गउंटनीन–का समस्यिा आय प्रेमसुख के?

दाऊजी–प्रेमसुख ल किराया के मकान चाही। मय ह सोचत हवं।

गउंटनीन–का सोचत हस?

दाऊजी–मय सोचत हवं प्रेमसुख ल पीछू के मकान ल किराये म दे देतेन। ओकर नान नान लइका घलो हवय उही मन ल खेलावत–खेलावत मन ल मढ़ा लेतेन।

गउंटनीन ह लइका के बात ल सुन के किहिस–बने काहत हस दाऊजी पीछू डाहर के घर तो खाली हे। किरायादार के किरायादार अउ रखवार के रखवार। हमर मन के बिक्कट दउंड़ धूप घलो रहिथे। घर के देखरेख घलो हो जही। दाऊजी ह गउंटनीन के स्वीकृति ले खुश हो गे। दाऊजी ल आशा नइ रिहिस कि गउंटनीन ह मान जही काबर कि गउंटनीन थोरिक किटकिटहीन बानी के रिहिसे।

फूलबतिया घर म अपन बेटा बल्दाऊ संग उदास बइठे रिहिस हे। साग भाजी बेच के प्रेमसुख ह जब घर पहुंचिस त फूलबतिया ल उदास देख के किहिस–''हिम्मत झन हार फूलबतिया छत्तीसगढ़ ह धरम के भुइयां आय।

आज बाजार म एक झिन धरमी दाऊजी संग गोठबात होइसे। वोइसे ओह मोर जुन्ना गिराहिक आय।''

प्रेमसुख-हमर मन के रेहे के बेवस्था करहूं किहिसे।

फूलबतिया-छत्तीसगढ़ महतारी के जय हो बल्दाऊ के ददा। छत्तीसगढ़ महतारी ह दुनिया भर के मनखे मन ल अपन कोरा म पोसत पालत हे त हमु मन ल पोसही। मोला पूरा विश्वास हे।

प्रेमसुख-बने काहत हस फूलबतिया।

फूलबतिया-त धरमी दाऊजी ह कब बताहूं किहिस हे?

प्रेमसुख-बस दु-चार दिन म बता दुहूं केहे हे।

फूलबतिया-भगवान भला करय दाऊजी के।

चार दिन बाद दाऊजी ह साग भाजी बिसाये बर हटरी गिस। हटरी म घुमत-घुमत प्रेमसुख के पसरा म गिस। प्रेमसुख ह दाऊजी ल देख के खुश हो गे जानो मानो भगवान आ गे। दाऊजी ल देखिस ताहन नमस्कार करे बर दुनो हाथ जोड़ के खड़े हो गे। दाऊजी ह प्रेमसुख ल पूछिस-का हालचाल हे प्रेमसुख?

प्रेमसुख-हाल बेहाल हे दाऊजी।

दाऊजी-अब तुंहर हाल बेहाल नइ होवय।

प्रेमसुख-कइसे दाऊ जी?

दाऊजी-तुंहर रेहे के बेवस्था हो गे हे।

प्रेमसुख-कते करा हे दाऊजी?

दाऊजी-कते करा का, मोरे घर म एक ठन कुरिया खाली हे उहें तुमन ल रहना हे।

प्रेमसुख-कतेक किराया हे?

दाऊजी-किराया-उराया झन पूछ, तोर सकऊ अतना दे देबे।

प्रेमसुख-त आप मन के घर ह कते मेर हे दाऊजी?

दाऊजी-चर्च के आघू म बड़े जन घर हे उही आय।

प्रेमसुख-त कब आवंव दाऊजी घर देखे बर?

दाऊजी-एक काम कर, मंझनिया ढरे के बाद आ जबे।

प्रेमसुख-आज का साग सब्जी देवंव दाऊजी?

दाऊजी-लाल भाजी, अमारी भाजी अउ आधा किलो कुम्हड़ा जोर दे। संग म धनिया, पताल अउ मिरची घलो डार दे।

प्रेमसुख–जी दाऊजी।

(प्रेमसुख के पसरा म जतना साग भाजी रिहिसे ओमे ले एकक साग के निकाल निकाल के दाऊजी के झोरा म भर दिस।)

दाऊजी–कतेक के होइस?

प्रेमसुख–आप कर ले का पइसा लुहूं दाऊजी।

दाऊजी ह बड़ा दयालु किसम के रिहिसे। ओह अपन जिनगी ल लोगन के सेवा म लगाये रिहिस हे। गरीब आदिवासी मन के सेवक रिहिस। बोली भले कड़क रिहिसे फेर हिरदे ह सरल रिहिसे। दाऊजी ह प्रेमसुख ल किहिस–"के रूपिया होइस प्रेमसुख हिसाब के बता। प्रेमसुख ह दाऊजी ल किहिस–नही दाऊजी मंय आज रूपिया नइ लेवंव। तभो ले दाऊजी ह पचास रूपिया ल निकाल के प्रेमसुख के थैली म डार दिस। प्रेमसुख ह नही–नही काहते रहिगे। दाऊजी ह रूपिया ल दे के घर लहूट गे।"

मंझनिया ढरके के बाद फूलबतिया ह बल्दाऊ ल गोदी म पा के साइकिल के केरियर म बइठिस ताहन प्रेमसुख ह साइकिल ल चलावत दाऊजी घर पहुंच गे। ओतका बेर दाऊजी अउ गउंटनीन ह चाहा पियत रिहिन। (प्रेमसुख ह आवाज लगइस।)

प्रेमसुख–दाऊजी, दाऊजी।

दाऊजी–आव, आव प्रेमसुख।

प्रेमसुख अउ फूलबतिया ह दाऊजी के तीर पहुंचते भार दुनो झिन दाऊजी अउ गउंटनीन के पांव परिन। फूलबतिया ह बल्दाऊ ल घलो पांव परवइस। प्रेमसुख अउ फूलबतिया के बेवहार ले दाऊजी और गउंटनीन बिक्कट खुश हो गे। गउंटनीन ह प्रेमसुख अउ फूलबतिया ल चाहा पानी दिस। बल्दाऊ ल खजानी दिस।

चाहा पानी पिये के बाद दाऊजी अउ गउंटनीन ह इमन ल पीछू के सर्वेंट रूम ल देखइन।

दाऊजी–देख लव। ए ह खाली हे। तुमन ल जमही ते।

प्रेमसुख–जमही का दाऊजी, जमगे।

दाऊजी–त कब आहू?

प्रेमसुख–कालिच्च आ जबोन दाऊजी।

प्रेमसुख ह बिहान दिन रिक्शा म जोर के सब सामान ल धर के पहुंच गे। अब तो दाऊजी निस्फीकर हो गे। दाऊजी ह लोक कला मर्मज्ञ रिहिस हे। ओकर रोज के एती-ओती दौरा भारी राहय। प्रेमसुख के आय ले घर के चिंता खतम हो गे।

अब तो प्रेमसुख बर बिन मांगे मोती मिलय मांगे मिलय न भीख बरोबर हो गे। प्रेमसुख अउ फूलबतिया ह दाऊ जी अउ गउंटनीन के सेवा सटका म लग गे। प्रेमसुख ह बाजार करे त फूलबतिया ह रोज के रोज ताजा ताजा साग भाजी दाऊजी घर देवय। अब तो दाऊजी ल साग भाजी बर हटरी जाय के जरूरत नइ परय। प्रेमसुख अउ फूलबतिया बर ए घर ह बरदान सिद्ध होइस। अब तो साग भाजी के संगे संग फल घलो बेचे के शुरू कर दिस।

दाऊजी अउ गउंटनीन बर रोज के रोज ताजा फल घलो देबर धर लिस। दाऊजी ह रोज फल के जूस पियय। बल्दाऊ ह स्कूल घलो जावय अउ अपन पिताजी के धंधा म हाथ घलो बटावय। बिहनिया प्रेमसुख ह साग भाजी अउ फल के धंधा करय अउ सांझ कन चउक म समोसा, आलू गुण्डा बेचे के बूता करय। अब तो इंकर धंधा ह बढ़िया चले बर धर लिस। प्रेमसुख ह नवरात्रि म हैवी ड्यूटी (मोटर सायकिल) बिसइस ताहन फेर धंधा के रफ्तार बाढ़ गे। बल्दाऊ ह अपन पिता जी के संघर्ष ल देखे रिहिस। ओह बड़े आदमी बने के सपना देखय। तिही पाय के बड़े होय के बाद कांकेर म तीन साल म डबल होय के झांसा देबर ''मनी फंड'' कंपनी खोलिस। इही ''मनी फंड'' कंपनी के मैनेजर रिहिस बल्दाऊ शर्मा ह। वइसे तो बल्दाऊ के पिता प्रेमसुख ह सरनेम ल विश्वकर्मा लिखय। फेर छत्तीसगढ़ म पंडित मन ल बिक्कट मान-सम्मान मिलथे कहिके बल्दाऊ ह सरनेम ल शर्मा लिखत रिहिसे।

खुमान ह चपरासी ल फेर पूछिस, शर्मा सर अभी ऑफिस म हवय का?

चपरासी-हव, हवय।

खुमान ह कागज म अपन नाम लिख के शर्मा साहब करा चपरासी के हाथ भेजवइस। चिट ल पढ़ के शर्मा साहब ह खुमान ल बलवइस।

खुमान-में आई कम इन सर?

बल्दाऊ-यस, कम इन।

खुमान-जी सर।

बल्दाऊ-बइठ खुमान।

खुमान ह कुर्सी म बइठिस ताहन बल्दाऊ ह सब योजना ल बढ़िया से समझा दिस। संगे-संग मासिक जमा योजना ल घलो समझा दिस। बल्दाऊ शर्मा, खुमान ल किहिस-तंय जतके जल्दी टारगेट ल पूरा करबे ताहन तोला जगदलपुर के ब्रांच मैनेजर बनाहूं। गाड़ी होही, बंगला होही, बढ़िया सुख सुविधा होही। आज घूम-घूम के ग्राहक बनाए बर मेहनत करबे, ओकर फल ह बाद म ब्रांच मैनेजर के रूप म मिलही ताहन तहूं ह अइसने एयर कण्डिशन ऑफिस म बइठ के लाइनअप करबे। सब एजेन्ट मन रूपिया धर-धर के तोर ऑफिस पहुंचही।

तीन

अब तो खुमान ह घलो "मनी फंड" कंपनी के बूता म भीड़ गे। खुमान ह गायत्री परिवार वाले रिहिस हे तिही पाय के जान-पहिचान ह बाढ़ गे रिहिस हवय। खुमान ह "मनी फंड" कंपनी म रूपिया सकेले के शुरूआत अपन घर ले करिस। भुवन ह खुमान ल पूछिस-"क्लर्क के परीक्षा देवाय बर गे रेहेस, पेपर कइसे बनिस?"

खुमान-पेपर ह तो बने गे हे फेर अब मय नौकरी नइ करंव।

भुवन-काबर?

खुमान-अब मय "मनी फंड" कंपनी म काम करहूं।

भुवन-ए "मनी फंड" कंपनी का आय?

खुमान-ए "मनी फंड" कंपनी म तीन साल म रूपिया डबल हो जही अउ हर महीना जमा (मासिक जमा योजना) के घलो योजना हे। वहू म जादा ब्याज मिलही।

भुवन-देख बेटा हमला लालच म नइ फंसना हे।

खुमान-त तंय अपन बेटा ल बड़े आदमी बनत देखना नइ चाहत हस।

भुवन-देख बेटा मोर चूंदी ह असइने नइ पाके हवय। तिही पाय के बरजत हवंव।

खुमान-अच्छा त तुमन मोला खुश नइ देखना चाहत हव।

निर्मला-तोला काबर खुश नइ देखना चाहबोन बेटा। तभो ले अपन ददा के बात ल मान ले।

खुमान-सुन दाई, तहूं ह ददा के संग देवत हस।

(कहिके-खुमान ह खिसिया के निकल गे। खुमान के घर ले निकले के बाद निर्मला ह अपन गोसइया ल समझाथे।)

निर्मला-जवान बेटा आय। दुनो झिन जानत हवन कि आजकल लुटइया मन के खरही गंजाय हे। तभो ले लइका काहत हे ते ओकरो बात ल सुने बर परही।

भुवन-देख अब तिंही सम्हाल। मय ए सब चक्कर म परे के मूड म नइ हवं।

(निर्मला ह खुमान के कुरिया म जा के मनाथे। काबर रिसा गेस बेटा। तंय मोला बता, हम्मन ल काय करे बर परही?)

खुमान-मोला "मनी फंड" कंपनी म जमा करे बर पचास हजार रूपिया चाही।

निर्मला-अतेक अकन रूपिया ल कहां ले लानबो, तिंही बता।

खुमान-ददा ल मना न दाई, ओकर करा रूपिया जरूर होही। मय ह तीन साल म डबल कर के लहुटा दुहूं।

(निर्मला ह खुमान के ददा ल समझाथे।)

निर्मला-(भुवन ल) तहूं ह काबर मुहूं ल फूलोए हस? बाप बेटा के एके हाल।

भुवन-अरे, खुमान ह मानबे नइ करत हे।

निर्मला-खुमान ह नइ मानत हवय त तिंही मान जा।

भुवन-काला?

निर्मला-खुमान काहत रिहिसे। "मनी फंड" कंपनी ज्वाइन करे बर पचास हजार रूपिया चाही।

भुवन-अतेक रूपिया कहां ले लाबोन निर्मला?

निर्मला-ले न मोर गाहना गुरिया ल बेच के दे देथंव।

भुवन-कतेक के हो जही? जादा से जादा 20 हजार के होही।

निर्मला-खुमान के बिहाव पर बैंक म बीस हजार रूपिया फिक्स करे हवन ओला तेला टोरवा देथन अउ दस हजार सेठ करा ब्याज म उधार ले लेथन।

भुवन-देख निर्मला, अब तिंही जान। तंय कहिथस ते मय फिक्स डिपाजिट ल टोरवा देथंव। बाद म मोला कुछु कहिबे झन।

निर्मला ह खुश हो के खुमान करा जा के बताथे-"रूपिया के बेवस्था हो गे बेटा।" सुन के खुमान ह खुश हो जथे। रूपिया के बेवस्था होय के बाद खुमान ह "मनी फंड" कंपनी जाय बर निकल गे। उहें शर्मा सर संग भेंट करे के बाद पचास हजार रूपिया जमा करिस। बल्दाऊ शर्मा खुश हो गे।

अरे वाह खुमान, तंय तो बहुत आगू बढ़बे। बल्दाऊ शर्मा ह खुमान ल गिफ्ट के रूप म एक ठन सूटकेस दिस अउ किहिस-अब तंय दौरा म जिंहा भी जाबे इही सूटकेस ल धर के निकले करबे। अब खुमान ह सूटकेस ल धर के घर पहुंचिस त घर म भुवन अउ निर्मला ह खुश होगे। बढ़िया कंपनी आय। एके दिन म सूटकेस दे दिस। अब खुमान धीरे-धीरे चिन्ह-पहिचान, सगा-सोदर मन घर जा-जा के योजना के फायदा बता-बता के गिराहिक बनावत गिस। जउन जेन योजना म फंसे ओला ओइसने योजना के फायदा बता-बता के रूपिया जमा करवावत गिस।

खुमान कस अउ कतनो एजेन्ट रिहिसे, बल्दाऊ के। महीना म लाखो के वसूली होवय। अब तो बल्दाऊ ह प्लाटिंग के घलो धंधा शुरू कर दिस। बड़े-बड़े राज नेता मन संग घलो पकड़ बना लिस।

खुमान ह कुछ दिन म फटफटी घलो बिसा डरिस। अब तो खुमान ह फटफटी के पीछू केरियर म सूटकेस ल बांध के निकले ते दौरा करके तीन-चार दिन म घर लहूटय। बल्दाऊ के चालाकी ह खुमान ल समझ आबे नइ करिस। बल्दाऊ ह जमा पूंजी के एवज म कमीशन के रूप म दस हजार रूपिया खुमान ल दिस। पहिली जऊन रूपिया मिलिस ओला अपन दाई ददा ल दिस। वहू मन खुश हो गे। निर्मला ह भुवन ल कहिथे अब तो खुमान ल महीना म दस हजार रूपिया मिले बर शुरू होगे हवय। खुमान ल बिहाव बर कहिथन। भुवन घलो हामी भर देथे। निर्मला खुमान ल किहिस-''बेटा अब तो तंय कमाए बर धर ले हस। बहू हाथ के पानी पिबोन कहिके गुनत हवन। खुमान कथे-ले ना दाई, योग बनही ते बिहाव घलो हो जही। खुमान जानत रिहिस हे कि खुद ल नौकरी नइ मिलय फेर पढ़े लिखे पत्नी लाहूं तेला नौकरी करवाहूं। बात ल भले उपक के नइ बोलिस फेर ए बात ल जरूर समझत रिहिसे कि जब दुनो झिन कमाबोन ताहन हमर आर्थिक स्थिति मजबूत होही कहिके।''

खुमान बोले कम फेर दिमाक जादा लगावय। भुवन के खानदान पूरा करियच्च करिया रिहिसे तिही पाय के इंकर घर म संबंध बड़ा मुश्किल म जुड़य। खुमान घलो कोइला खदान कस बिलवा रिहिस हवय। तिही पाय के खुमान घलो जानत रिहिसे कि पड़री लड़की ह तो मोला पसंद नइ करही। कारी गोसइन ल घलो चलाय बर परही। बस पढ़े-लिखे राहय। वंश ह भले करिया रही फेर घर म गियान के तो अंजोर बगरही।

अब खुमान ह रात-दिन ग्राहक खोजे बर भीड़ गे। धीरे-धीरे एकरो एजेन्ट मन बाढ़त गिस। ओकर मन ह घर के काम बूता म लगबे नइ करय। अब तो वसूली बर टाई कोट पहिर के सूटकेस धर के फटफटी म बइठ के दौरा म निकल जय। ''मनी फंड'' कंपनी बर रूपिया वसूले के संगे संग अपन बर लड़की घलो खोजय। एक पंथ दु काज। एक दिन गरियाबंद वाले फूफा घर ''मनी फंड'' कंपनी के काम से गिस। पहुंचत-पहुंचत रात हो गे। खाना खा के सुत गे। बिहनिया चाहा पियत-पियत खुमान ह ''मनी फंड'' कंपनी के फायदा ल बतइस। फूफा जानत रिहिस हे कि अइसन कंपनी मन भरोसा के लइक नइ राहय। फेर खुमान के बात ल राखे बर बीस हजार ''मनी फंड'' कंपनी म इन्वेस्ट कर दिस। खुमान खुश हो गे। खुमान ह सगा सगा घर अउ गायत्री परिवार ले जुड़े चिन्ह पहिचान वाले मन करा जावय। सगा सोदर अउ चिन्ह पहिचान वाले मन खुमान के बात ल राखे बर थोर बहुत ''मनी फंड'' म इन्वेस्ट कर देवय। गोठबात के दौरान खुमान के फूफा ह पूछिस-कस खुमान बिहाव करे के का बिचार हे। तोर ददा केहे रिहिसे तोर बर लड़की खोजबे कहिके।

खुमान-मोला कोन लड़की पसंद करही?

फूफा-काबर?

खुमान-मय तो निच्चट बिलवा हवं।

फूफा-अरे आजकल रंग रूप संग बिहाव नइ होवय। लड़का के कमई ल देखथे कमई।

खुमान-तभो ले।

फूफा-तभो ले का, तोर आमदनी कतना हे?

खुमान-उही लगभग आठ-दस हजार महीना मिल जथे।

फूफा-अरे भई, तंय का नौकरी वाले ले कम हवस।

खुमान-वो तो सब ठीक हवय। आप देखव मोर बर लड़की।

फूफा-देख का, देख डरे हववं।

खुमान-कोन गांव के आय?

फूफा-नवागांव के आय। तुंहर जोड़ी सुग्घर फभही। लड़की ह तोरे कस कारी हवय।

खुमान-त काय पढ़े हे?

फूफा-एम.ए. करके बी.एड. करइया हवय।

फूफा के बात ल सुन के खुमान खुश हो गे। फूफा ह खुमान के रूझान ल देख के किहिस-कइसे काली जाबोन का? बता वइसे वहू मन गायत्री परिवार वाले आय। आठ-दस एकड़ जमीन घलो हवय। खुमान ह अपन फूफा के बात ल सुन के हव कहि दिस। खुमान कथे-ले न फूफा तिहीं ह बात चला। फूफा कथे-अरे भई पहिली लड़की ल देख तो ले ताहन फेर गोठबात ल आगू बढ़ाहूं। पहिली तोला मन तो आना चाही। उही डाहर तोर बर एकाद झिन "मनी फंड" कंपनी बर गिराहिक घलो मिल जही। गिराहिक वाले बात ल सुन के खुमान ह हव कहि देथे। अरे हां उहें तो गायत्री यज्ञ के आयोजन घलो हवय। नेवता पठोय हवय। मय तो तोर ददा ल बताय रेहेंव। गायत्री यज्ञ म संघरबोन अउ इही बहाना लड़की ल घलो देख लेबोन कहिके। फेर तोर ददा के जवाब नइ अइस। अब तंय आ गे हस तब चल दुनो झिन चल देथन। संबंध ह जुड़ जतिस ते बने हो जतिस। तहूं मन गायत्री परिवार वाले अव अउ वहू मन गायत्री परिवार वाले आय।

एती रामनाथ ह गायत्री यज्ञ के तइयारी म भीड़े रहिथे। माईलोगन मन घरो-घर के करसा ल सकेल डरे रिहिन हे। उही करसा के चांउर ले यज्ञ म भण्डारा के आयोजन होथे। ए सब केकती के सियानी म चलत रिहिसे। सरला के अगुवई म कलश सजई ह चलत रिहिसे। ओती कुबेर ह यज्ञ के मंडप डाहर अपन संगवारी मन संग भीड़े रिहिसे। अब यज्ञ म गायत्री परिवार वाले मन के आना जाना शुरू हो गे। गाड़ी मन ल रखे बर पार्किंग के बेवस्था रिहिसे।

खुमान ह घलो अपन फूफा ल फटफटी म बइठार के नवागांव पहुंचिस। खुमान अउ ओकर फूफा ह गायत्री मंत्र लिखाय वाले मशाल के छापा वाले पिंयर रंग के झोरा अरो के पहुंचिन। झोरा म अखण्ड ज्योति के किताब घलो धरे रिहिन हे। थोरको कोनो करा समय मिल जतिस ते पत्रिका ल पढ़य अउ अखण्ड ज्योति के सदस्य मन ल घलो घर-घर बांटय। नवागांव म यज्ञ बड़ा धूमधाम ले संपन्न होइस। दिन भर पूरा वातावरण ह गायत्री महामंत्र "**ॐ भुर्भुवः स्वः तत्सवितुर्वरेण्यं भर्गो देवस्य धीमहि धियो यो नः प्रचोदयात्।**" ले गुंजत रिहिसे। कार्यक्रम सम्पन्न होय के बाद खुमान अपन फूफा के संग भुवन घर गिन। दिन भर के कार्यक्रम म सब थके मांदे रिहिन हे। खाना खा के सब झिन सूत गे। सब झिन के एक्के नींद होइस।

बिहनिया केकती ह तो जल्दी उठ गे, उठे के बाद सरला ल घलो उठइस। महतारी बेटी मिलके घर के अंगना दुआरी ल बाहरिन बटोरिन। कोठा के गोबर कचरा करिन। रामनाथ ह सगा मन ल चाहा पिया के फ्रेश होय बर किहिस। खुमान के फूफा के नाम सुधीर रिहिसे। रामनाथ किहिस-''लेव शौचालय म फ्रेश हो के बाथरूम म नहा खोर लव। रामनाथ ह धार्मिक प्रवृत्ति के तो रहिबे करे रिहिसे संगे-संग महात्मा गांधी ल अपन आदर्श मानय। स्वच्छ भारत के ओकर सपना ल सिरतोन करे बर किरिया खाय रिहिस। सरकारी योजना म तो गांव-गांव शौचालय बन गे रिहिसे। रामनाथ ह सम्पन्न रिहिस हे उही पाय के अपना खरचा म बढ़िया बाथरूम अउ शौचालय बनवाय रिहिस हे। अंगना के कोंटा म बोर घलो करवा ले रिहिस हे। तिही पाय के अब घर के कोनो सदस्य ल बाहिर बट्टा बर तरिया के तीर जाय के जरूरत नइ परय। रामनाथ उन्नत कृषक रिहिस हे। ग्राम विस्तार अधिकारी संग बढ़िया सम्बन्ध रिहिसे। ओकर सलाह मशविरा ले बारो महीना मौसम के हिसाब ले फसल लेवय। साग भाजी के डपट के उत्पादन लेवय। कृषि मेला रायपुर म प्रदेश के सम्मानीय मुख्यमंत्री ह रामनाथ ल उन्नत कृषक के रूप म सम्मानित घलो करे रिहिस। सरला ह नाश्ता म पोहा बनइस।''

बइठक खोली म रामनाथ, सुधीर, खुमान अउ कुबेर ह नहा खोर के तइयार हो के बइठे रिहिन हवय। सरला ह ट्रे म गिलास ल रख के सब झिन बर पहिली पानी लइस ताहन पोहा देवत गिस। पोहा के उप्पर म बारिक सेव घलो छींच दे रिहिस हवय। प्लेट म गोंदली अउ हरियर मिरची घलो शोभा देवत रिहिस हवय। जउन ल खाय के साध लागही ओह खा लिही। पोहा खावत-खावत खुमान ह सुधीर ल किहिस-सरला बर लड़का देखते नही ग?

सुधीर-देख डरे हवं।

रामनाथ-कहां के आय?

सुधीर-कांकेर के आय।

रामनाथ-का करथे लड़का ह?

सुधीर-देख भई सरकारी नौकरी वाले कहिबे त तो वोह नौकरी म नइहे फेर नौकरी वाले मन ले कम घलो नइ हे।

रामनाथ-कइसे?

सुधीर–ओकर आमदनी ह दस हजार महीना हवय।

रामनाथ–त ओह का काम करथे?

सुधीर–ओह "मनी फंड" कंपनी के जगदलपुर ब्रांच म काम करथे।

रामनाथ–त बात ल चलाते नही।

सुधीर–बात ह चलगे हवय।

रामनाथ–ले त लड़का ल कब पठोबे? सरला ल देखे बर।

सुधीर–कब पठोबे का, आगू म बइठे हवय।

रामनाथ–अच्छा त इही लड़का आय।

सुधीर–हव।

रामनाथ–त काय पढ़े हस बाबू?

खुमान–ग्रेजुएट हवं।

सुधीर–अब नाश्ता पानी कर डरेन। इही बहाना सरला ल देखना घलो रिहिस हे। अब हम्मन ल बिदा देवव, दुरिहा जाना हे।

रामनाथ–अइसे कइसे चल दुहू। मय खाना जल्दी बनाय बर कहि दे हवं।

गोठ बात करके बखरी डाहर घूम के आवत ले खाना बनगे रिहिस हे। खाना खा के खुमान अउ सुधीर घर जाय के तइयारी करत रिहिन। सगा मन के बिदा करे के बेर केकती अउ सरला पाय पलागी करिन। खुमान घलो रामनाथ फूफा, केकती अउ कुबेर के पांव परिस। जाय के बेर सुधीर ह रामनाथ ल कथे अपन मोबाइल नम्बर दे दे। रामनाथ ह सुधीर ल कथे तहूं अपन मोबाइल नम्बर दे दे ताहन मोबाइल म ही दुनो झिन गोठ बात कर लेबोन। दुनो ह कांकेर जाय बर लहूट गे। पहिली तो खुमान ह अपन फूफा ल छोड़े बर गरियाबंद गिस। पहुंचत ले रतिहा हो गे। खुमान ह रतिहा ल उहें ढारिस। रतिहा गोठ बात होइस–

सुधीर–कइसे खुमान लड़की जमिस?

खुमान–लड़की तो पढ़े-लिखे हे अउ एसो ओकर बी.एड. घलो पूरा हो जही। मन तो आ गे हवय।

सुधीर–त ओ डाहर ले पूछही त हव कहि दुहूं का?

खुमान–पहिली ददा ल पूछ लेबे, फूफा ओकर बाद हव कहिबे।

सुधीर–तोर ददा ल तो मंय सम्हाल लुहूं। पहिली तंय बता तोला जमिस ते नही, सरला ह।

खुमान–मोला तो पसंद हे। मय तो अइसने पढ़े–लिखे लड़की खोजत रेहेंव।

सुधीर–चल अब रात जादा हो गे हे अउ थके मांदे घलो हवन। सुत जथन।

बिहनिया ले उठ के खुमान ह कांकेर जाय बर फटफटी म निकल गे। बिहनिया ले नहा खोर डरे रिहिसे। बीच के होटल बासा म नाश्ता करत ओह संझा कना कांकेर पहुंच गे। खुमान ह अपन फूफा सुधीर ल घलो कस्टमर बना डरे रिहिस। ओकरो करा ले बीस हजार रूपिया जमा करवा डरे रिहिसे। तीन साल के स्कीम म सुधीर घलो इन्वेस्ट कर दिस। अतका जल्दी बैंक तो घलो डबल नइ करय कहिके। सुधीर ह मने मन बिक्कट खुश राहय ए सोच के कि रूपिया घलो डबल हो जही अउ मोर हाथ ले खुमान के रिश्ता जुड़ जही ते पुन के काम घलो हो जही। खुमान जेला–जेला मेम्बर बनावय वहू मन ल एजेन्ट बने बर प्रेरित करय। खुमान के फूफा घलो कमीशन के लालच म जादा से जादा मेम्बर बनाना शुरू कर दिस।

चार

सगा मन के जाय के बाद रामनाथ, केकती, सरला अउ कुबेर संझा कन एके जघा बइठ के गोठियावत-बतावत रिहिन हवय। रामनाथ ह किहिस-"धरम के काम ह कभू अबिरथ नइ जावय।" देख न गायत्री माता ह सरला बर सगा भेज दिस।

केकती-ठऊंका काहत हवस सरला के बाबू।

कुबेर-माता रानी के कृपा हमेशा ले हमर मन उपर बने हवय। कइसे सरला?

सरला-हव भइया।

कुबेर-त लड़का तोला पसंद हे? (सरला लजा के रेंग देथे।)

रामनाथ-त सरला डाहर ले ओके मान लेथन।

केकती-वो तो ठीक हे फेर पहिली ओ डाहर ले तो जवाब आवन दे।

रामनाथ-बने काहत हस केकती। फेर एक जवाब तो यहू डाहर बांचे हे।

केकती-काकर?

रामनाथ-सरला के।

केकती-ले न मय पुछू लुहूं फेर तंय कुबेर ल पूछ न, ओकरो बर बहू खोजन।

रामनाथ-कइसे कुबेर?

कुबेर-पहिली सरला बहिनी के रिश्ता तय होवन दे ताहन मोर बर खोज लेबोन।

रामनाथ-लड़की खोजई ह गरूवा खोजई आय। चार जघा घूमबे-फिरबे त पता चलथे।

कुबेर-ले त फेर कुछु नइ होवय। अभी नइ मिलही ते अवइया बछर बिहाव ल कर लेबोन फेर सरला के बिहाव ल एसो नइ रोकन।

केकती–बने काहत हे कुबेर ह। बेटा जात के का, ए साल नही ते पउर साल कर देबोन। तभो ले सरला बर गोठ बात चलावत–चलावत कुबेर बर घलो बहू खोजे बर काली निकल जावव।

रामनाथ–तोर दाई बने काहत हे बेटा। काहे कि सरला के जाय के बाद घर ह सुन्ना–सुन्ना लागही। बहू आ जतिस ते तोर महतारी ल काम बूता बर हल्का हो जतिस।

केकती–बने काहत हस सरला के बाबू।

कुबेर–लड़की देखे बर अभी मय नइ जावंव। सियान मन पहिली देख के आ जावय ताहन मय चल दुहूं।

केकती–बने काहत हस बेटा। सियान मन ल पहिली लड़की देख के आवन दे ताहन तंय देखे बर चल देबे।

रामनाथ ह बिहान दिन अपन संगवारी गोबिंद संग लड़की देखे बर निकल गे। दिन भर ए गांव ले वो गांव घूमिन। घूम के अइन त केकती ह पूछिस–"कइसे जमिस का?"

रामनाथ–खाय के थोरे आय तेमे एके दिन म जम जही।

दु–चार दिन रामनाथ अउ गोबिंद ह कुबेर बर लड़की खोजे बर घूमिन फेर सीध नइ परत रिहिस। ओइसने म एक दिन सुधीर के फोन अइस–

सुधीर–हलो!

रामनाथ–हलो!

सुधीर–मय सुधीर बोलत हवं।

रामनाथ–जै जोहर सगा!

सुधीर–जै जोहार!

रामनाथ–बोलव सगा।

सुधीर–हम्मन ल तो सरला पसंद हे। आप मन के का विचार हवय?

रामनाथ–हमु मन ल खुमान पसंद हे फेर।

सुधीर–का फेर?

रामनाथ–बेटा बर घलो जम जतिस ते एके संघरा बिहाव ल निपटा देतेन कहिके गुनत हवन।

सुधीर–फेर हम्मन तो अक्ती भांवर लेबोन कहिके गुनत हवन।

रामनाथ–ठीक हे जी सगा। दु–चार दिन कुबेर बर अऊ किंजर लेथंव।

सुधीर–त रिश्ता ल तय मानन।

रामनाथ–मय आप ल चार दिन के बाद फोन लगावत हवं।

सुधीर–ठीक के।

रामनाथ–जै जोहार!

सुधीर–जै जोहार!

रामनाथ अउ गोबिंद दुनो झिन दु–चार दिन लड़की खोजे बर निकलिन। फेर जइसन चाहत रिहिन हे ओइसन नइ मिल पावत रिहिस। घर म सबो झिन बइठ के सलाह मशविरा होइन।

रामनाथ–कइसे करबो केकती? कुबेर बर तो लड़की जमत नइ हे।

केकती–इही ल तो मय पहिली ले केहे रेहेंव, पहिली ले आरो करत रहिथन कहिके फेर नइ मानेव।

रामनाथ–मय ह तो राजी रेहेंव फेर कुबेर ह रोक दिस। अब तिंही बता गोबिंद मय का करंव?

गोबिंद–कइसे कुबेर का करे जाय?

कुबेर–एमा का करे जाय के बाते नइहे कका। आप मन तो सियान अव, जइसन चाहव निर्णय ले सकथव। फेर मेंह चाहत हवं–"मोर बर नइ जमत हे त एसो सरला बहिनी के बिहाव ल निपटा देथन।" अवइया साल देखबोन मोर बिहाव ल।

केकती–सगा मन ल मनातेव नही, कुबेर के रिश्ता तय होही ताहन संघरा बिहाव ल कर देबोन कहिके।

रामनाथ–फेर सगा मन तो अक्ति भांवर लेबोन काहत हे।

गोबिंद–अब ए रिश्ता ल छोड़ना घलो ठीक नइ हे। लड़का घलो ठीक हे अउ घर घरायेन घलो ठीक हे।

रामनाथ–कइसे करबो केकती?

केकती–अइसे करन। सगा मन ल हव कहि देथन। इही बीच म कुबेर बर जम जही ते संघेर देबोन। नही ते सरला भर के बिहाव ल करबोन।

कुबेर–दाई ह बने काहत हे।

रामनाथ–कइसे गोबिंद?

गोबिंद–भउजी बने काहत हवय भइया।

दु-चार दिन बहू खोजे बर घूमे के बाद फेर सबो झिन बइठिन। बइठ के सुन्ता सलाह करिन।

रामनाथ-अब आखिरी निर्णय बताव, का करे जाय? कुबेर बर लड़की जम्बे नइ करत हे।

केकती-अब अइसे करथन तइयारी म घलो समय लगही। कुबेर के बिहाव ल अवइया साल करबोन। सरला के भांवर ल अक्ति म देबोन कहिके सगा मन ल खबर कर देवव।

रामनाथ-कइसे कुबेर?

कुबेर-एकर ले बढ़िया बात अउ का हो सकथे।

रामनाथ-कइसे गोबिंद। बात ह जमत हे।

गोबिंद-बिल्कुल भइया।

रामनाथ-त सगा मन ल फोन लगा दवं।

गोबिंद-लगा दे।

जइसने रामनाथ फोन लगाय बर मोबाइल ल धरथे ठउंका ओतके बेर लड़का पक्ष वाले मन के फोन आ जथे।

रामनाथ-हलो!

सुधीर-जै जोहार सगा!

रामनाथ-जै जोहार, जै जोहार!

सुधीर-सब बने बने हे।

रामनाथ-हव, सब बने बने हे।

सुधीर-आप मन के बिचार जाने बर फोन करे हवं, का सोचे हव?

रामनाथ-हमर डाहर ले तो पहिलिच्च ले हां हे सगा। भइगे एसो सरला भर के बिहाव करबोन।

सुधीर-त अपन लड़का बर तो बहू खोजत रेहेव, का होइस?

रामनाथ-खोजे बर खोजेन फेर अइसे लागत हे एसो ओकर बिहाव के योग नइ हे तइसे लागत हे।

सुधीर-त फेर अक्ति भांवर के हिसाब ले पंडित करा दिन बादर ल धरवा लेथन।

रामनाथ-हव सगा।

सुधीर-ले त फेर अब तइयारी म भीड़ जथन। जै जोहार!

रामनाथ-जै जोहार!

सुधीर ह जै जोहार कहिके फोन ल काटथे। सुधीर ह सबो खबर ल भुवन ल बता देथे। अब भुवन ह ए खुशखबरी ल अपन परिवार वाले मन ल बतइस। सब झिन खुश हो गे। भुवन ह निर्मला ल खुश हो के किहिस- ''गायत्री माता के किरपा ले एसो बहू हाथ के पानी पिये बर मिल जही।''

निर्मला-बने काहत हवस खुमान के बाबू, खुमान के एसो बिहाव होही ताहन एक साल बाद लइका खेलाबोन।

भुवन-तहूं निर्मला, अभी कुछु न कहीं अउ छट्ठी बर दार भात।

निर्मला-चलव खाना खाय के बेरा हो गे हे। ए लव खाय बर पानी।

(खाना खाय के बाद जुग जोड़ी बिहाव के जोरा बर सुन्ता सलाह होवत रिहिस। बहू बर गाहना गुरिया, सगा सोदर मन बर कपड़ा लत्था कस कतनो सामान के जोरा बर गुनत रिहिन।)

भुवन ह बड़े बेटा के बिहाव करत रिहिस हे। घर म भारी उमंग रिहिसे। सब झिन मिलके एक दिन कपड़ा लत्था बर गिन। बिहान दिन भुवन अउ निर्मला ह बहू बर गाहना गुरिया बिसाय बर गिन। धीरे-धीरे करके करसा-कलौरी, तेल-हरदी कस अऊ कतनो सामान के तइयारी करिन। बर बिहाव शुरू हो गे। सगा सोदर, हितु पिरूतु मन सकलागे। भुवन ह अक्ति के दिन बारात धर के नवागांव गिस। खुमान ह राजा राम कस दूल्हा दिखत रिहिसे। अक्ति भांवर ले के राजा राम कस खुमान ह सीता कस सरला ल बिहा के कांकेर लहुटिन। वधु पक्ष वाले मन बेटी बिदाई के नेंग ल घलो निभा दे रिहिन हे। सरला के बिदा करे के बाद रामनाथ के घर ह उदास रिहिस फेर बहू ल बिदा करा के लेगे के बाद भुवन के घर म खुशी के भण्डार रिहिसे।

पांच

सरला ल बहू के रूप म पा के ''बहू हाथ के पानी'' पिये के साध ह भुवन अउ निर्मला के पूरा हो गे। धीरे-धीरे सरला ह अपन घर गृहस्थी म रम गे। खुमान घलो अपन ''मनी फंड'' इन्वेस्टमेंट कंपनी बर वसूली म भीड़ गे। खाना ऊ खा के बिहनिया ले निकलय ते रतिहा तक घर पहुंचय। निर्मला ह सरला ल संग म रेंगावत बाजार हाट जावय। ताकि सबो गली खोर ल जान डरय। अपन जिगनी के रद्दा ल देख डरय। भुवन ह घलो गायत्री मिशन म भीड़ गे। सरला कस बहू पाके मने मन खुश राहय। सरला के ननंद कविता ह घलो अपन पढ़ाई-खिलाई म लग गे। दीपक ह उतलंगहा बानी के रिहिस हवय। ओकर मन ह पढ़ई-लिखई म कम अउ नचई-कुदई म जादा राहय। कतनो घांव गुरूजी के शिकायत घलो आवय। भुवन ह दीपक ल बिक्कट समझातग-''नाचा कुदा म पेट नइ भरय बेटा, बने पढ़-लिख के अपन जिनगी ल संवार ले।'' भुवन ह देखे रिहिसे कलाकारी के चक्कर म बड़े-बड़े मालगुजार मन ल बरबाद होवत। भुवन ह एक दिन महासिंग दाऊ करा भेंट करे बर गिस ताहन भुवन ल चाहा पानी पियावत पूछिस-''कइसे का करत हवस अभी?''

भुवन-मय तो गायत्री मिशन म जुड़े हवं। गायत्री यज्ञ के कार्यक्रम म दुर्ग आय रेहेंव। दुर्ग के आय-आय आप के असीस ले लेथंव कहिके आप करा आय हवं।

महासिंग-बने करे।

भुवन-खुमान के बिहाव नेवता पठोय रेहेंव। आप नइ आयेव दाऊजी?

महासिंग-उही दिन सोनहा बिहान के कार्यक्रम लगे रिहिसे तिही पाय के नइ आ पायेंव अउ खुमान ह का करत हवय?

भुवन–ओह "मनी फंड" कंपनी म भीड़े रहिथे।

महासिंग–देख के खुमान ल समझा दे रहिबे। आजकल नकली कंपनी उतर गे हे अउ तोर का बिचार हे ?

भुवन–मय सोचत हवं, कांकेर डाहर के कलाकार मन ल सकेल के एक ठन सांस्कृतिक पार्टी चलाहूं कहिके गुनत हवं।

महासिंग–तंय अइसन गलत बूता झन करबे। एक घांव छेरी चरा लेबे फेर नाचा–कुदा पार्टी झन चलाबे।

भुवन–काबर दाऊजी ?

महासिंग–एक घांव मेचका ल तउल सकथस फेर कलाकार मन ल सकेलना बड़ मुश्किकल हे। कलाकार मन के मारे तन, मन अउ धन घलो बरबाद हो जथे।

भुवन–बने रद्दा बता देव दाऊजी।

महासिंग के बात ह भुवन ल सुरता रिहिसे तिही पाय के घेरी–बेरी दीपक ल समझावय फेर दीपक ल तो बांसुरी बजाय के चस्का लगे रिहिस। सरला ह ओ घर बर नवा–नवा रिहिसे। सरला ह सब झिन के गोठ बात ल सुनत राहय। सब झिन के व्यवहार ल समझत राहय। उंकर सुभाव ल समझ के सबो के सेवा भाव म लगे राहय। खुमान ह "मनी फंड" कंपनी बर बिक्कट अकन रूपिया सकेल के जमा करवा डरे रिहिसे। अब तो खुमान के रहन–सहन म भारी बदलाव आ गे। खुमान ह सुटबूट पहिरे राहय। बूट ल बराबर पालिस करके घर ले निकलय। खुमान ह जगदलपुर ब्रांच के ब्रांच मैनेजर हो गे रिहिसे। खुमान के अण्डर म कतनो एजेन्ट मन काम करत रिहिन। घर के विकास ह घलो दिखत रिहिसे। पति के कमई ले पत्नी के शान बाढ़थे। खुमान ह सरला के सबो इच्छा ल पूरा करय। वइसे भी सरला ह नाम के मुताबिक सरल रिहिस। बी.एड. के रिजल्ट घलो आ गे। वहू म सरला ह फर्स्ट डिवजन म पास हो गे। घर म खुशी के माहौल रिहिस हे। घर म अखबार घलो आवय। छत्तीसगढ़ शासन के शिक्षा विभाग ह कांकेर जिला म पंचायत शिक्षाकर्मी बर विज्ञापन निकाले रिहिस। ए विज्ञापन म खुमान के नजर परगे। खुमान ह खुशी–खुशी विज्ञापन ल सरला ल बतइस। सरला तो चाहते रिहिस कि मोला नौकरी करना हे कहिके। विज्ञापन ल देख के सरला के चेहरा म उमंग के लहरा दउंड़ गे।

सरला वइसे भी फर्स्ट क्लास पोस्ट ग्रेजुएट पास होय रिहिसे तिही पाय के ओकर नियुक्ति म जादा परेशानी नइ होइस। पहिलिच्च लिस्ट म ओकर मेरिट के आधार म सलेक्शन हो गे। सरला के पोस्टिंग कांकेर तीर पटौद गांव के हाईस्कूल म हो गे। अब तो घर म इनकम के साधन अउ बाढ़गे। सब झिन सुख-शांति ले राहन लागिस फेर एके ठन तकलीफ रिहिसे-"सरला ह कांकेर म रिहिस अउ खुमान ह जगदलपुर म। हफ्ता पुट खुमान ह कांकेर आवत रिहिस। फेर अब रांधे गढ़े बर थोकिन तकलीफ होवत रिहिसे खुमान ल। सरला बर स्कूटी ले दिस। सरला ह स्कूटी म कांकेर ले पटौद पढ़ाय बर जावय। एक दिन खुमान ह सरला ल किहिस-अब अइसे करथंव सरला, तोर पोस्टिंग ल जगदलपुर म करवाए के कोशिश करथंव ताकि दुनो झिन एके जघा जगदलपुर म रहितेन।" सरला बहुत समझदार नारी रिहिस। खुमान के बात ल सुन के सरला कहिथे-"मय जब जगदलपुर चल दुहूं त फेर इहां घर ल कोन देखही? सास-ससुर के देखरेख कोन करही?" कविता के पढ़ई ल कोन देखही? अउ फेर देवर बाबू के चाल ल तो जानतेच्च हस। घुमक्कड़ आय घुमक्कड़। सरला ह खुमान ल कहिथे एक काम कर तंय ह कांकेर म आ जा। खुमान कथे-एह तो नइ हो सकय। सरला कथे-एक काम करथन ननंद अउ देवर के भविष्य ल संवार देथन ताहन तंय जइसन कहिबे ओइसन बेवस्था बना लेबोन। खुमान ल घलो ए बात जचगे।

ओकर बाद खुमान अउ सरला घर के विकास म लग गे। सरला ह अपन ननंद कविता ल पढ़े बर प्रेरित करिस। कविता ह घलो बढ़िया पढ़े-लिखे बर मन लगइस। दीपक ल घलो पढ़े-लिखे अउ आगू बढ़े बर प्रोत्साहित करिस। सरला ह कविता ल काहय-"तंय पढ़ई-लिखई म जादा धियान दे, काम बूता ल मोर उपर छोड़ दे कर।" अब खुमान के घर बल्दाऊ के आना-जाना बाढ़ गे। कभू काम के बहाना त कभू कुछ्छु बहाना। सरला घर काम कर के अपन सास-ससुर के घलो बिक्कट सेवा करय। भुवन अउ निर्मला बहू के सेवा सटका ले अब्बड़ खुश रहय। ईश्वर के कृपा ल कोन जानथे। भगवान ह सरला ल चिन्ह दिस। ए बात के आरो जब खुमान ल होइस त किलोभर मोतीचूर के लाड़ू लान के घर म खुशी मनाय रिहिन। अब तो निर्मला ह घलो काम बूता म हाथ बटावन लागत रिहिसे। तभो ले सरला ह अपन सास ल जादा काम करन नइ देवय। काबर कि ओकर महतारी-बाप मन केहे रिहिसे

"तोर सास-ससुर के बने सेवा करबे बेटी कहिके" अउ यहू केहे रिहिसे कि ओ घर ले मर के निकलबे फेर जियत झन निकलबे। सरला अपन महतारी-बाप के मंत्र ल गांठ बांध के रखे रिहिसे।

कविता पढ़-लिख के होशियार हो गे रिहिस हे। सरला ह कविता ल ओकर जनम दिन म मोबाइल गिफ्ट करिस। मोबाइल दे के बाद सरला ह कविता ल किहिस-"दिन भर मोबाइल म झन लगे रहिबे। जतना जरूरत हे ओतने उपयोग करबे। कविता घलो अपन भउजी ल भरोसा देवइस, हव भउजी महूं ह ए मोबाइल के उपयोग जतना जरूरत रही ओतने करहूं।" फेर मोबाइल तो अइसे नशा आय कि कोनो ल एक घांव लग गे ताहन का पूछबे।

अब सरला मने मन गुनय। कविता बर घलो बने सरिख लड़का मिल जतिस ले ओकर बढ़िया धूमधाम ले बिहाव कर देतेन। सरला एक दिन अपन ननंद ल किहिस-"अब तोरो घर ल बसा देतेन काहत रिहिस मां-बाबू ह, त तोर का विचार हे?" कविता किहिस-अभी मय ह बिहाव के मुड म नइ हवं। मोरो मन ह आपे कस नौकरी करे के बिचार हे फेर अभी तो भतीजा घलो खेलाय बर हे। सरला किहिस-तहूं कविता।

शनिवार के खुमान ह जगदलपुर ले कांकेर अइस। रतिहा सरला ह अपन गोसइया ल किहिस-सुनत हस जी।

खुमान-हव, बता का बात आय?

सरला-मय कविता ल बिहाव बर काहत रेहेंव।

खुमान-त कविता ह काय किहिस?

सरला-कविता काहत रिहिसे, जॉब के तइयारी करहूं कहिके।

खुमान-तोर का बिचार हे?

सरला-कविता बर घलो कोनो करा नौकरी के बेवस्था हो जतिस ते बढ़िया रिहिस।

खुमान-त बिहाव के?

सरला-नौकरी के बेवस्था हो जही ताहन बिहाव के योग घलो बन जही।

खुमान-ले त विज्ञापन देखत रहिबे। ओकर लइक वेकेन्सी निकलही ताहन भरवा देबोन।

सरला-बने काहत हस।

खुमान–वइसे मय बल्दाऊ सर से बात करहूं। कांकेर के आफिस म एक झिन क्लर्क के सीट खाली हे काहत रिहिसे।

सरला–पूछ के बताबे।

खुमान–हव, मय सोचत हवं।

सरला–काय सोचत हस?

खुमान–आज मय तोला पिच्चर देखाय बर लेगहूं कहिके।

सरला–कविता अउ दीपक ल?

खुमान–हमर बीच म उमन ल कहां ले लेगबो।

सरला–तहूं ह।

खुमान–ले रे भई। वहू मन ल लेग जबो। त दाई–ददा मन ल?

सरला–वहू मन ल लेग जबो।

खुमान–त तिंही बता का पिच्चर देखबोन?

सरला–मोर छईंहा भुइयां।

खुमान–बने काहत हस। बिक्कट हिट चलत हवय। सब झिन ल कहि दे आज पिक्चर देखे बर जाबोन कहिके।

पिक्चर के नाम ल सुन के सब झिन खुश हो जथे। सब झिन तइयार हो जथे। आटो मंगवा के पिक्चर देखे बर गिन। बिक्कट भीड़, बिक्कट भीड़। बड़ा मुश्किल म टिकिट मिले रिहिसे। टाकिज म तीन घंटा कइसे निकलिस पता नइ चलिस। सब झिन हंसी खुशी पिक्चर देख के घर लहुटिन। पिक्चर ल देख के लगिस कि अब अपन छईंहा भुइयां ल छोड़ के पलायन नइ करय। छत्तीसगढ़ राज बने के बाद सब ल भरोसा हो गे अब अपने भुइयां म सब ल रोजगार मिलही। अब तो अपन राज आ गे। अब तो छत्तीसगढ़ म चहुंमुखी विकास होय बर धर लिस। छत्तीसगढ़ म विकास के धारा बोहावत हवय।

एक दिन खुमान ह अपन साहेब बल्दाऊ सर ले बात करिस–सर! कांकेर के आफिस म एक ठन कल्र्क के पद खाली हे काहत रेहेव।

बल्दाऊ–हव खाली हे।

खुमान–त का डिग्री चाही सर।

बल्दाऊ–डी.सी.ए. के डिप्लोमा चाही। काहे कि एती सब काम ल कम्प्यूटरकृत करवाना चाहत हवं। तोर नजर म कोनो हवय का?

खुमान–जी सर।

बल्दाऊ–कोन आय?

खुमान–मोर बहिनी आय। ग्रेजुएट के संगे–संग डी.सी.ए. घलो करे हे।

बल्दाऊ–त ठीक हे।

बल्दाऊ के बात ल सुन के खुमान ह खुशी–खुशी घर आथे अउ बताथे कि कविता बर एक ठन जॉब मिल गे हे फेर सरला ह मना कर देथे। अभी एला पी.एस.सी. के तइयारी बर कोचिंग करवाथन। खुमान अउ सरला मिल के कविता ल पी.एस.सी. के कोचिंग करे बर सलाह देथे ताहन कोचिंग सेंटर म ज्वाइन करवा देथे। सरला ह अपन ननंद अउ देवर ल पढ़ाय बर पूरा जान लगा देथे। अपन सउंख ल मार के इंकर मन के पढ़ई–लिखई बर खरचा करत रिहिसे।

देखते–देखत सरला के जचकी के समय आ गे। पीरा जनइस ताहन घर वाले मन कांकेर के अस्पताल म भरती करिस। सरला ह भले बड़े घर ले आय रिहिसे फेर काम बूता बर कभू जी नइ चोरइस। अम्मल म रिहिसे तभो घर के काम बूता ल करय। कविता घलो संग देवय अउ निर्मला ह तो अपन बहू ल काम धाम बर रोकय तभो ले सरला मानय नही। जतना हो सकय ओतने काम काज म भीड़े राहय तभे तो बिना ऑपरेशन के नार्मल डिलवरी होइस। डिलवरी निपटे के बाद लइका ल सब झिन ल देखइस। नर्स किहिस–नोनी आय नोनी। सब झिन खुश होइन फेर खुमान के चेहरा म ओ खुशी नइ दिखिस जउन दिखना चाही। काबर कि खुमान ह तो लड़का के सपना देखे रिहस हे फेर परिवार ल एहसास नइ होवन दिस।

बेटी पैदा होय के बाद बाप ल बाप होय के एहसास होथे। उही दिन ले सुभाव म परिवर्तन आ जथे। काबर कि बेटी पैदा होय के बाद बाप ल अइलगे किसम के जिम्मेदारी के एहसास होथे। खुमान ह नर्स ल मिठई खाय बर रूपिया दिस ताहन सब एक–दुसर ल बधाई दिन। अस्पताल म सरला के भरती होय के पहिलिच्च ओकर दाई–ददा मन आ गे रिहिन। छट्ठी बरही निपटिस ताहन रामनाथ, केकती अउ कुबेर ह घर लहूटे बर बिदा मांगिन।

सरला अपन महतारी ल किहिस–दु–चार दिन अऊ नइ रूक जते दाई। केकती समझावत किहिस–ले न बेटी सेंके चूपरे बर तो तोर सास हवय। तोर बाप अउ भइया बर घरो म तो रांधे–गढ़े बर लागही। सरला समझदार रिहिसे। बने काहत हस दाई। ले त फेर सोर लेवत रहिबे। महतारी मया म किहिस–हव बेटी, रोज के रोज मय फोन करके तोर आरो लेवत रहूं।

सरला अउ खुमान अपन-अपन काम धाम म लग गे। अब तो सरला उपर एक ठन अऊ जिम्मेदारी आगे, नोनी के जतन करई ह। निर्मला ह तो बने सेंके चूपरे फेर कहूं न कहूं इंकरो मन ह उदास रहय, नोनी अवतरे के कहिके। काबर कि सोचे रिहिन हे नाती आही ते छट्ठी ल जोरदार मनइंगे कहिके फेर विधि के रचना के आगू म काकरो थोरे चलथे, नतनीन आगे। सेंके चूपरे के बखत नोनी ह चिरक देवय ते अपन मन के बात ल कहि डरे- "ए घर फूक्कन ह गोड़ ल गइंदला कर दिस कहिके।" छट्ठी के दिन नोनी के नाम ल सरिता धर डरे रिहिन।

अब तक बल्दाऊ ह बिक्कट शातिर हो गे रिहिसे। लोगन मन ल झांसा दे के कइसे रूपिया अइंठना हे तेला ओह जान डरे रिहिसे। छत्तीसगढ़िया मन परबुधिया होथे। अपन दिमाक तो कभू लगाबे नइ करय। दुसर उपर जल्दी भरोसा कर लेथे। बल्दाऊ के नजर ह जउन घर म किराया म राहत रिहिन हे ओ घर ल हड़पे बर नजर लगे राहय। बल्दाऊ ह हमेशा वकील मन के सम्पर्क म राहय। बल्दाऊ अब पूरा योजना के साथ काम करना शुरू कर दिस। अपन दाई-ददा ल चेता दे रिहिस हवय कि दाऊजी अउ गउंटनीन के बढ़िया सेवा करके उंकर मन ल जीत लेवव। प्रेमसुख अउ फूलबतिया ह घलो अपन बेटा के बुध म आके ओइसने करे बर धर लिन। मने मन गुने-"देवी-देवता कस दाऊजी अउ गउंटनीन मन उपर विश्वास घात करना ठीक नइ हे कहिके।" जब प्रेमसुख अउ फूलबतिया छइंहा बर तरसत रिहिन हे तब दाऊजी अउ गउंटनीन ह सहारा दे रिहिन हे।

अब तो बल्दाऊ करा भारी रूपिया आ गे। ओह राजनैतिक पकड़ घलो बना ले रिहिस। रूपिया कमाए के ओकर भूख ह दिनो दिन बाढ़त गिस। 'प्रापर्टी डीलर' के घलो धन्धा खोल लिस। खुमान घलो खुश रहय। ओला बल्दाऊ के चालबाजी के थोरको अंदाजा नइ रिहिस। सरला ह अपन देवर दीपक ल पढ़े बर प्रेरित करत रिहिस फेर ओकर मन ह पढ़ई-लिखई म लगबे नइ करय। बल्दाऊ अतेक होशियार रिहिसे कि ओह जानत रिहिसे कि अब जउन वादा करके रूपिया जमा करवाए रिहिसे ओकर भुगतान करे के दिन ह लकठावत हवय। बल्दाऊ के नजर ह बहुत पहिली ले दाऊजी के मकान उपर रिहिस हवय। कांकेर के नामी वकील ल पकड़िस। बल्दाऊ ह सबले पहिली दाऊजी उपर केस कर दिस। हम्मन ल ए घर म किरायादार के रूप म राहत

बहुत दिन हो गे हे तिही पाय के ए घर के मालिकाना हक हमर होना चाही कहिके नोटिस भेजवा दिस। नोटिस ल दाऊजी ह पढ़िस ताहन दंग रहिगे। जिही ल हम्मन तकलीफ के समय दूध पियायेन उही मन अब जहर उगलत हवय। आजकल काकरो उपर आंखी मूंद के भरोसा करना घलो ठीक नइ हे। अब दाऊजी ह प्रेमसुख ल एकर बारे म पूछिस।

दाऊजी–कइसे प्रेमसुख, ए काए ए? एक तो घर के किराया देबर छोड़ दे हस। उल्टा घर ल हथियाए बर नोटिस भेजवा दे हस।

प्रेमसुख–एमा का गलती हे दाऊजी? फोकट म थोरे राखे रेहे। किराया तो देवत रेहेन।

दाऊजी–तंय तो धोखा देवत हवस प्रेमसुख।

प्रेमसुख ह अब साग–भाजी अउ फल–फूल घलो दाऊजी घर देना बंद कर दिस। दाऊजी अउ गउंटनीन दुनो झिन रोज इही नाम से किटिर काटर होवय। गउंटनीन ह किहिस–मय तो तुंहला पहिलिच्च ले बरजत रेहेंव–"परदेसिया मन उपर जादा भरोसा झन कर दाऊजी, फेर नइ माने।" घर होवय चाहे परिवार सब धोखच्च तो दिन हे। दाऊजी ह उदास हो के किहिस–भगवान ह हम्मन ल धोखच्च खाय बर पठोय हवय गउंटनीन। जिंकर–जिंकर उपर भरोसा करेंव, उही–उही मन धोखा दिन। गउंटनीन ह दाऊजी ल हिम्मत देवावत किहिस–"धोखा दे नइ हे दाऊजी, धोखा खाय हन। हम्मन लघियात सब ल अपन मान लेथन। ले न अब कइसे करबोन? हमर भाग म तकलीफे लिखाये हवय तेला हम्मन का करबो?"

खुमान के बेटी घलो अब मड़ियाय के लइक हो गे। ठुबुक–ठाबक रेंगे बर धर लिस। भुवन ह कोनो डाहर ले आवय त सरिता बर खिलौना लावय। रामनाथ ह गोदी म पा के सरिता ल बिस्कुट खवावत–खवावत खेलावय। सरिता घलो अपन बबा करा जादा जावय। काबर कि ओह खजानी खवाय के टकराहा कर डरे रिहिसे। खुमान ह घलो जगदलपुर ले कांकेर आवय तब सब झिन बर किलो भर मिठई के संगे संग सरिता बर खिलौना बिसा के घलो लावय। सब बढ़िया चलत रिहिस हवय।

बल्दाऊ ह कइसनो कर के मुकदमा ल जीत गे। मनखे के भाग ह कतेक बेर पलट जही तेला कोन जानथे। दाऊजी ह मुकदमा ल हारे के बाद भारी तनाव म रिहिस हवय। दाऊजी अउ गउंटनीन ह पहाड़ असन दुख ल नइ

सहि सकिस। सियान हो गे रिहिन हे। जउन मन ल सहारा बर किराया म रखे रेहेन उही मन हम्मन ल बेसहारा कर दिन कहिके दाऊजी ह गउंटनीन संग तीरथ धाम म निकल गे। उमन लहूट के कांकेर आबे नइ करिन। अब तो बल्दाऊ ह खुश हो के अपन पिताजी ल किहिस–''अब तो हमर रेहे बसे के बेवस्था हो गे।'' प्रेमसुख अउ फूलबतिया ह दाऊजी अउ गउंटनीन के तीरथ यात्रा गे ले भारी दुखी रिहिन हवय। इमन ल दुखी देख के बल्दाऊ ह पूछिस–तुमन काबर दुखी हव?

प्रेमसुख–देख बेटा भगवान बरोबर संकट के बखत दाऊजी अउ गउंटनीन ह हमर मन के सहयोग करे रिहिन हे। आज उही मन ल घर ले निकाल देन।

बल्दाऊ–हम्मन निकाले थोरे हवन। उमन खुदे निकल गे हे।

प्रेमसुख–ए सब धोखा आय बेटा।

बल्दाऊ–देखव, छत्तीसगढ़िया मन निच्चट परबुधिया होथे। इमन दिल से काम करथे। दिमाक ले कभू काम करबे नइ करय।

प्रेमसुख–दिमाक ले काम लेतिन त हम्मन ल सहारा नइ मिलतिस।

बल्दाऊ–जिंकर कोनो नइ राहय उंकर भगवान होथे।

प्रेमसुख–तंय बने काहत हवस बेटा। इमन हमर मन बर भगवान बरोबर रिहिन हे।

फूलबतिया–तोर बाबू बने काहत हे बल्दाऊ, हम्मन तोर बुध म आ के देवता सरिख दाऊजी अउ गउंटनीन मन ल धोखा दे दे हवन। हम्मन ल बने नइ लागत हावय।

प्रेमसुख अउ फूलबतिया ह नइ जानत रिहिन कि बल्दाऊ ह अतेक बड़ कदम उठा डरही। वोकर कहना हे हमरो आंखी म टोपा बंधा गे रिहिसे। फूलबतिया ह बल्दाऊ ल समझावत कथे–तंय दाऊजी अउ गउंटनीन मन ल खोज के लान अउ केस ल वापिस ले के उंकर घर कुरिया ल लहूटा दे। वइसे भी दाऊजी अउ गउंटनीन के जाय के बाद तो हमी मन ए घर के मालिक होतेन फेर तोला तो हड़बड़ी रिहिसे बल्दाऊ। तंय बने नइ करेस। बल्दाऊ किहिस–देखो तुमन ल जउन करना हे ओइसन करव फेर मय उमन ल खोजे बर नइ जावंव। तुमन ल मना करना रिहिस हे त उही समे मना कर दे रहितेव। फूलबतिया फेर कथे–अइसन धोखाधड़ी के काम झन कर बेटा। अपन मेहनत के कमई ह पुरथे। हमर मन ले इही तो बड़े जन गलती हो गे

बल्दाऊ। तोला उही समे बरज देना रिहिसे। महतारी बेटा के गोठ बात ल सुन के प्रेमसुख कथे-भइगे राहन दे फूलबतिया, दाऊजी अउ गउंटनीन ल हम्मन खोजे बर जाबो। बल्दाऊ खिसिया के किहिस-तुमन ल जउन करना हे ते करव तुंहर धरम करम म मय नइ पड़ने वाला हवं कहिके अपन कुरिया म चल दिस। बिहनिया बल्दाऊ ह सुत के उठे नइ रिहिसे ओकर पहिली मुंधराहा ले प्रेमसुख अउ फूलबतिया ह दाऊजी अउ गउंटनीन ल खोजे बर इलाहाबाद बर निकल गे।

छै

रामनाथ अउ केकती दुनो परानी खेती किसानी के सगे-संग गायत्री मिशन के बूता म लग गे रिहिन। कुबेर ह आधुनिक खेती करे बर बिधुन हो के भीड़े रिहिस। दिन-रात खेती अपन सेती कहिके अपन फारम हाऊस ल सिरजाय म लगे राहय। जानत रिहिस हे कुबेर ह कि अब दाई-ददा सियान उमर म पहुंच गे हे। अब तो सबो काम बूता ल खुदे ल सम्हालना हे कहिके, बर बिहाव डाहर धियान नइ देवत रिहिस। केकती अपन बेटा कुबेर ल काहय घलो-"अब तो बिहाव कर ले बेटा।" त कुबेर ह हमेशा टार देवत रिहिस। ए पइत गुनमुना के केकती किहिस-घर बूता सम्हाले बर तो एक झिन बहू चाही न कुबेर। कुबेर फेर कहि दिस-"ले न दाई अभी घर के काम काज बर रउतइन लगा लेथन।" केकती किहिस-रउतइन ह रउतइन रही, बहू नइ हो सकय। अपन महतारी ल रिसाजत देख के ए दरी हामी भर दिस। कुबेर ह किहिस-रिसा झन दाई, मय थोकिन फारम हाऊस के काम बूता ल देखे बर जावत हवं, तुमन लड़की के आरो करत रहव। जम जही ते तुंहरो "बहू हाथ के पानी" पीए के साध ह पूरा हो जही। घर म नवा बहुरिया के आवत ले काम बूता बर रउतइन लगा दिन। सब काम बढ़िया सरके बर धर लिस।

एती खुमान ह घलो "मनी फंड" कंपनी म लोगन मन ले लाखो रूपिया जमा करवा डरे रिहिस। अब धीरे-धीरे समय नजदीक आवत रिहिस। जिंकर मन के रूपिया ल तीन साल म डबल करके देना रिहिसे। खुमान ह बल्दाऊ सर करा अब रिपोर्ट देना शुरू कर दिस। खुमान के अण्डर म घलो कतनो एजेन्ट मन काम करत रिहिन। वहू मन अब खुमान ल सुरता कराय बर धर लिन। सर! अब इन्वेस्टर मन के रूपिया ल लहुटाय के बखत आवत हवय। बल्दाऊ के अण्डर म आठ-दस जिला म खुमान कस मैनेजर के रूप म काम

करत रिहिन हवय। धीरे-धीरे सबके फोन बल्दाऊ करा आना शुरू हो गे। बल्दाऊ समझ गे अब तो फंसना निश्चित हे काबर कि जउन कंपनी के शेयर खरीदे रिहिसे ओह डूबगे। कंपनी के डूबे के संगे-संग बल्दाऊ के सपना घलो डूबे बर धर लिस। अब बल्दाऊ करा ओतना रूपिया नइ रिहिस कि सब ल वापिस कर सकय। कुछ मन धमकी दिस त घर-कुरिया ल बेच भांज के मन मढ़ाय बर थोरिक-थोरिक करके लहुटावत गिस। बल्दाऊ बड़ चतुरा रिहिस अब ओह अपन भागे के जुगाड़ म लग गे। सब झिन के तगादा शुरू होइस ताहन बल्दाऊ हलाकान हो गे। अब बल्दाऊ ह अपन पूंजी पसरा अउ रूपिया पइसा ल समेट के रातो रात अपन प्रदेश भगा गे। कोनो ल कानो कान आरो नइ लगिस। बिहनिया अखबार के फ्रंट पेज म छपे समाचार पढ़े बर मिलिस-''मनी फंड'' कंपनी के संचालक बल्दाऊ फरार। अब सबो जिला के मैनेजर मन हलाकान हो गे। दिन भर टीवी न्यूज चैनल म प्रसारित होवत रिहिस हवय कि ''मनी फंड'' कंपनी के संचालक करोड़ो के घोटाला करके फरार हो गे हवय। समाचार ल सुन-सुन के अब सब इन्वेस्टर मन अपन-अपन एजेन्ट ल फोन लगईन। एजेन्ट मन अपन-अपन जिला प्रबंधक मन ल फोन घनघनईन। सब झिन ठीक हे न ह, देखत हवन कहिके बात ल सम्हाले बर धरिन। ए समाचार ले खुमान घलो विचलित हो गे।

खुमान के परिवार म घलो उदासी छा गे। अब तो एजेन्ट मन के फोन आना शुरू हो गे। खुमान घलो हलाकान हो गे। जतना झिन खुमान के माध्यम ले इन्वेस्ट करे रिहिन हे वहू मन तगादा शुरू करिन। खुमान ह अपन ससुरार वाले मन ल घलो नइ छोड़े रिहिस। कुबेर ल अपन ग्रीप म लान के ''मनी फंड'' कंपनी म लाखो रूपिया लगवाय रिहिस हवय। कुबेर ह घलो समाचार ल सुन के फोन लगइस। खुमान ह घलो वहू मन ल समझा-बूझा के शांत कर दिस। रामनाथ अउ केकती ह कुबेर ल समझइस कि अब फोन झन करबे बेटा, ए सब कंपनी मन अइसनेच्च होथे। मय तो खुमान ल पहिलिच्च ले चेताए रेहेंव फेर वहू ह नइ मानिस। खुमान ह सब ल केहे रिहिसे मोर उपर भरोसा करव, कंपनी ह रूपिया नइ दिही त मय ह दुहूं। इही भरोसा म ओकर फूफा घलो धान बेचे रिहिस ते रूपिया ल ''मनी फंड'' कंपनी म लगा दे रिहिसे। खुमान के फूफू ह घलो बिक्कट बरजे रिहिस हवय, तंय ए सब कंपनी म रूपिया झन लगा कहिके। फेर पारिवारिक संबंध ल देखत ओकर फूफा ह

खुमान के बात ल राखे बर रूपिया लगा दे रिहिसे। वहू ह खुमान ल फोन लगइस, का होइस रूपिया जमा करे रेहेंव तेकर? खुमान ह अपन फूफा ल घलो ले दे के सम्हालिस।

अइसने अब कतनो सदस्य मन वसूली बर खुमान ल तंगाय बर धर लिन। खुमान अब परेशान होय बर धर लिस। सरला ह खुमान के बेचैनी ल समझ गे। काबर कि अब तो सरला ल घलो स्टाफ म ताना मिले बर धर लिस। सरला ल घलो बेकार लगे बर धर लिस। सरला करे तो काय करय। सरला ह मने मन गुनिस, अब तो समाज ह जीना हराम कर दिही। अइसने म सरिता के पापा ह उल्टा-पूल्टा कदम उठा डरही त अउ अलहन हो जही। अब सरला ह परन करिस कि कइसनो करके ए बिपत्ति ले परिवार ल उबारे बर परही। अंधियारी ह हमेशा थोरे रही। आय हवय ते ह जाबे करही। आज दुख हवय त सुख ह आबे करही। फेर अब करे ते करे का जाय। चिंता-फिकर म सरला ह घलो रोहन-बोहन दिखे बर धर लिस। सब झिन के तगादा ल सुन-सुन के सरला के सास के तबियत खराब हो गे। भुवन ल तो बड़ मुश्किल म सम्हाले रिहिन। अब तो का होही तेला भगवाने जाने। सरला ह खुमान ल हलाकान होवत देख के किहिस-''जादा फिकर झन कर सरिता के पापा।''

खुमान-कइसे फिकर नइ करंव सरला?

सरला-फिकर करे ले समस्यिा के हल नइ होवय।

खुमान-त काय करंव?

सरला-ओकर बर रद्दा निकाले बर परही।

खुमान-अब तिंही बता, कइसे हल निकाले जाय?

सरला-ले न मय लोन निकाल लेथंव।

खुमान-लोन भर ले ले का होही? अऊ फेर करजा ले लेबे ताहन घर ल कइसे चलाबोन?

सरला-घर के खरचा ल घलो चलाबोन अउ कविता ल पढ़ाबोन घलो।

खुमान-कइसे पढ़ाबे?

सरला-हम्मन अपन इच्छा ल मारबो। अपन अपन फिजूल खरचा ल कम करबोन।

खुमान-तभो ले जउन मन रूपिया लगाय हवय उंकर रूपिया नइ छुटावय।

सरला-सब छुटाही।

खुमान–नइ छुटावय सरला। ताना मरई के मारे अब तो फांसी अरोए के मन करथे।

सरला–का फांसी अरोए ले समस्यिा के निदान हो जही। अभी ननंद ल पढ़ाना हवय अउ दीपक ल घलो पैर म खड़ा करना हवय।

कविता सब बात ल सुनत रिहिस हे। ले न भाभी महूं ह कोचिंग ल बंद कर दुहूं। सरला कथे तोला कोचिंग बंद करे के जरूरत नइ हे। अब सरला ह घर म टिवसन पढ़ाय के घलो शुरू कर दिस। एक दिन मौका देख के निर्मला किहिस–मोरो गाहना गुरिया ल बेच के उंकर रूपिया ल लहुटा दव। फेर सरला किहिस–मां! गाहना–गुरिया बेचे भर ले मेम्बर मन के रूपिया के भरपाई नइ हो सकय। त निर्मला कथे–काय करे बर लागही बहू? सरला कथे–सरिता के पापा के हिम्मत नइ हे कि आप मन करा कुछु कहि सकय।

निर्मला–त का करे जाय बहू?

सरला–नइ खिसियाबे त तो कहूं। परान ह रही ते धन दउलत ल कमा लेबोन मां जी।

निर्मला–बने फोर के बता बहू।

सरला–काहे कि सरिता के पापा ह बहुत झिन के बिक्कट अकन रूपिया ल डुबो डरे हवय।

निर्मला–त उबरे बर का करे बर लागही?

सरला–पांच एकड़ जमीन ल बेच देबोन ताहन हमर समस्यिा के समाधान हो जही।

निर्मला–पांच एकड़ जमीन ल बेच देबोन ताहन हमर मन बर का बांचही?

सरला–तभो ले दस एकड़ बांच जही मां। अभी तो कम से कम हमर समस्यिा ह हल हो जही।

निर्मला अउ भुवन ह बड़ मुश्किल ले जमीन ल बढ़ाय रिहिसे। भुइयां बेचे के बात अइस त निर्मला के आंखी ले तरतर–तरतर आंसू निकले बर धर लिस। सरला ह अपन सास के आंसू ल अंचरा म पोंछ के चूप करइस। सरला ल निर्मला किहिस–ले बहू, ए बात ल तोर ससूर करा रखहूं। निर्मला ह भुवन ल किहिस–सुनत हव हो!

भुवन–बता का बात आय?

निर्मला–कइसे निच्चट दिखत हवस? खाना घलो तुंहर टूट गे हवय। दुबरावत घलो हवस।

भुवन–लोगन मन के ताना ले दुबराबे नही त का मोटाबे? ए खुमान ह तो हम्मन ल सड़क म लान दिस।

निर्मला–खुमान के एमा थोरको गलती नइ हे। रूपिया ल कंपनी वाले डूबो दिस तेला खुमान काय करही?

भुवन–त ओला तो हम्मन ल भोगे बर परत हवय।

निर्मला–ए तो सब भगवान के मरजी आय जोड़ी। हो सकथे पीछू जनम म इंकर मन के लागत रेहे होबोन।

भुवन–त ओला छूटबो कइसे?

निर्मला–छूट सकत हवन।

भुवन–कइसे?

निर्मला–केहे के हिम्मत तो नइ होवत हवय, फेर खिसियाबे नही त कइहंव।

भुवन–बोल न बोल, नइ खिसियावंव।

निर्मला–मय तो सोचत रेहेंव।

भुवन–का सोचत हस?

निर्मला–(हिम्मत करके अपन गोसइया ल किहिस) मय गुनत रेहेंव सब झिन के रूपिया ल लहूटाय बर पांच एकड़ जमीन ल बेच देतेन ताहन हाल के समस्यिा ले गुक्ति पा लेतेन।

भुवन–(सुन के गमछा म अपन आंसू पोछत किहिस) एला तंय काहत हस निर्मला, कतेक मेहनत करके दुनो परानी भुइयां ल सकेले हवन।

निर्मला–कइसे करबे खुमान के ददा। महूं ह छाती म पथरा राख के काहत हवं फेर मय जानत हवं मोला कतेक दुख होवत हवय। एकर अलावा कुछु चारा घलो नइ हे।

भुवन–बने काहत हस खुमान के दाई। खेत ल बेच के सबके रूपिया ल वापिस कर देथन। विधाता के रचना ल कोन जानथे। संकट आथे त चारो कोती ले। हालत ले उबरे बर सब झिन अपन–अपन स्तर म हल निकाले बर धरिन। कविता घलो घर म टिवसन पढ़ाय बर शुरू करिस। दीपक ह घर के सामने वाले कुरिया म किराना दुकान खोलिस। विपत्ती काल म सब झिन हिम्मत से काम लिन।

सात

जब सरला के बिहाव होय रिहिस हवय ओ समे ओकर दु झिन बहिनी मन नान्हे नान्हे रिहिन हवय। धीरे-धीरे वहू मन बाढ़त गिन। रामनाथ हमेशा चाहत रिहिसे कि लइका मन पढ़य-लिखय कहिके। सबो बेटी मन ल पढ़ाय-लिखाय बर कोनो कसर नइ छोड़िस। रामनाथ ह बीच-बीच म परिवार के संग तीरथ बरत घलो करय। रामनाथ ह लइका मन के संग देवारी छुट्टी म हरिद्वार जाय बर योजना बनइस। उही समे हरिद्वार म गायत्री महायज्ञ के विशाल आयोजन रिहिसे। मुख्य काम तो महायज्ञ म सेवा देना रिहिसे। यज्ञ के समापन के बाद हरिद्वार के दर्शनीय स्थल मन के दर्शन करे के योजना रिहिस हे। फेर सरला ह मना कर दे रिहिस हे-"नही दाई मय ह अभीन नइ जावंव। सरिता घलो छोटे हवय। सम्हले के लइक हो जही ताहन फेर तीरथ धाम कर लेबोन। अभी तो ससुरार के जिम्मेदारी घलो निभाना हवय। ननंद के पी.एस.सी. कोचिंग चलत हवय अउ दीपक के पढ़ई-लिखई म ठीकाना नइ परिस ताहन ओकर बर नानकुन किराना दुकान घलो खोले हवन।" केकती ह पूछिस-ओ "मनी फंड" के का होइस बेटी ? कतनो झिन के रूपिया ह डूब गे हे कहिके हल्ला हवय। सरला ह किहिस-हव दाई डूब गे हवय। केकती किहिस-खुमान ह जादा फिकर झन करही, समझाबे ओला। हमुमन कंपनी म जउन रूपिया लगाय हवन ओकर फिकर झन करय। बल्कि अऊ कोनो किसम के जरूरत परही ते बताबे, हम्मन अउ सहयोग कर देबोन। सरला समझदार रिहिस हवय। ससुरार म कतनो संकट अइस फेर मइके म नइ बतइस। जहर ल पी के रहि गे। सरला अपन दाई ल किहिस-फिकर करे के कउनो जरूरत नइ हे दाई। सब ठीक हो गे हवय।

सबो बात ल रामनाथ सुनत रिहिसे। रामनाथ केकती ल किहिस-सुन केकती हमर महतारी बाप मन नोनी मन ल पढ़ाय-लिखाय बर मना करत रिहिन हे फेर बेटी ल पढ़ा-लिखा के पैर म खड़ा करना कतना जरूरी हे। केकती ह घलो किहिस-हव कुबेर के ददा, आज सरला पढ़-लिख के नौकरी नइ करे रहितिस ते आज सड़क म आ जय रहितिन। तिंही पाय के दुलारी अउ हंसा ल घलो बिक्कट पढ़ाबोन। बेटी मन पढ़-लिख के अपन गोड़ म खड़ा हो जही ते अपन परिवार बर आधार बनही। शिक्षा ह जिनगी भर काम आथे। सियान मन कथे न धन के बंटवारा हो जथे फेर गियान के बंटवारा नइ होवय।

हरिद्वार ले रामनाथ अपन परिवार संग लहूटिन ताहन खुशी-खुशी सब अपन-अपन काम बूता म लग गे। मउका देख के केकती ह अपन जोड़ी ल कथे-एसो धान-पान बने होए हवय, कुबेर के बिहाव ल कर देतेन। कब तक ले कुंवारा रही। रामनाथ ह केकती ल कथे-मोला तो अइसे लागथे कुबेर ह बिहाव कर डरे हे। केकती ह अकबका के पूछथे-तुमन कइसे गोठियाथव, ए टूरा ह नाक कान ल कटवा दिही का? अउ फेर तोला मालूम रिहिस हे त मोला बताय काबर नही? केकती ह रामनाथ ल पूछथे-काकर संग बिहाव करे हे तेला जानत हस?

रामनाथ-हव।

केकती-काकर संग करे हवय, जात के आय ते पर जाता आय?

रामनाथ-जात के।

केकती-त बताबे कोन आय तेला? तभे तो ए टूरा ह बिहाव के नामे ल नइ लेवत हे। ''बहू हाथ के पानी'' पिबोन कहिके सपना देखत हवन तेह धरे के धरे रहि गे।

रामनाथ-तोरो सपना पूरा होही केकती।

केकती-काला पूरा होही? बढ़िया धूमधाम ले बिहाव करबोन काहत रेहेन, तेह जइसने के तइसने रहि गे। बहू बर सोना-चांदी घलो बिसा डरे हवं फेर कुबेर ह तो हमर नावे ल बुड़ो दिस।

रामनाथ-नइ बुड़ो हे केकती, जादा खिसिया झन।

केकती-काला नइ खिसियाबे। निच्चट सिधवा टूरा आय फेर कइसे बिगड़ गे। आरो घलो नइ पायेन।

रामनाथ-अभी कुबेर नइ बिगड़े हे केकती।

केकती–काला नइ बिगड़े हे। तभे तो काहंव, ए टूरा ह रात–रात के रमायेन म जाथंव कहिके जावय अउ अधरतिया आवय। मोला तो उही बखत शंका होय ल धर ले रिहिस हे फेर तुंहला खिसियाही कहिके कुछ नइ केहेंव।

रामनाथ–अभी घलो शंका करत हवस केकती।

केकती–अब जादा बिल्होर के झन राख। काकर संग मुंहू ल करिया करे हवय तेला बता।

रामनाथ–बतावंव।

केकती–हव, जल्दी बता।

रामनाथ–खेती संग।

केकती–ए काकर टूरी आय?

रामनाथ–ए ह काकरो टूरी नोहे।

केकती–त का आय?

रामनाथ–तहूं नइ जानस, दिन भर खेती किसानी म भीड़े रहिथे। ओला तो अपन सुध नइ राहय त बिहाव के सुध कहां ले रिही।

केकती–तहूं कुबेर के ददा, मोला शंका म डार दे रेहेस।

रामनाथ–ओ तो तोला मजाक करत रेहेंव।

केकती–अब मजाक उजाक नइ चलय। मोला एसो "बहू हाथ के पानी" पीना हे मने पीना हे।

रामनाथ–ठीक हे भई ठीक हे। एसो कुबेर ल बिहाव करे बर राजी करहूं। रामनाथ के गोठ ल सुन के केकती के चेहरा म मुस्कान आ जथे।

अब रामनाथ ह दु–चार जगह लड़की खोजे बर गोबिंद संग निकलिस। एसो तो रामनाथ ह पंडित करा बिचरा के निकले रिहिसे। ताबीज घलो बनवाय रिहिस। पंडित ह बताय घलो रिहिस हे कि रायपुर डाहर लड़की मिलही कहिके। ज्योतिष करा बिचराए रिहिस हवय फेर काम नइ बनिस। त ए दरी दुसर पंडित करा ताबीज अउ मुंदरी बनवाय रिहिस हवय। जेती–जेती पंडित मन काहय उही–उही डाहर जावय। अइसे तइसे चारो दिशा म घूम डरिन फेर मुंदरी अउ ताबीज काम नइ आइस। संयोग से गायत्री माता के कृपा ले अभनपुर के लड़की पसंद आ गे। सबो किसम ले लड़की ह कुबेर बर फीट बइठत रिहिसे। घर म आके सब ल बतइस ताहन सबके चेहरा म खुशी दउड़गे। पुरोहित करा कुबेर अउ लड़की के नाड़ी, गुन ल घलो मिला डरिन।

सबो बढ़िया मिल गे। गोबिंद ह रामनाथ के सग भाई भले नइ रिहिस फेर सग ले बढ़ के रिहिस। रामनाथ के सुख-दुख म बरोबर खड़े राहय। गोबिंद ह रामनाथ ल किहिस-भइया हम्मन ल तो लड़की पसंद आ गे हे फेर अब कुबेर ल पसंद आना चाही। रामनाथ किहिस-बने काहत हस भाई। गोबिंद ह रामनाथ ल किहिस-अवइय्या इतवार के कुबेर ल लड़की देखाय बर लेग जबे। ठउंका ओतके बेर कुबेर घलो आ जथे। गोबिंद ह कथे-ए दे कुबेर घलो आ गे। कुबेर ह अपन ददा अउ कका के पांव परथे ताहन ओ जगह ले जाय बर धरथे। देख के गोबिंद ह कथे-सुन तो कुबेर।

कुबेर-हव कका।

गोबिंद-तोर बर लड़की पसंद करके आय हवन। इतवार के भइया संग लड़की देखे बर चल देबे।

कुबेर-ले न कका। ददा अउ तोर मन आ गे ताहन मोला जाय के का जरूरत हवय। सियान मन गलत थोरे करहू।

गोबिंद-तभो ले बेटा हमर जमाना म चल जावत रिहिसे। तुमन नवा पीढ़ी अव। एक-दुसर ल पसंद कर लेवव। ओकर बाद बात ल आगू बढ़ाबोन।

रामनाथ-गोबिंद बने काहत हे कुबेर। इतवार के लड़की देखे बर चल देबोन। तोला जम जही ताहन फायनल कर देबोन। ओकर बाद बिहाव के तइयारी म लग जबोन। हमर परिवार बड़े हवय। जोरा करे बर परही।

गोबिंद-कइसे कुछु नइ काहत हवस कुबेर?

कुबेर-ले न आप मन जइसन सोचत हव, ओइसने हो जही। मय कभू आप मन के बात ल टारे हवंव।

कुबेर के बिहाव होवइया हे कहिके पूरा परिवार खुश रिहिन। दुलारी अउ हंसा घलो बिक्कट खुश रिहिन हे, भउजी आही कहिके। केकती तो मने मन खुश रहय ''बहू हाथ के पानी'' पिये बर मिलही। अब तो काम बूता बर हाथ-गोड़ के रफ्तार बाढ़ गे रिहिस। रामनाथ घलो मने मन खुश रिहिस हवय, चलो एसो जिनगी भर के साध ल भगवान पूरा करही। गोबिंद घलो अब्बड़ खुश रिहिस। मने मन गुनत रिहिस हवय, कुबेर बर जउन नोनी ल देखे हवन ओह बहुत सुन्दर हवय। कुबेर ल पसंद आ जही ते बढ़िया जोड़ी फभही। राम सीता कस जोड़ी लागही। गोबिंद ह भगवान ले अपन भइया-भउजी के ''बहू हाथ के पानी'' पिये के साध ल पूरा करे बर बिनती करिस।

गोबिंद ल भगवान उपर पूरा भरोसा रिहिस हवय कि ओकर बिनती ल जरूर सुनही। देखते देखत इतवार आ गे। आज रामनाथ ह कुबेर ल लड़की देखाय बर अभनपुर जवइया रिहिस। केकती, दुलारी अउ हंसा जुरमिल के जल्दी-जल्दी खाना बनइन। रामनाथ अउ कुबेर ह जल्दी भात खा के कुल देवता ल सुमर के अभनपुर जाय बर फटफटी म बइठ के निकल गे।

रामनाथ अउ कुबेर ह पाटन म चाहा पानी पिये बर थोकिन रूके रिहिन ओकर बाद उमन अभनपुर जाय बर निकल गे। बाप-बेटा दुनो झिन अभनपुर पहुंच गे। अभनपुर के बस स्टैण्ड के होटल के पेड़ा बहुत प्रसिद्ध हवय। रामनाथ ह एक किलो पेड़ा बिसइस ताहन सगा घर पहुंच गे। रामनाथ ह सगा मन ल आय के खबर मोबाइल म आघुच्च ले दे दे रिहिस। तिही पाय के सगा मन घलो इंकर रद्दा जोहत रिहिन। बढ़िया तइयारी करे रिहिन। कलिन्दर, कलमी आमा, मिक्चर अउ मिठाई के बेवस्था करे रिहिन। सगा घर पहुंचिन ताहन रामनाथ अउ कुबेर ल बइठक रूम म बइठारिन। सगा मन अपन डाहर ले कोनो कमी नइ करिन। बइठक खोली म नोनी के बबा अउ पिताजी ह रामनाथ अउ कुबेर संग बइठिन। नोनी के भाई ह बेवस्था म लगे रिहिस। पांव पलागी करे के बाद लड़की के महतारी ह पानी धर के अइस ताहन लड़की ल नाश्ता धर के भेजवइस। कुबेर ह लाज के मारे मुड़ी ल उठावत नइ रिहिस। लड़की के पिता जी ह समझ गे। ओह कुबेर ल किहिस-''ले नाश्ता कर बेटा।'' तब कहूं जा के मुड़ी उठा के कुबेर ह नाश्ता करिस। एकर बाद लड़की ह शर्बत धर के अइस। तब कुबेर ह लछरहा लड़की ल देखिस। देखई-सुनई होय के बाद सबो झिन खाना खइन ताहन रामनाथ ह नवागांव जाय बर बिदा मांगिस फेर सगा मन बिनती करिन, बेरा ह ढरक गे हे सगा अउ सफर दुरिहा घलो हवय, आज रूक जव। काली बिहनिया नाश्ता करे के बाद चल दुहू फेर रामनाथ ह नइ मानिस। मने मन गुनिस, काहे कि अभी रिश्ता तय नइ होय हवय त रात रूकना ठीक नइ हे। कहूं जादा मुंधियार हो जही त पाटन म संगवारी घर रूक जबोन कहिके जिद्द कर दिस। निकलत खानी रामनाथ सगा मन ल किहिस-ले न घर म जा के काली मोबाइल म खबर करहूं। सगा मन घलो हव कहिके बिदा कर दिन। कुबेर बिक्कट हिम्मत वाले रिहिस हवय। तभे तो फटफटी ल रफ्तार म चलावत आगू बढ़ गे। सफर लम्बा रिहिसे।

कुबेर के चेहरा म थकावट ल देख के रामनाथ किहिस–पाटन म रूक जथन बेटा। कुबेर कथे–''नही ददा चल देबोन।''

कुबेर ह अपन ददा संग नवागांव आय बर पाटन होवत आगू बढ़ गे। थोकिन मुंधियार होय बर धर ले रिहिसे। दुर्ग डाहर ले फुल स्पीड म आवत कार ह कुबेर के गाड़ी ल आगू डाहर ले जोर से ठोक दिस। लोगन मन के आवाजाही रिहिसे। देखो–देखो हो गे। कार वाले ह इमन ल मार के तो भगा गे फेर ए दुर्घटना म कुबेर ह लहूलुहान हो गे। रद्दा रेंगइय्या मन कइसनो करके चंदूलाल चंद्राकर शासकीय चिकित्सालय पाटन म बाप–बेटा ल लइन। अस्पताल म डॉक्टर ह कुबेर ल मृत घोषित कर दिस। डॉक्टर मन बतइन कि रामनाथ के एक गोड़ म हल्का चोट आय हवय। एती केकती, दुलारी अउ हंसा ह रामनाथ अउ कुबेर के बाट जोहत रिहिन हवय। गोबिंद ल घलो केकती ह उंकर खबर लेबर किहिस–''देखव तो पता लगावव, हम्मन मोबाइल लगावत हवन त मोबाइल लगत नइ हे।'' गोबिंद किहिस हो सकथे उमन सगा घर रहि गे होही। गोबिंद के मन नइ माड़िस त अभनपुर फोन लगइस। सगा मन बतइन कि उमन तो इहां ले निकल गे हवय।

अस्पताल म जउन करा रामनाथ भरती रिहिस उही करा ओकर पुराना संगवारी अजय उमरे मिल गे। रामनाथ अजय उमरे ल किहिस–गोबिंद के नम्बर म फोन लगा के बता दे कि पाटन ले निकलती म हमर मन के एक्सीडेंट हो गे हे। गोबिंद ल कहि देबे कि अभी घर वाले मन ल झन बताही, ओह तुरते पाटन पहुंच जाय। अब गोबिंद ह खाना खावत रिहिसे तेला छोड़ के फटफटी निकालिस अउ अपन गोसइन ल बतइस–''रामनाथ भइया अउ कुबेर के एक्सीडेंट हो गे हवय, मय पाटन जावत हवं। तंय ए बात ल केकती भउजी ल झन बताय रहिबे।'' केकती बड़ खुश रिहिसे ''बहू हाथ के पानी'' पिबोन कहिके फेर भगवान के मरजी ल कोन जानथे। ''होइ हैं वही जो राम रचि राखा।'' गोबिंद ह पाटन अस्पताल म रामनाथ करा पहुंचिस। पहुंचते भार हाल चाल ल पूछिस। सबो घटना ल रामनाथ ह बतइस। रामनाथ ह गोबिंद ल किहिस–देख तो कुबेर के का हाल चाल हे ? अजय अउ गोबिंद एक–दुसर ल पहिलिच्च ले जानत रिहिन। गोबिंद ह अजय उमरे ल पूछिस–तें इहां कइसे ?

अजय उमरे–मोर ददा के हाथ ह फैक्चर हो गे हवय।

गोबिंद–अभी कइसे हे ?

अजय उमरे–अभी तो पहिली ले सुधार हे।

गोबिंद–फेर रामनाथ भइया के एक्सीडेंट कइसे हो गे। कुबेर ह दिखत नइ हे।

अजय ह गोबिंद ल अकेल्ला म बला के सब बात ल बताथे। पाटन के निकलती म काली रामनाथ अउ कुबेर के एक्सीडेंट हो गे। अस्पताल म ल के भरती करइस तेह मोर पहिचान के आय। उही ह मोला सबो ल बतइस। काहे कि अभी न, रामनाथ ल कुछु बताय झन रहिबे।

गोबिंद–काला ?

अजय–बड़ दुख के बात आय कि एक्सीडेंट म कुबेर के आन स्पाट डेथ हो गे हे। ओकर डेथ बाडी ल मरचुरी म रखे हवय।

गोबिंद ह सुन के दहाड़ मार के रो डरिस। अजय ओला ढांढस बंधइस। तोला सम्हले बर परही गोबिंद काहे कि अब तुहीं ल रामनाथ भइया के परिवार ल सम्हाले बर परही। ले दे के गमछा म आंसू ल पोंछत चूप हो के अपन आप ल सम्हालथे। अजय ह रामनाथ अउ गोबिंद के संग ल नइ छोड़िस। अजय ह अपन पिता जी के सेवा जतन बर बेटा ल बलवा ले रिहिस हवय। अजय अपन बेटा ल कहि दे रिहिसे, आज सबो झिन बर खाना लाबे कहिके। गोबिंद अउ अजय ह रामनाथ करा पहुंचिन त रामनाथ ह पूछिस–कइसे कुबेर ह दिखत नइ हे, बने हे न ?

गोबिंद–हव भइया बने हे, ओला दुसर वार्ड म रखे हवय।

रामनाथ–चलो, भगवान के किरपा ले जादा अलहन नइ अइस।

गोबिंद ह मने–मन गुनत रिहिसे, रामनाथ भइया ह नइ जानय कि कतेक बड़ अलहन आय हे तेला। बिहनिया अजय उमरे अउ गोबिंद डॉक्टर मन ले मिलिन। सब कार्यवाही करे के बाद कुबेर ल अलग गाड़ी म अउ रामनाथ ल अलग गाड़ी म बइठार के घर लेगिन। गोबिंद ह अपन गोसइन ल सब बता के चेता दे रिहिसे कि ए सब ल केकती भउजी ल झन बताय रहिबे। अतना जरूर बता देबे कि काली लहूटत खानी कुबेर अउ ओकर ददा के एक्सीडेंट हो गे हे। गोबिंद के गोसइन सत्यभामा ह केकती घर जा के खबर ल बता दिस फेर सत्यभामा के चेहरा मोहरा ल देख के अंदेशा होय ल धर ले रिहिसे कि कोनो अनहोनी जरूर हो गे हे। केकती ह सत्यभामा ल चेंध–चेंध के पूछिस फेर बताय के हिम्मत नइ होइस। बस इही काहत रहिगे–कुछु नइ होय हवय।

दुनो झिन बने हवय, चिन्ता-फिकर के बात नइ हे। तब तक रामनाथ ह पहिली पहुंचिस। ओकर एक गोड़ म घुटना करा प्लास्टर बंधाय रिहिसे। रामनाथ अउ गोबिंद ल देखिस त केकती, दुलारी अउ हंसा ल हाय जी लगिस। तब तक रामनाथ ल घलो पता नइ रिहिस कि कुबेर हम्मन ल छोड़ के चल दे हे कहिके। रामनाथ ल देख के केकती पूछिस-कुबेर बेटा कहां हे ? तंय अकेल्ला आवत हवस। गोबिंद किहिस-आवत हे भउजी, आवत हे। फेर...

केकती-का फेर ?

गोबिंद-कुबेर हम्मन ह छोड़ के चल दिस भउजी।

रामनाथ-कहां चल दिस ? कइसे गोठियाथस। काली तो हम्मन एके संघरा रेहेन।

गोबिंद-काली के एक्सीडेंट म कुबेर ह हम्मन ल छोड़ के भगवान घर चल दिस भइया कहिके बोम फार के रोये ल धर लिस। सुनते भार रामनाथ, केकती, दुलारी, हंसा अउ सत्यभामा ह घलो दहाड़ मार के रोए बर धर लिन। इंकर रोवई ल सुन के तीर तखार के मन सकला गे। ओकर बाद धीरे-धीरे करके परिवार, डिहवार अउ गांव वाले मन घलो सकलावत गिन। सरला घलो खबर पा के वहू ह खुमान संग अपन बेटी सरिता ल धर के पहुंचिस। सब झिन कुबेर के सुरता कर-कर के रोए बर धर लिन।

रामनाथ ल गोबिंद ह सम्हाले रिहिस। केकती ल सत्यभामा सम्हाले रिहिस। लोग लइका ल परिवार के अउ सदस्य मन सम्हाले रिहिन। बेटा जात मन खटली के तइयारी म लग गे। माईलोगन मन आरती के तइयारी म लग गे। अब सफेद कपड़ा म लपटाय कुबेर के लाश ल गाड़ी ले उतारिन ताहन तो फेर दुख के पहाड़ टूट गे। सब झिन आरती उतार के उल्टा भांवर घूम के अपन दुलरूवा बेटा ल हमेशा-हमेशा बर बिदा करिन।

आठ

कांकेर के जमीन ल बेचे के बाद भुवन बिक्कट उदास रिहिस हवय। सरला ह घलो सरलग मइके अउ ससुरार म संकट उपर संकट ले भारी दुखी राहत रिहिसे। तभो ले अपन जिम्मेदारी ल पूरा करे म लग गे। घर बाहिर कमाए बर धर लिस। अब खुमान घलो अपन आप ल दोषी मानत रिहिसे कि मोरे सेती घर के हालत ह अतेक बिगड़ गे कहिके। ननंद अउ भउजी घर के आर्थिक स्थिति ल कइसे सुधारे जाय कहिके रात-दिन सोचन लागे। सरला ह खुमान बर घलो हिम्मत बनिस। सरला ह खुमान ल समझावत किहिस-"अब जऊन हो गे तउन तो हो गे अब उही बात ल धरे रहिबोन त कइसे काम चलही? खुमान ह सरला ल किहिस-त मय का करंव तिंही बता न।"

सरला-मन ल बहलाए बर आप ल कुछु न कुछु करे बर परही। कुछु कहीं काम बूता म मन ह लगे रही त चिंता-फिकर ले मन ह हटही।

खुमान-का बूता करंव?

सरला-अइसे कर फिलहाल देवर बाबू के किराना दुकान म सहयोग कर। ताकि दीपक ल घलो बाजार हाट जाय बर सहुलियत हो जही।

खुमान-बने काहत हवस सरला। अब तो सरिता के भविष्य बर घलो सोचे बर परही।

सरला-मय सोचत हवं कविता अउ दीपक अपन गोड़ म खड़ा हो जतिस ताहन फेर हमरो जिम्मेदारी पूरा हो जतिस।

भुवन अउ निर्मला सरला कस बहू पा के खुश रहय। भुवन ह निर्मला ल किहिस-"हमन बड़ भागमानी अन निर्मला।"

भुवन-कइसे?

निर्मला-सरला असन बहू पा के।

भुवन–ए सब हमर करम के फल आय निर्मला।

निर्मला–फेर समधी–समधीन मन उपर दुख के पहाड़ टूट गे।

भुवन–हव निर्मला। कतेक सुघ्घर सपना संजोए रिहिन हवय–''बहू हाथ के पानी'' पिबोन कहिके फेर का करबे, होनी ल कोन टार सकथे।

निर्मला–बने काहत हवस खुमान के ददा, भगवान उमन ल दुख ले उबरे बर हिम्मत देवय।

भुवन–हव निर्मला।

निर्मला–बूढ़त काल बर सहारा होही अउ डीह म दीया जलाही कहिके बेटा मांगथन फेर समधी के डीह म अब दीया कोन जलाही?

भुवन–बने काहत हस वो।

कविता ह पी.एस.सी. पास करके आफिसर बने के सपना देखे रिहिसे। बिक्कट मेहनत करिस अउ लिखित परीक्षा म मेरिट म पास हो गे ताहन मौखिक म घलो टाप टेन म सलेक्शन हो गे। ओकर पोस्टिंग ह सरगुजा म हो गे ताहन कविता ह सरगुजा चल दिस। भुवन के पूरा परिवार खुश रिहिस। कविता ह हमर घर के नाम ल रोशन कर दिस कहिके। अभी कविता ट्रेनिंग परेड म रिहिसे।

छुट्टी के दिन कविता ह कांकेर अइस त निर्मला ह किहिस–''बेटी अब तोरो बिहाव ल कर देतेन कहिके सोचत हवन।'' कविता ह सुन के अनसूनी कर दिस। अब भुवन ह मने मन गायत्री माता ले बिनती करय कि हे मइया मोर दुलौरिन बेटी बर सुघ्घर दामाद दे देते। तोर अपार किरपा हवय हमर परिवार उपर। सरला घलो मजाके मजाक म किहिस–कइसे कविता बिहाव करे के बिचार हे ते नही? कविता किहिस–नही भउजी अभी परमानेंट नइ होय हे। परमानेंट होही ताहन बिहाव ल कर लुहूं। काबर कि कविता ल तो बिहाव ल टालना रिहिस हे। अब कविता घलो थोर बहुत घर म सहयोग करे के शुरू कर दे रिहिसे।

अब घर के आर्थिक स्थिति ल सुधारे बर सरला ह दिन–रात गुनत राहय। काहे कि नानकुन किराना दुकान म हमर घर के कतेक बढ़ोत्तरी होही? अब सरला ह खुमान ल किहिस–मय ह एक ठन बात सोचे हवंव।

खुमान–का बात सोचे हवस?

सरला–मय सोचे हवंव, जउन दस एकड़ के जमीन कांकेर म हे ओमा ईंटा भट्ठा खोल लेतेन कहिके।

खुमान–ओमा तो बहुत रूपिया लागही।

सरला–अभी ले चिमनी ईंट भट्ठा खोलबोन कहिके थोरे काहत हवं। शुरू म हाथ भट्ठा खोलबोन कहिके गुनत हवंव।

खुमान–बने तो काहत हवस सरला फेर दाई–ददा ल पूछ लेथन।

इतवार के दिन घर म सबो झिन सकलाय रिहिन हवय। उही समय खुमान ह अपन ददा ल बिनती करत कथे–मय सोचत हव कि कांकेर के दस एकड़ म हाथ भट्ठा खोलतेन कहिके। काहे कि किराना दुकान इहां बहुत हो गे हवय। ओतेक आमदनी नइ होवत हवय।

भुवन–देखव रे भई, अब इही तुंहर पूंजी आय, तुमन बनाव चाहे बिगाड़व।

निर्मला–हम्मन ल का चाही, दु जुआर के भर पेट भोजन मिल जाय ताहन अउ का, कइसे सरला?

सरला–हव दाई, महूं सरिता के पापा के बात ले सहमत हवं। पहिली हाथ भट्ठा खोलबो ताहन बैंक लोन ले के एक–दु साल बाद चिमनी ईंटा भट्ठा खोल लेबोन। हाथ भट्ठा ले धन्धा के अनुभव घलो हो जही। कइसे दीपक, तहूं अपन सलाह बता अउ कविता तोर का बिचार हवय?

सरला के बात ल सुन के दीपक अउ कविता ह हव कहिके हामी भर देथे। अब सब झिन सुन्ता सलाह हो के हाथ ईंटा भट्ठा खोलिन। दीपक ह किराना दुकान ल अउ खुमान ह ईंटा भट्ठा ल सम्हालिस। दीपक ह बीच-बीच म दुकान बंद करके ईंटा भट्ठा जावय अउ ईंटा रेती के आर्डर ल अपन दुकान म घलो ले लेवय। कविता घलो अपन नौकरी म धियान देवत रिहिसे। धीरे–धीरे अब घर के आर्थिक विकास शुरू हो गे। आर्थिक रूप ले पनपे के बाद हाथ ईंटा भट्ठा ले चिमनी ईंटा भट्ठा बर योजना बनइन। अब दीपक ह घलो किराना दुकान ल गांव ले हटा के ईंटा भट्ठा के आफिस म खोल लिस। किराना दुकान ल बरसात म कांकेर म चलावय अउ ईंटा भट्ठा के सीजन म ईंटा भट्ठा के आफिस म चलावय। धीरे–धीरे ईंटा भट्ठा के कारोबार बाढ़त गिस। इही बीच खुमान के घलो भिलाई स्टील प्लांट म नौकरी बर काल आ गे। अब खुमान ह सब कारोबार दीपक ल सौंप के भिलाई आ गे।

भुवन अउ निर्मला ह सरला कस बहू पवई ल गायत्री माता के किरपा मानत रिहिन। बहू के आय ले घर म सुख, शांति अउ समृद्धि अइस। तभे तो देखते देखत धन्धा पानी ह पनपिस। अब दीपक ह किराना दुकान ल बंद करके पूरा समय ल ईंटा भट्ठा के धन्धा म दे बर धरिस। एसो के देवारी म तो लक्ष्मी जी के अपार किरपा रिहिस। बैंक ले लोन ले के ट्रक लिस। सब झिन खुशी-खुशी ट्रक के पूजा पाठ करिन। एसो के देवारी म तो मजा आ गे।

एसो सबो झिन सोचत रिहिन हवय कि कविता बर बने सरिख सगा उतर जही ते ओकर बिहाव कर देबोन कहिके। दीपक ह शान शौकत वाले रिहिस हवय। दीपक के इच्छा तो खैरागढ़ संगीत विश्वविद्यालय म डिग्री ले के मन रिहिस हवय फेर मालिक ह तो कुछु अउ चाहत रिहिसे। अब तो ट्रक आए के बाद तो दीपक के ठाठ अऊ बाढ़ गे। जिये के स्टाइल बदल गे। हाथ म घड़ी, गर म सोनहा हार अउ जींस पहिर के घर ले फटफटी म निकलय। अपन आप ल एक हीरो ले कम नइ समझय। धीरे-धीरे गलत संगति के चक्कर म घलो आय बर धर लिस फेर महतारी-बाप ल थोरको हवा नइ लगिस। दीपक ह कांकेर म दुकान चलावत रिहिसे तभे एक झिन आन जात के टूरी के मया म बंधा गे रिहिस हवय। बीच-बीच म भेंट मुलाकात करत रिहिन हे। भुवन अउ निर्मला ल अब दीपक के चाल चलन उपर शक घलो होय बर धरिस। दुनो झिन गोठियावय एसो दीपक के घलो बिहाव कर देतेन। भुवन किहिस बने काहत हस निर्मला इंकर मन के बर-बिहाव करे के बाद हम्मन गंगा नहा लेतेन।

जइसे-जइसे घर के बढ़ती होथे, छत्तीसगढ़िया मन ल काकर सराप लगे हे ते कोनो न कोनो बिघन ह आके खड़ा हो जथे। अब कांकेर भर कानाफूसी होय बर धर लेथे फेर बने उपक के कोनो गोठिया नइ सकय। काबर कि दीपक के कारोबार बाढ़े के संगे-संग दबदबा घलो बाढ़ गे रिहिस हवय। अब तो बड़े बड़े मनखे मन संग उठय बइठय। बैसाखिन ह गरीब परिवार के रिहिसे। मजदूरी करना मजबूरी रिहिसे। बैसाखिन गरीबिन जरूर रिहिस हे फेर रूप रंग के अमीर रिहिस हवय। बैसाखिन ह दीपक के ईंटा भट्ठा म कमाय बर आवय उही दरी ले इंकर मया ह अउ पनके बर धर ले रिहिस हे। उपक के कोनो बोलत नइ रिहिस फेर बैसाखिन के दिनो दिन बाढ़त पेट ह काकर-काकर मुंहू ल तोपतिस। जइसे-जइसे पेट ह बाढ़त गिस वइसने-वइसने

खुसुर–फूसुर ह घलो बाढ़त गिस। दीपक ल जब पता चलिस ताहन बैसाखिन ल बिक्कट समझइस, ए पेट के लइका ल उतरवा देथन कहिके फेर बैसाखिन ह नइ चाहत रिहिस हे कि अपन पेट म सिरजत भ्रूण के हत्या होवय। अब तो बैसाखिन के दाई–ददा ल घलो ताना मारे के शुरू हो गे रिहिस हवय। बैसाखिन के दाई बिसाहिन ह अपन गोसइया ल किहिस–बैसाखिन ह तो हमर मन के नाक ल कटवा डरे हे।

उमेंद–अब का करबे ? लइका ल जनम दे सकत हन फेर ओकर करम ल थोरे दे सकबे।

बिसाहिन–करम ल तो बने दे रेहेन अउ एसो बिहाव घलो करबो कहिके गुनत रेहेन फेर ओकर पहिलिच्च ए टूरी ह हमर नाक म चूना लगा दिस।

उमेंद–अब तिंही समझा बिसाहिन, बैसाखिन ल।

बिसाहिन–का समझावंव ?

उमेंद–बैसाखिन ल समझा, अब ओह दीपक संग बिहाव कर लेवय।

बिसाहिन–मंय तो बैसाखिन ल पहिलिच्च ले कहि डरे हवं।

उमेंद–त ओह का कथे ?

बिसाहिन–बैसाखिन कथे मय तो कई घांव कहि डरे हवं दीपक ल, अब हम्मन दुनो झिन बिहाव कर लेथन कहिके फेर...

उमेंद–फेर का ?

बिसाहिन–बैसाखिन बतावत रिहिसे कि दीपक ह पेट के लइका ल गिरवा देथन कहिथे।

उमेंद–त बैसाखिन का किहिस ?

बिसाहिन–मय भ्रूण हत्या नइ करंव कहिके, दीपक ल कहि दे हवय, भ्रूण हत्या पाप आय।

उमेंद–त बिहाव बर का कथे दीपक ह ?

बिसाहिन–बिहाव बर दीपक ह मना करत हवय।

उमेंद–अच्छा त हमर बेटी ह ओकर बर खिलौना आय। मय अइसन नइ होवन दवं। मय बैसाखिन अउ दीपक के बिहाव करवा के रहूं।

अब तो बैसाखिन के जेचकी के दिन ह नजदीक आवत रिहिस हवय। बैसाखिन अउ दीपक के घटना ह पूरा कांकेर भर बगर गे। अब तो बैसाखिन ल देख के सब खुलखुल–खुलखुल हांसय। कोनो ताना मारय, कोनो मजा लेवय।

कतनो माईलोगन मन बिसाहिन ल सुनावत-सुनावत काहय-"बैसाखिन ह ईंटा भट्ठा म बनिहारिन बन के जावत रिहिसे, अब तो ईंटा भट्ठा के मालकिन बन जही। बैसाखिन कतेक किस्मत वाली आय। किस्मत वाली के सगे-संग दिमाक वाली घलो आय। ईंटा भट्ठा के मालिक ल ही मया म फंसा डरिस।" अब काहे कि बैसाखिन ह गरिबीन घर भले पैदा होय रिहिसे फेर सुंदरई म कोनो कमी नइ रिहिसे। तभे तो दीपक ह मोहागे रिहिस हे फेर दीपक ह ए नइ सोचे रिहिसे कि अइसन अनहोनी हो जही। बैसाखिन ह अम्मल म रही जही कहिके थोरको नइ सोचे रिहिस। ओ तो सिरिफ खिलौना समझे रिहिस फेर का पता दांव उल्टा पर जही कहिके।

अब ताना सुनत-सुनत उमेंद के कान पाक गे रिहिसे। उमेंद ह एक दिन भुवन करा गिस अउ सबो बात ल फोर के बतइस। दीपक ह बैसाखिन ल अम्मल म कर देहे। मय चाहत हवं कि बात ह जादा बाढ़े झन अउ दीपक ह बैसाखिन ल अपन घर ले आवय। बात ह घलो बन जही अउ इज्जत ह घलो बाच जही। उमेंद के बात ल सुन के भुवन ह बगिया गे। भुवन ह ऊंच भाखा म किहिस-सुन उमेंद तुंहर चाल ल मय समझत हवं। तोर बेटी के आचरण ठीक नइ हे। छोटे मनखे मन के चाल ल मय समझथंव। जिंहा बड़े आदमी दिखिस ताहन अपन नोनी ल ओकर पीछू लगा देथव। बता तोला कतेक रूपिया लागही, मामला ल सुलझाए बर। उमेंद ह घलो खिसिया के किहिस-सुन भुवन, तंय ह गरीब मन के खिल्ली झन उड़ा। हमरो इज्जत हवय। बेटी सब बर बरोबर होथे, अमीर के होवय चाहे गरीब के। इज्जत सबके बरोबर होथे। पइसा म गरीब के इज्जत ल बिसा नइ सकस, समझे फेर भुवन तोर असन धार्मिक मनखे ल तो अइसन उल्टा-पुल्टा बात करई ह शोभा नइ देवय। उमेंद ह हाथ जोड़ के भुवन ल किहिस-मोर बात ल राख ले, कांकेर भर हल्ला हो गे हे।

भुवन ह उमेंद के बात ल स्वीकार करे बर तइयार नइ रिहिसे। तभे तो बात ह जब जादा बाढ़े बर धरिस ताहन भुवन ह घुस्सा हो के उमेंद ल खेदार दिस। भुवन उमेंद ल किहिस-तंय काकरो भी औलाद ल दीपक के औलाद काहत हस, तोर टूरी ह काकर संग नाक ल कटाय हे अउ दीपक के नाम लेवत हे कहिके, काहत-काहत ओला लहूटा दिस। भुवन ह खिसियाय बर तो खिसिया दिस फेर ओकर मन ह गवाही नइ देवत रिहिसे। भुवन के ब्लड प्रेशर बाढ़ गे अउ बेहोश हो के पड़ाक ले गिर जथे। देख के तुरते निर्मला

ह भुवन के मुड़ी म पानी थोपिस ताहन भुवन ह होश म अइस। निर्मला ह समझावत किहिस-एक तो हाई ब्लड प्रेशर वाले अस अउ उपर ले तमतम-तमतम करथव। भुवन ह कथे-कइसे तमतम-तमतम नइ करबे? देख न उमेंद ह आय रिहिसे अउ दुसर के पाप ल हमर दीपक उपर मढ़त रिहिस हवय। निर्मला कथे-गुस्सा करे म मामला सुलझे नही बल्कि अऊ बिगड़ जही। हम्मन ल विवेक ले काम ले बर परही। अइसे कइसे बिना जाने सुने उमेंद ह दीपक के नाम लेवत होही। कुछु तो बात होही। एक घांव दीपक ल घलो हमु मन पूछ लेथन। भुवन निर्मला ल कथे-अच्छा त तंय ह बैसाखिन ल बहू बनाना चाहत हवस। हम्मन तो समाज म मुंहु देखाय के लइक नइ रहिबो। कहां उमन अउ कहां हम्मन। निर्मला फेर समझाथे भुवन ल-देखव हो, दीपक ल एक घांव पूछ तो लेथन। हो सकथे दीपक ले गलती हो गे होही। तब कहूं जा के ले दे के भुवन ह शांत होइस। ठउंका ओतके बेरा सरला ह घलो ड्यूटी ले आ जथे। सरला पूछथे-का हो गे? कोनो अनहोनी हो गे का?

निर्मला-अनहोनी होय नइ हे फेर होवइया हे।

सरला-का बात आय तेला बता न दाई?

निर्मला-उमेंद आय रिहिसे।

सरला-का काहत रिहिसे?

निर्मला-उमेंद ह काहत रिहिसे कि बैसाखिन के पेट म लइका हवय ओह दीपक के आय।

सरला-त एमा गुस्सा के का बात हे?

निर्मला-तहूं कइसे गोठियाथस बहू, ओ अनजतनीन टूरी ह दीपक के नाम लेवत हे त का हम्मन मान जवन। हम्मन तो बदनाम हो जबोन ताहन कविता बर सगा घलो नइ उतरही।

सरला-वो तो सब ठीक हे फेर अभी के मामला ल तो पहिली हल कर लेथन।

निर्मला-त दीपक ल पूछही कोन?

सरला-तुमन चिंता फिकर झन करव मय सब सम्हाल लुहूं।

दीपक ह रात कना ईंटा भट्ठा के काम ल निपटा के घर पहुंचथे। आज दीपक ह टेंशन म दिखत रिहिस हवय। दीपक ल तनाव म देख के सरला ह पूछथे-कइसे देवर बाबू आज टेंशन म दिखत हवस, का हो गे?

दीपक–कुछु नही।

सरला–कुछु तो बात हे देवर जी। हांसत मुस्कुरावत मोर देवर के चेहरा ल काकर नजर लग गे हे ?

दीपक–नही भउजी, कुछु बात नोहे।

सरला–बताबे कि भइगे, काकर नजर लग गे हे ? बता न, मय कोनो ल नइ बतावंव, दाई किरिया।

दीपक–बैसाखिन के नजर लग गे हवय।

सरला–कइसे का काहत रिहिसे ?

दीपक–हमर घर आहूं काहत रिहिस हवय।

सरला–काबर ?

दीपक–मय गलती कर डरे हवं।

सरला–का गलती हो गे हे ?

दीपक–मय ओकर संग मया करथंव अउ अभी अम्मल म हो गे हे। मय का करंव समझ म नइ आवत हवय।

सरला–त एमा टेंशन के का बात हे ?

दीपक–बैसाखिन तो दुसर जात के आय।

सरला–त एकर ले का होही। तोर मया तोला मिल जही त एकर ले बढ़िया अउ का बात हो सकत हे।

दीपक–त दाई–ददा मानही तब तो ?

सरला–ले न मय उमन ल सम्हाल लुहूं।

दीपक–बड़े भइया खिसियाही त।

सरला–वहू ल मय सम्हाल लुहूं।

दीपक–मोला तो डर लागत हवय। देख भउजी तिंही सम्हाल लेबे।

सरला कथे–ले न मंय सब सम्हाल लुहूं, तंय फिकर झन कर। सरला ह खुमान ल सबो बात ल बता दिस। खुमान ह सुन के गुस्सा हो गे सरला किहिस गुस्सा होय म काम नइ बनय।

खुमान–त का दीपक के आरती उतारंव।

सरला–कइसे करबे, अब लइका ह गलती कर डरे हे त मार थोरे डरबे।

खुमान–देख सरला, तंय दीपक के सांखी झन तीर।

सरला–मय ओकर सांखी नइ तीरत हवंव बल्कि कइसनो करके ए मामला ल हल करना हे चाहत हवं। तोला का, तंय तो भिलाई म रहिथस। इहें का गुजरत हे तेला मय जानथंव।

खुमान–त मय का करंव?

सरला–काली बैसाखिन के ददा ह कांकेर म बइठका सकेले हवय। काली छुट्टी ले के कांकेर आ जा। बइठक रात म हवय।

खुमान–ले मय काली संझा तक पहुंचत हवंव।

सरला ह कविता ल घलो ए बात ल बता दे रिहिसे फेर तंय झन आबे कहिके चेता दे रिहिसे।

उमेंद ह कांकेर म बइठक सकेलिस। भुवन घर घलो खबर कर दे रिहिसे कि संझा जेवन करे के बाद चौपाल म बइठका हे। गांव भर के मन बइठका म धीरे–धीरे सकलागे। आज बइठका म जादा भीड़ रिहिसे काबर कि गुनागारी वाले केस रिहिसे। एती ले उमेंद अउ बिसाहिन ह बैसाखिन ल धर के बइठक म अइन ओती ते भुवन, निर्मला, सरला अउ खुमान ह दीपक ल धर के पहुंचिन। वइसे गांव के बइठका म माईलोगन मन नइ जावय फेर गुनागारी के बइठका आय ते पाय के सब झिन आय रिहिन। अब बइठका म सवाल–जवाब शुरू होइस।

सरपंच–कइसे उमेंद बइठका काबर सकेले हवस?

उमेंद–तुमन तो सबो ल जानत हव सियान देवता।

सरपंच–तंय बता न रे भई अपन मुंहु ले।

उमेंद–मोर बेटी बैसाखिन ल बिहाव के झांसा दे के दीपक ह अम्मल म कर दे हे अउ अब बिहाव बर मुकरत हे।

भुवन ह दीपक ल घर म समझा दे रिहिस हे कि बइठा म सियान मन पूछही त बैसाखिन ह लबारी मारत हे कहिके कहि देबे। दुसर के लइका ल मोर उपर थोपत हे कहिके कहि देबे। दीपक ह अपन ददा ल हव तो कहि दिस फेर ओकर आत्मा ह गवाही नइ देवत रिहिसे।

सरपंच ह पूछिस हां त बता भुवन, उमेंद ह काहत हे तेह सही हे ते नही? भुवन कथे–ए सब गलत हे, नही ते दीपक ल पूछ लेव। सरपंच ह कथे–देखो ग! दीपक ह का बताही, ए बात ल तो बैसाखिन ह बताही कि पेट म लइका हे ओकर असली बाप कोन आय? सरपंच ह पूछथे–कइसे

बैसाखिन पेट म लइका हे ओकर बाप कोन आय? बैसाखिन ह लजा के बताय ल नइ धरत रिहिस त बिसाहिन ह खिसिया के कथे-बता न बैसाखिन। बैसाखिन ह साफ-साफ कहि दिस ए लइका के बाप दीपक आय। अब तो लोगन मन ल बोले बर मउंका मिल गे। कतको मन तो बइठके म केहे बर धर लिन, अच्छा त गांव के नोनी मन ल बिगाड़े बर ईंटा भट्ठा खोले हे। सियान मन चूप करावत दीपक ल पूछथे-कइसे दीपक बैसाखिन काहत हे तेह सिरतोन आय कि नही। भुवन ह दीपक ल कोचक के कथे-बता न रे मोर नोहे कहिके। दुसर के पाप ल तोर उपर मढ़त हवय। दीपक ह न नूकुर नइ करिस ताहन सब झिन जान डरथे। बैसाखिन के पेट के लइका के बाप तो दीपक आय। दुनो पक्ष के बात ल सुन के सरपंच किहिस-ले त उमेंद अब तो बात ह फरियर हो गे हे। अब घर जावव उमेंद ह किहिस-मय बैसाखिन ल अपन घर नइ लेगंव।

सरपंच-त काकर घर जाही?

उमेंद-बैसाखिन ह अब अपन घर जाही।

सरपंच-त अभी कइसे भेज देबे?

उमेंद-इहें बइठका म पंच परमेश्वर के आगू म बिहाव करवा के आजे दीपक संग बिदा करव।

(ए बात ह सियान मन ल जमगे)

सरपंच-उमेंद ह बने काहत हे। बइठका म बिहाव करके बैसाखिन ल खुमान के हाथ सौंप देथन।

भुवन, निर्मला, खुमान अउ सरला मन तो नखमरजी हो गे फेर स्वीकार करे के अलावा कोनो चारा नइ रिहिसे। बैसाखिन ह दीपक घर चल दिस। एती उमेंद अउ बिसाहिन ह अपन घर चल दिन। बइठका घलो उसल गे। उमेंद अउ बिसाहिन ह रात भर नइ सुत पइन। बेटी के एके घांव म बिदा होवई ले रात भर रोवत रहिगे फेर एक बात के जरूर संतोष रिहिसे कि लोक लाज ह बाचगे। उमेंद अउ बिसाहिन ह रात भर गुनय। जेती जाबे तेती सुने बर मिलही कहिके फेर दुनो परानी एक-दुसर ल समझई के समझा होइन।

एती भुवन अउ निर्मला घलो अलथ-कलथ के रात ल पहाए रिहिन हवय। भुवन ह घेरी बेरी अपन किस्मत ल कोसय कि अतेक बड़ इज्जत कमाये रेहेन सब धरे के धरे रहिगे। ए दीपक ह कुल दीपक नोहे बल्कि कुल बोरूक आय।

हमर परिवार म दीया कस अंजोर करही कहिके गुने रेहेन फेर कुलुप अंधियार कर दिस। ब्रम्हा के लिखा ल कोन मेटा सकथे। खुमान अउ सरला ह घलो रात भर गुनत रहिगे। अब का करे जाय ? अब तो दाई-ददा के सेवा करे बर देरानी घलो आ गे। दाई-ददा के भाग ह बढ़िया हे अब तो छोटे बहू हाथ के पानी घलो पिये बर मिलही। खुमान ह कथे-अब महतारी-बाप बर सहारा घलो हो जही। खुमान ह सरला ल कथे-मय गुनत हवं तोर ट्रान्सफर ल भिलाई करा उतई हाईस्कूल म करवा लेतेंव ताहन सरिता ल भिलाई के बढ़िया स्कूल म पढ़ातेन। सरला ह घलो सरिता ल पढ़ाय के नाम ले के हामी भर दिस। अतेक दिन ले सास-ससुर अउ घर परिवार के जिम्मेदारी के सेती बने सरिख पति सुख ल घलो नइ पाय रिहिसे। सरला ह स्कूटी चला लेवत रिहिसे तिही पाय के घरेलू जिम्मेदारी निभाय बर जादा परेशानी नइ होवत रिहिसे फेर इमन ल अब कविता के चिन्ता घलो खावत रिहिस हवय।

दीपक ह दुसर जात के लड़की ल लान तो लेहे। ते पाय के जात समाज वाले मन अपन ले अलग कर दे रिहिन हवय। अब कविता बर सगा कइसे उतरही। सरला ह खुमान ल समझइस-सब ठीक हो जही सरिता के पापा सब ठीक हो जही।

खुमान के हौसला बाढ़िस ताहन भिलाई लहुटगे।

सरला ह सबो घटना के जानकारी ल कविता ल फोन म बतावत किहिस-तंय फिकर झन करबे मोर राहत ले। खुमान ह भिलाई आ के कुछ दिन म सरला के ट्रान्सफर भिलाई ले आठ-दस किलोमीटर दूरिहा उतई हाईस्कूल म करवा डरिस। एकर बाद खुमान ह सरला अउ सरिता ल भिलाई के क्वार्टर म लइस ताहन सब झिन खुशी-खुशी रिहिन।

अब कांकेर के सबो सियानी बैसाखिन के हाथ म आ गे। भुवन अउ निर्मला ह मने मन भारी नाराज राहय फेर करे तो करे का। भिलाई म रहि नइ सकय अउ गांव ल छोड़ नइ सकय। कइसनो कर के भुवन ह डाड़ बउड़ी दे के समाज म मिलिस। जउन हो गे तउन हो गे फेर कविता के बिहाव ल जात बिरादरी म करना हे कहिके। भुवन ह निर्मला ल काहय-जमाना ठीक नइ हे वो, कविता के बिहाव ल घलो कर देतेन। निर्मला ह कथे-बने सरिख सगा उतरही त काबर नइ करबो। कविता ह थोरिक करिया बानी के रिहिस हे तिही पाय के बने सरिख सगा नइ उतरत रिहिसे।

कविता के अण्डर म चन्द्रमोहन ह काम करय। चन्द्रमोहन ह थोरिक विकलांग जरूर रिहिसे ओकर बावजूद घलो सामाजिक काम म बढ़-चढ़ के हिस्सा लेवय। आदिवासी मन के विकास खातिर हमेशा लगे रहय। आदिवासी लइका मन ल फोकट म टिवसन पढ़ावय ताकि गरीब आदिवासी लइका मन पढ़-लिख के अपन गोड़ म खड़ा हो जय। आदिवासी मन के विकास खातिर किरिया खाय रिहिसे। चन्द्रमोहन ह ड्यूटी ल घलो बड़ ईमानदारी ले करय। आदिवासी माईलोगन मन ल 'सखी सहेली' स्व सहायता समूह बनवा के उमन ल आत्मनिर्भर बनावत रिहिसे। पुरूष मन ल स्वरोजगार देवाय बर सरलग लगे रहय। एक दिन आदिवासी महिला ल जेचकी अस्पताल म भर्ती करवा के लहूटत रिहिसे, रद्दा म फटफटी के स्लीप हो के गिरे ले चन्द्रमोहन के गोड़ ह टूट गे। सरगुजा के सरकारी अस्पताल म चन्द्रमोहन ल भर्ती कराय गिस। कविता घलो समय निकाल के चन्द्रमोहन ल देखे बर जावय। डॉक्टर ल कविता ह बिनती करे रिहिस कि कइसनो करके चन्द्रमोहन ल ठीक करना हे कहिके। डॉक्टर मन बड़ मेहनत करके चन्द्रमोहन के गोड़ म राड लगा के रेंगे के लइक बनाय रिहिसे। अब चन्द्रमोहन ह बैसाखी के सहारा चले फिरे बर धर लिस। चन्द्रमोहन ह लइका रिहिसे तभे ओकर ददा खतम हो गे रिहिसे। दाई के आंखी ह दिखत नइ रिहिसे। बस अब चन्द्रमोहन भर ह सहारा रिहिसे ओकरो एक्सीडेंट हो गे हे। एक तो पहिलिच्च ले थोकिन विकलांग रिहिसे। अस्पताल ले छुट्टी होय के बाद एक दिन कविता ह चन्द्रमोहन के हालचाल पता करे बर ओकर घर गिस। त देखथे चन्द्रमोहन ह बैसाखी के भरोसा जतना हो सकय ओतना अपन महतारी के सेवा जतन करत रिहिस हवय। चन्द्रमोहन के संघर्ष ल देख के कविता ह प्रभावित हो गे। कविता ल देख के चन्द्रमोहन ह दंग रहिगे।

चन्द्रमोहन-आव मेडम आव।

कविता-हव।

चन्द्रमोहन-कुछु काम रिहिस त मोला बता दे रहितेव। मंय कर दे रहितेंव। आय के काबर तकलीफ करेव?

कविता-ए तो मोर फर्ज आय। मोला तो तोर हाल चाल जाने बर आनच्च रिहिस हवय।

चन्द्रमोहन-चाय पिहू ते शर्बत मेडम।

कविता–कुछ नइ लागे। तंय हड़बड़ा झन चन्द्रमोहन।

चन्द्रमोहन के हड़बड़ाना स्वाभाविक रिहिस हवय काबर कि कविता मेडम ह चन्द्रमोहन के अधिकारी रिहिसे। कविता ह खुरसी म बइठ के देखत रिहिसे। चन्द्रमोहन ह बैसाखी ल धरे–धरे अपन दाई बर पानी लावत रिहिसे। कविता ह उठ के तुरते जा के चन्द्रमोहन के गिलास ल लान के, चन्द्रमोहन के महतारी ल पियाथे। कविता चन्द्रमोहन के दाई ल कथे–ले पानी पी दाई। चन्द्रमोहन के दाई ह पूछथे–तंय कोन अस बेटी? आज मोरो बहू रहितिस ते अइसने पानी पियातिस। कविता किहिस–मंय चन्द्रमोहन संग आफिस म काम करथंव दाई। पानी पियाय के बाद कविता ह चन्द्रमोहन के दाई हे पांव परत बिदा मांगिस। चन्द्रमोहन के दाई ह असीस दिस–खुशी राह बेटी, तोर चूरी अम्मर रहय। सुन के खुश हो के कविता ह चल देथे।

घर म जब कविता पहुंचिस त चन्द्रमोहन के बारे म ही सोचत रिहिसे। बिचारा ह कइसे अतेक तकलीफ म रहिके घलो अपन महतारी के सेवा करत रिहिस हवय। दुसर के सेवा खातिर अपन गोड़ ल फैक्चर करवा डरिस। आदिवासी समाज के मनखे मन बर अतेक पीरा। चन्द्रमोहन बर कविता के मया ह लामे बर धर लिस।

एक दिन अपन आफिस म कविता ह चन्द्रमोहन ल बलवइस। चन्द्रमोहन ल कविता ह अपन आगू के खुरसी म बइठारिस।

कविता–चन्द्रमोहन!

चन्द्रमोहन–जी मेडम।

कविता–घर, ड्यूटी अउ समाज के बूता करत–करत थक जावत होबे। बिहाव काबर नइ कर लेवस?

चन्द्रमोहन–बिहाव हो गे मेडम।

कविता–(सुन के उदास हो के पूछथे) त फेर तोर पत्नी?

चन्द्रमोहन–ओह भगा गे मेडम।

कविता–काबर?

चन्द्रमोहन–मोर महतारी के सेवा नइ करंव किहिस। ओह किहिस मोर संग रहना हे त तोला तोर दाई ल छोड़े बर परही।

कविता–तंय का केहे?

चन्द्रमोहन–मय केहेंव, दाई ल नइ छोड़ सकंव।

कविता-ओकर बाद।

चन्द्रमोहन किहिस ओकर बाद बिहई ह मोला छोड़ के भगा गे ताहन मोर से तलाक ले के दुसर संग बिहाव कर डरिस। तब ले दाई ह बिक्कट दुखी रथे। जउन बहू ह पानी पियातिस उही बहू ह भगा गे। तब ले आज तक मय दाई के इच्छा ल पूरा नइ कर सकत हवं।

कविता-अब का सोचे हवस। तोर दाई ल बहू हाथ के पानी पियईया मिल जही त बिहाव करबे?

चन्द्रमोहन-पहिली तो थोरिक विकलांग रेहेंव त मोर बिहई ह छोड़ के भगा गे। अब तो एक्सीडेंट म जादा विकलांग हो गे हवं।

कविता-तंय तन से विकलांग हवस मन से नही चन्द्रमोहन। बने बता, कोनो तोर संग बिहाव करे बर तइयार हो जही त करबे ते नइ करस?

चन्द्रमोहन-मोर संग कोन बिहाव करही मेडम? फेर मोर एक झिन बेटी घलो हवय।

कविता-कोनो करना चाही त करबे?

चन्द्रमोहन-कोन करही मेडम?

कविता-मय करहूं तोर संग बिहाव अउ मय तोर दाई ल ओकर बहू हाथ के पानी पियाहूं, तोर दुलौरिन बेटी ल मय अपन बेटी मानहूं।

चन्द्रमोहन-हड़बड़ा जथे। ए का काहत हव मेडम जी। आप अधिकारी अउ मय क्लर्क अंव।

कविता-मय जात-पात, छोटे-बड़े ल नइ मानव। मय एक इंसान ल अपन जीवन साथी बनाना चाहत हवं।

चन्द्रमोहन-तभो ले गुन लव मेडम जी। मय आप ल सुख सुविधा नइ दे सकंव।

कविता-मोला ओकर चिन्ता नइ हे चन्द्रमोहन। हम्मन दुनो झिन तो एके जात के अन। अपन फैसला ल मय सुना दे हवं अउ अब तंय विचार करके बताबे। मय तोर निर्णय के अगोरा करत रहूं। मय तोर बेटी ल अपन बेटी मानहूं। मय बच्चा घलो पैदा नइ करंव।

चन्द्रमोहन ह कविता के बात ल सुनके बैसाखी ल उठाथे अउ ओकर सहारा आगू बढ़ जथे। चन्द्रमोहन ह गुनत रहि जथे। एती कविता ह सबो बात ल अपन भउजी सरला ल बता देथे। सरला कथे-"त कर ले न बिहाव।"

कविता–ओ लड़का मानत नइ हे।

सरला–का नाम हे ओकर?

कविता–चन्द्रमोहन।

सरला–नाम तो बढ़िया हे, गुन घलो बढ़िया होही।

कविता–सब बढ़िया हे फेर काबर मना करत हवय ते?

सरला–हमर जात के आय कि नोहे?

कविता–हमरे जात के आय। फेर दुजहा आय। ओकर एक झिन बेटी घलो हवय।

सरला–एमा डर के का बात हे? इन्सान होना चाही बस।

कविता–ओह बढ़िया इन्सान आय भउजी।

सरला–त कर लेना बिहाव। मय तोर घर ल बसाहूं।

कविता–बड़े भइया खिसियाही त?

सरला–मय तोर भइया ल मना लुहूं।

कविता–दाई–ददा खिसियाही त। एक तो दीपक भाई ह घर के इज्जत ल गिरा दे हे उपराहा म महूं ह मोर पसंद के लड़का संग बिहाव करहूं कहि के सोचत हवं।

सरला–दीपक के बात अलग हे अउ तोर बात अलग हवय। मय तोर खुशी के सेती सब ल मनाए के कोशिश करहूं। फिर तंय तो जात ले बेजात घलो नइ होवत हवस।

कविता–वो तो सब ठीक हे भउजी फेर चन्द्रमोहन ल कइसे समझावंव? ओह तो छोटे–बड़े के चक्कर म मानत नइ हे। मय ओकर ले बात करहूं।

(मोबाइल नम्बर मिले के बाद सरला ह चन्द्रमोहन ल मोबाइल लगाथे।)

सरला–हलो!

चन्द्रमोहन–हलो, कोन?

सरला–मय सरला बोलत हवं।

चन्द्रमोहन–कोन सरला मेडम?

सरला–कविता के भउजी सरला बोलत हवं।

चन्द्रमोहन–नमस्कार जी, नमस्कार। बोलव!

सरला–कविता ल तो आप जानत हव न?

चन्द्रमोहन–हव, मोर अधिकारी आय।

सरला–मय ओ बात ल नइ काहत हवं।

चन्द्रमोहन–त का बात ल काहत हवस मेडम?

सरला–बिहाव के बारे म आपके कविता खातिर का खियाल हवय।

चन्द्रमोहन–मय तो कविता मेडम ल बता दे हवं।

सरला–का बता दे हवस?

चन्द्रमोहन–मोर महतारी सियान हो गे हे अउ बिहई डाहर ले मोर एक झिन बेटी घलो हवय। अभी अभी जउन गोड़ ह कमजोर रिहिसे उही गोड़ ह एक्सीडेंट म जादा अउ कमजोर हो गे हवय। बैसाखी के सहारा मोर सरबस जिनगी ह चलत हवय।

सरला–त ओमे का बात हवय।

चन्द्रमोहन–बात हे। कविता बड़े पोस्ट म हवय अउ मय क्लर्क हवंव। ए सबो बात ल कविता मेडम ल मंय बता दे हवं।

सरला–चन्द्रमोहन, कविता बहुत समझदार लड़की आय। ओ तो काहत रिहिसे अपन सास के बिक्कट सेवा करहूं, 'बहू हाथ के पानी पियाहूं' अउ तोर बेटी के खातिर संतान घलो पैदा नइ करंव। तोर बेटी के महतारी बनहूं कहिके काहत रिहिसे। त फेर एमा का एतराज हवय?

चन्द्रमोहन–आप काहत हवव त मोला कोनो एतराज नइ हे फेर एक घांव अउ बिचार कर लुहू।

सरला–एमा बिचारे के का बात हे, हम्मन सब सोच डरे हवन। तोर डाहर ले ए रिश्ता ल हां मानंव।

चन्द्रमोहन–जी, फेर एक ठन बिनती हे। बिहाव बर जादा खरचा करे के मोर हिम्मत नइ हे।

सरला–त तंय का चाहत हवस? तंय जइसने चाहबे ओइसने बिहाव होही।

चन्द्रमोहन–आदर्श बिहाव करहूं कहिके सोचत हवं।

सरला–चल हम्मन राजी हवन। आदर्श बिहाव ही होही। देखावटी खरचा करके घर के अर्थव्यवस्था ल खराब करे के जरूरत नइ हे।

चन्द्रमोहन–जी। आप ठीक काहत हव।

सरला–अब मय फोन करके आप ल खभर करहूं।

चन्द्रमोहन–जी।

सरला ह कविता ल सबो गोठबात ल बता दे रिहिस हवय। कविता मने मन खुश रहय। अपन सपना ल सिरतोन होवत देखत रिहिस हवय। आफिस म जब चन्द्रमोहन ह कविता ल देखय त लाज के मारे मुड़ी ल गड़िया लेवय। कविता घलो लजा जावय। धीरे-धीरे दुनो के हिरदे म बिहाव के बंधना के डोरी ह लामे बर धर लिस।

एती सरला ह सब बात ल खुमान ल बता देथे। खुमान ह अपन ददा ल बता देथे। भुवन अउ निर्मला ह दुनो झिन बइठे-बइठे गोठियावत रिहिन-

भुवन-खुमान के फोन आय रिहिसे।

निर्मला-काय काहत रिहिसे ?

भुवन-कविता ह लड़का पसंद कर डरे हे कहिके।

निर्मला-यहू टूरी ह दीपक कस नाक कटवाही तइसे लागत हे।

भुवन-नाक ल नइ कटवावत हे।

निर्मला-कइसे ?

भुवन-जात सगा वाले आय।

निर्मला-त लड़का काय करथे ?

भुवन-ओकरे आफिस म क्लर्क हवय। फेर लड़का ह दुजहा आय अउ ओकर एक पांव ह एक्सीडेंट म थोकिन विकलांग घलो हो गे के काहत रिहिस हे।

निर्मला-ए टूरी ल का हो गे हे ?

भुवन-कविता ल कुछु नइ होय हे निर्मला बल्कि तोला कुछु हो गे हवय।

निर्मला-कइसे, मोला का हो गे हवय ?

भुवन-एसो कविता के बिहाव करबो कहिके सोचे रेहेन। ओह सिरतोन होवत हवय।

निर्मला-कहां सिरतोन होवत हवय। एक झिन बेटी आय। बने सरिख लड़का संग बने धूमधाम ले बिहाव करबोन कहिके गुने रेहेन फेर कविता ह-

भुवन-कविता बहुत समझदार हवय निर्मला। ओह जउन भी निर्णय लिही सोच बिचार के लिही अउ महतारी-बाप ल तो लइका मन के खुशी ल देखना चाही। आखिर दीपक के खुशी खातिर अनजतनीन लड़की ल बहू बनायेन ते नही तेला बता ?

निर्मला-वो तो सब ठीक हे फेर सरला ले घलो सलाह ले लेथन।

भुवन-बड़े बहू सब ल जानत हे कहिके खुमान ह बतावत रिहिस हवय।

निर्मला-ले त फेर खुमान ल हरी झंडी दे दे, लड़का वाले मन ल बता दिही। हमु मन ल तइयारी करे बर परही।

भुवन-हम्मन ल जादा तइयारी करे के जरूरत नइ हे। लड़का ह आदर्श बिहाव करहूं कहिके काहत हवय।

निर्मला-त का बेटी ल खाली हाथ भेज देबे ? कुछु गाहना गुरिया दे ल लागही कि नही ? तिंही बता।

भुवन-ले त फेर तोला जउन करना हे त कर। मय सोचत हवं भिलाई म सेक्टर छै के गायत्री मंदिर म खुमान अउ कविता के बिहाव ल कर देबोन।

निर्मला-बने काहत हस कविता के ददा। खुमान ल बता दे इतवार के भिलाई म सेक्टर सिक्स के गायत्री मंदिर म खुमान अउ कविता के बिहाव ल करबोन। जउन सराजाम के जोरा करे बर होही ओला सरला ह कर लिही। एती ले गाहना गुरिया ल धर के हम्मन आबोन।

ए सब बात ल भुवन अउ निर्मला ह दीपक अउ बैसाखिन ल बतइन। दीपक ह तो खुश रहिबे करिस फेर ओकर ले जादा बैसाखिन ह खुश रिहिस। मने मन काहत रिहिस हवय-"चलो अच्छा हो गे, खरचा ले बाच गेन। आदर्श बिहाव करत हवय तेह बने बात आय।"

चन्द्रमोहन ह अपन बेटी अउ दु झिन संगवारी मन ल धर के कार म गायत्री मंदिर पहुंचिस। भुवन, निर्मला, खुमान, सरला अउ बैसाखिन मन कविता संग पहिलिच्च ले गायत्री मंदिर पहुंच गे रिहिन। गायत्री परिवार ले जुड़े सदस्य मन ह गायत्री विधि विधान ले कविता अउ चन्द्रमोहन के बिहाव ल सम्पन्न करवईन। बिहाव सम्पन्न होय के बाद कविता ल बिदा कर के भुवन घलो सपरिवार अपन बड़े बेटा खुमान के क्वार्टर म पहुंच गे। बिहनिया ले भुवन, निर्मला, दीपक अउ बैसाखिन ह कांकेर जाय बर निकल गे। सब झिन खुशी-खुशी कांकेर पहुंच गे। बिहान दिन ले सब झिन अपन-अपन काम बूता म लग गे।

नौ

नंदौरी गांव वाले श्यामलाल ह अपन दुलरूवा बेटा खूबचंद ल बिक्कट पढ़ाय रिहिस हवय। मध्यम परिवार के खूबचंद ह जादा ऊंच रिहिस न जादा बौना। खूबचंद ह ननपन ले तेज तर्रार रिहिस हवय। ओहा गांव के नाचा, रामलीला अउ कृष्ण लीला म बराबर भाग लेवत राहय। खूबचंद ह अपन बेटा ल चेता दे रिहिस हवय-''देख बेटा काकरो पिछलग्गू झन रहिबे।'' जउन क्षेत्र म जाबे उहां अपन आप ल अव्वल बने बर मेहनत करबे। तिही पाय के गांव म पहिली कक्षा ले हाईस्कूल तक कप्तान रिहिस हवय। खूबचंद ह बी.ए. करिस ताहन श्यामलाल ह किहिस-नौकरी चाकरी करबे का? खूबचंद ह किहिस-नौकरी मिल जही ते करहूं नही ते पढ़ई ल जारी रखहूं। खूबचंद अपन दाई-ददा के बिक्कट खियाल रखय। खूबचंद के मन म देशभक्ति के जस्बा राहय। ननपन म गुलेल चलई ह ओकर सउंख रिहिसे। गुलेल ल ओह सैनिक मन के रायफल समझे। खूबचंद के निशाना अचूक राहय। बस ओकर एके ठन इच्छा रिहिसे कि सेना म भर्ती हो के देश के सेवा करे के। खूबचंद ल तो देशभक्ति के नशा चढ़े रिहिस हे।

उही समय गजट (अखबार) म थल सेना के भर्ती बर विज्ञापन निकलिस, ए बात ल अपन दाई-ददा ल बतइस। ओकर ददा ह तो चाहते रिहिसे, खूबचंद ह देश सेवा म जावय कहिके फेर ओकर महतारी के थोरको इच्छा नइ रिहिसे कि ओकर दुलरूवा बेटा ह सेना म जावय। काबर कि खूबचंद ह सेना म चल दिही ताहन हमर मन के देखरेख कोन करही? तीर तखार म मास्टर मुंशी के नौकरी मिल जतिस ते बने रहितिस। निरूपमा ह अपन बेटा खूबचंद ल समझइस-बेटा तंय ह हम्मन ल छोड़ के सेना म दूरिहा चल देबे ताहन हम्मन बिन आधार के रहि जबोन। खूबचंद कथे-पहिली मोला नौकरी

तो लगन दे दाई ताहन फेर ओकरो बेवस्था हो जही। निरूपमा कथे पक्का। खूबचंद भरोसा देवाथे-हव पक्का। तोर नौकरी लगे के बाद जउन बात ल मय कहूं ते बात ल मानबे। खूबचंद किहिस-हव मानहूं।

खूबचंद ह पढ़ई-लिखई म होशयार रिहिस हे। ओकर जनरल नालेज तगड़ा रिहिसे। कैचिंग पावर जबरदस्त रिहिस हे। खूबचंद ह अपन उमर के संगवारी मन संग बहुत कम बल्कि सियान मन करा किस्सा कहानी सुने बर जादा बइठे राहय। ननपन ले सीखे के अउ लिखे के शौकिन रिहिस हवय। नदिया, नरूवा म मछरी-कोतरी मरई तो ओकर आदत रिहिसे। खूबचंद के आदत ल देख के ओकर ददा बिक्कट खिसियावय-"जीव हत्या बने बात नोहे बेटा।" फेर खूबचंद ह तो ए दु ठन मछरी मिल जतिस तहू ल घर म लान के, सण्डेवा काड़ी म भूंज के लाली मिरची अउ गड़ा वाले नून म नुनगुदा बना के खावय। पढ़ई-लिखई, खेलई-कुदई के संगे-संग घर के काम बूता ल घलो आगू-आगू ले कर डरय।

सेना म भर्ती खातिर शारीरिक फिटनेस जरूरी रहिथे। खूबचंद ह जानत रिहिस हवय, दउड़ म तो पास हो जहूं, छाती के नाप जोख ह घलो बने रिहिसे फेर खूबचंद ल एके ठोक चिन्ता सतावत रिहिस, ओ चिन्ता रिहिस ऊंचाई के। ऊंचाई ह सेना म निर्धारित मापदंड के मुताबिक करारी आवत रिहिसे। कहूं नापे जोखे म ऊंच नीच हो जही ताहन उही म गड़बड़ाही। खूबचंद के आत्मविश्वास तगड़ा रिहिस। तिही पाय के अब सेना म भर्ती खातिर तइयारी करना शुरू कर दिस। पहाती चार बजे ले उठ के दउड़ना, कसरत करना अउ रोज आमा पेड़ म जा के दुनो हाथ म डारा ल धर के झूलना शुरू कर दिस। ओह जादा समय आमा पेड़ म लगावय ताकि ओकर ऊंचाई ह बाढ़य। खूबचंद ह तरिया ले नहा के घर पहुंचय ताहन निरूपमा ह अंगाकर रोटी म गाय के घींव चूपर के अपन बेटा ल देवय। निरूपमा के जतन ह खूबचंद ल ठोस बना दे रिहिसे।

जउन दिन भिलाई म नेहरू नगर करा पुलिस ग्राउण्ड म शारीरिक परीक्षा रिहिस हवय ओ दिन अपन दाई-ददा के असीस ले के संगे-संग कुलदेवी अउ देवी-देवता मन ल सुमर के पहुंचिस। फौज म अधिकारी मन ठोक-बजा के भर्ती लेवे। काबर कि कमजोर कैंडिटेड ह सेना के जिम्मेदारी ल नइ निभा सकय। सेना म भर्ती बर कोनो किसम के समझौता नइ करे जाय।

खूबचंद ह आमा पेड़ म झूल-झूल के अपन ऊंचाई ल घलो बढ़ा डरे रिहिस हवय। नाप-जोख, दउड़-भाग शुरू होइस। एक के बाद एक सबो प्रतियोगिता म सफल हो गे। जब लिस्ट निकलिस त चयन लिस्ट म सबले उप्पर म खूबचंद के नाम रिहिसे। खुशी-खुशी खूबचंद ह मिठई धर के घर पहुंचिस। मिठई के डब्बा ल देख के ओकर दाई-ददा मन जान डरिस, जरूर खूशखबरी होही। खूबचंद ह अपन दाई-ददा के पांव परके मिठई के डब्बा देवत किहिस- ''फौज म मोर नौकरी लग गे'' ताहन तीनो झिन हंसी-खुशी मिठई खईन।

बिहनिया उठ के खूबचंद ह अपन दाई-ददा ल बतइस कि अब मोला सेना म ज्वाइन करे बर महीना दिन बाद कश्मीर जाना हे। श्यामलाल ह कथे-मोला तोर उपर गर्व हे बेटा तंय भारत माता के सेवा करे बर कश्मीर जाबे। अतना ल सुन के निरूपमा कथे-''त ए माता के कोन सेवा करही ?''

श्यामलाल-तहूं ह निरूपमा, खूबचंद ल निराश झन कर बल्कि ओकर हौसला बढ़ा। जब भारत भुइयां सुरक्षित रही त तो हम्मन सुरक्षित रहिबो।

निरूपमा-बने काहत हस खूबचंद के ददा फेर हम्मन कइसे करबो ?

श्यामलाल-कइसे करबो तेला खूबचंद ल पूछ।

निरूपमा-कइसे खूबचंद, तंय मोर संग वादा करे रेहे कि मय कहूं तेला मानहूं कहिके।

खूबचंद-काला दाई ? बता न।

निरूपमा-नही झन कहिबे।

खूबचंद-कभू तोर बात के उजर करे हवं ?

निरूपमा-तंय तो कश्मीर जावत हस। त अइसे कर हमर मन बर बहू लान दे ताहन।

खूबचंद-बस अतके बात।

निरूपमा-हव।

खूबचंद-अइसे करव, तुमन लड़की खोज के रखव। साहब करा छुट्टी मांग के आ जहूं ताहन मय तुंहर मन बर बहू लान दुहूं। ''बहू हाथ के पानी पिये के तुंहर साध ह पूरा घलो हो जही।''

खूबचंद ह मिलेट्री ज्वाइन करे बर बोरिया बिस्तर धर के अपन संगवारी मन संग जाय बर दुर्ग रेलवे स्टेशन ले गाड़ी बइठथे। खूबचंद ह कश्मीर जा के बार्डर म तैनात हो गे। भारत माता के रक्षा खातिर खूबचंद ह बन्दूक ताने

बार्डर म दुश्मन बैरी मन के उपर नजर रखे रिहिसे। ताकि कोनो भी आतंकवादी कश्मीर म झन खुसर सकय।

खूबचंद के कश्मीर जाय के बाद घर ह सुन्ना सुन्ना लागय। निरूपमा ह श्यामलाल ल किहिस–खूबचंद बर बहू खोजे के शुरू करतेव। लड़की जमतिस ताहन खूबचंद ल खबर कर दिंगे। श्यामलाल ह निरूपमा के बात म हामी भर दिस। श्यामलाल ह विनय संग खूबचंद बर लड़की खोजे बर निकलिन। खूब घूमिन फेर रिश्ता जमबे नइ करत रिहिसे। लड़की तो कतनो पसंद अइस फेर लड़की वाले मन ह लड़का मिलेट्री म हवय कहिके मना कर देवय। लड़की वाले मन ल इही डर सतावय कि मिलेट्री वाले मन अपन गोसइन ल संग म नइ लेगय कहिके त फेर बिहाव के का मतलब होही।

विनय ह श्यामलाल ल किहिस–भइया नवागांव म मोला लड़की पता चले हे, उहें चलबोन का? श्यामलाल ह हताश हो गे रिहिसे। श्यामलाल ह विनय ल किहिस–भइगे विनय अब खूबचंद बर लड़की देखे बर नइ जावन। एसो खूबचंद के बिहाव के लगन नइ हे तइसे लागथे। तभो ले विनय ह श्यामलाल ल मनाथे। विधि के रचना ल कोनो नइ जाने भइया, का पता उहें लिखे होही खूबचंद बर जीवन साथी। तब ले दे के श्यामलाल ह मानिस जाय बर। विनय ह नवागांव वाले अपन जुन्ना संगवारी पालेश्वर ल सबो हालचाल ल बता चुके रिहिसे। देख रे भई, हमर बेटा ह मिलेट्री म हवय। लड़की वाले मन मिलेट्री वाले लड़का ल अपन लड़की दिही के नइ दिही। पालेश्वर ह सबो बात ल रामनाथ ल बता चुके रिहिसे। रामनाथ ह पालेश्वर ल किहिस–पहिली सगा मन ल तो आवन दे रे भई। पहिली दुलारी ल पसंद करही ते नइ करही। ओकर बाद बात ल आगू बढ़ाबोन। पालेश्वर ह रामनाथ के बात म हामी भर के दुलारी बेटी ल देखे बर सगा मन ल बलवइस।

श्यामलाल अउ विनय दुलारी ल देखे बर पालेश्वर संग रामनाथ के घर गिन। सरला अउ खुमान घलो आय रिहिन। रामनाथ के परिवार ह सगा सोदर मन के बढ़िया मान गउन करिन। सगा मन दुलारी ल घलो देखिन। जाय के समय विनय ह कहि दिस–ले हम्मन घर जा के बताबोन। श्यामलाल अउ विनय ह लगे हाथ दु–चार जघा लड़की अऊ देखे रिहिन हे। श्यामलाल अउ विनय घर पहुंचिन ताहन निरूपमा ह चाहा बनइस। चाहा पियत–पियत गोठियावत घलो रिहिन।

विनय-लड़की तो सुन्दर हे भइया, खूबचंद बर बने फभही।

श्यामलाल-बने काहत हस विनय। लड़की के ऊंचाई ह घलो खूबचंद के खांध तक आही।

निरूपमा-त नोनी के का नाम हवय?

विनय-नोनी के दुलारी नाम हवय।

निरूपमा-नाम तो बढ़िया हवय। एकात जघा अऊ नइ देख ले रहितेव।

श्यामलाल-देखे हवन।

निरूपमा-उमन कइसन हवय।

श्यामलाल-कोनो ऊंच हे त कोनो बुटरी काठी के हवय। मय सोचत हवं इही ल फायनल करथन। खूबचंद ह एला मन नइ करही तब फेर दुसर अऊ खोजे के बारे म सोचबो।

निरूपमा-बने काहत हव।

बिहान दिन लड़की वाले मन के डहार ले पालेश्वर फोन करिस।

पालेश्वर-हलो, पालेश्वर बोलत हवं।

विनय-जै जोहार सगा!

पालेश्वर-कुछु सोचेव का?

विनय-हम्मन ल तो लड़की पसंद हे फेर खूबचंद ह आही ताहन देख के फायनल करही।

पालेश्वर-बने काहत हवस सगा। त खूबचंद ह कब आही?

विनय-आठ दिन बाद आही एक महीना के छुट्टी ले के ताहन उही एके महीना म लड़की फायनल करके बिहाव घलो करबोन।

पालेश्वर-बने सोचे हव सगा। जोहार ले!

विनय-जोहार ले!

पालेश्वर-आय के पहिली खबर कर दुहू ताहन मंय रामनाथ भइया ल बता दे रहूं।

विनय-हव सगा। जै जोहार!

पालेश्वर-जय जोहार!

सगा मन के बिदा करे के बाद सरला अउ सरिता ल एक-दु दिन बर नवागांव म छोड़ के खुमान ह भिलाई आ गे। बिहान दिन सरला ह दुलारी ल उदास देख के पूछथे-कस बहिनी काबर उदास हवस?

दुलारी–नही दीदी मय ह उदास नइ हव।

सरला–त मुंहु ल काबर ओथराए हवस? का मिलेट्री वाले लड़का संग बिहाव नइ करना चाहत हवस। कुछु बात हे का। मय ह दाई–ददा ल बता देथंव। काहे कि अभी तो बात ह आगू बढ़ेच्च नइ हे।

दुलारी–ओइसन बात नोहे दीदी। मय ह का अतेक गरू हो गे हवं। तेमा अतेक जल्दी मोला बिदा करना चाहत हव।

सरला–नही बहिनी, अइसन बात नोहे। एक न एक दिन तो बेटी ल मइके ले बिदा हो के अपन ससुरार जायेच्च ल परथे। तभो ले तोर मन ह बिहाव करे के इच्छा नइ होहीं त मय दाई–ददा ल मना कर देथंव।

दुलारी–नही दीदी नही।

ओतके बेर रामनाथ अउ केकती ह हंसा संग बाजार ले आथे। साग–भाजी, धनिया मिरची के संग म कलिन्दर घलो लइस। रामनाथ ह हंसा ल किहिस–बेटी कलिन्दर ल पानी म बुड़ो दे ताहन पोइलहू। हंसा ह हव कहिके कलिन्दर ल पानी म बुड़ो देथे। तब तक हंसा ह थारी अउ हंसिया के बेवस्था म लग जथे। कलिन्दर ह ठण्डा होथे ताहन सब झिन एके जघा बइठ जथे। केकती ह कलिन्दर ल हंसिया म चानी–चानी कांट के थारी म राखत गिस। केकती ह दुलारी ल किहिस–बेटी, सबो झिन ल एक–एक चानी देवत जा। दुलारी ह सब झिन ल कलिन्दर देथे ताहन सबो झिन कलिन्दर खाथे। कलिन्दर खावत–खावत सरला कथे–कलिन्दर बिक्कट मिट्ठा हे।

हंसा–हव दीदी फेर दुलारी दीदी के चेहरा ह सिट्ठा दिखत हवय।

सरला–अइसन नोहे हंसा। तोरो दिन आही। बिहाव के बात ल सुने के बाद अन्तस ह खुश रहिथे फेर चेहरा ह उदास हो जथे।

हंसा–उदास काबर होथे दीदी?

सरला–मइके ल छोड़े के दुख म उदास अउ पति पाय के खुशी रथे।

हंसा–वइसन म मय बिहाव नइ करंव।

सरला–काबर?

हंसा–सब झिन ससुरार चल देबोन ताहन दाई–ददा के सेवा कोन करही?

केकती–एक दिन तो सब ल मइके ले बिदा होय बर परथे। महूं तो मइके ल छोड़ के आए रेहेंव।

सरला–दाई! मय तो सोचत हवं हंसा के बिहाव ल घलो कर देतेन बिक्कट पुचपुचावत हवय।

हंसा–(लजा के) नही, अभी मय बिहाव नइ करंव।

रामनाथ–बने काहत हवस बेटी, एके संघरा दुनो झिन ल बिदा नइ करन। घर ह भांय–भांय लागही।

केकती–कइसे हंसा, कर देवन तोरो बिहाव ल?

रामनाथ–हंसा के बिहाव ल तो बाद म सोचिंगे। अभी तो लड़का ह दुलारी ल देखेच्च बर नइ आय हवय, पसंद करही ते नही।

केकती–फेर मिलेट्री वाले लड़का आय।

रामनाथ–एमा तो हम्मन ल गर्व होना चाही। हम्मन ल मिलेट्री वाले दमांद मिलत हवय।

सरला–लेव न लड़का ल पहिली आवन तो दव ताहन महूं भिलाई जाहूं। मोला ड्यूटी ज्वाइन करना हे अउ सरिता के पापा बर टिफिन घलो बनाय बर परथे ओहा शिफ्ट ड्यूटी वाले घलो आय।

रामनाथ–बने काहत हस बेटी, अपन–अपन घर ल देखव।

पालेश्वर ह रामनाथ के घर आ के बतइस कि सगा मन के फोन आय रिहिसे।

रामनाथ–काय किहिस सगा मन?

पालेश्वर–खूबचंद ह एक महीना के छुट्टी ले के आवत हवय। इही बीच लड़की फायनल करही अउ बिहाव करही।

रामनाथ–अउ कुछु किहिस का?

पालेश्वर–हव।

रामनाथ–काय किहिस हे?

पालेश्वर–अवइया इतवार के खूबचंद ह दुलारी ल देखे बर अवइया हवय।

दुलारी ह ओतके बेर कम्प्यूटर कोचिंग ले आय रिहिसे। सुन के मने मन खुश होवत रिहिस हवय। लड़का कइसे होही, आदत कइसे होही, मोला पसंद आही की नही, ओहा मोला पसंद करही ते नही।

ओतके बेर केकती ह आ गे। केकती ह पालेश्वर ल पूछिस का होइस बाबू? पालेश्वर किहिस–खूबचंद ह इतवार के अवइया हवय। सुन के केकती

घलो खुश हो गे। तुरते फोन म सरला ल बता दिस। इतवार के सरला अउ खुमान घलो पहुंच गे।

श्यामलाल अउ विनय ह खूबचंद ल तीन-चार जधा लड़की देखावत-देखावत नवागांव दुलारी ल देखाय बर पहुंचिन। रामनाथ के परिवार ह सगा मन के रद्दा जोहत रिहिस हवय। सगा मन मोबाइल के माध्यम ले पालेश्वर के सम्पर्क म रिहिन। तिही पाय के पहिली ले तइयारी कर डरे रिहिन हे। खूबचंद ह दुलारी ल देखिस ताहन ओला पसंद कर डरिस। दुलारी ल घलो खूबचंद पसंद आ गे। घर जा के श्यामलाल ह रामनाथ ल अपन रिजल्ट बता दिस। लड़की हम्मन ल पसंद हवय। अब लगन पत्रिका निकाल के बिहाव के तइयारी करथन। अक्ती भांवर बर लगन निकलिस, दुनो पक्ष ह खुशी-खुशी बिहाव के तइयारी म लग गे। रामनाथ ह तो बराती मन के बेवस्था म कोनो कसर नइ छोड़े रिहिसे।

अक्ती भांवर ले के बाद श्यामलाल ह बहू बिदा करवा के नंदौरी लहुट गे। निरूपमा ह बिक्कट खुश राहय। अब तो ''बहू हाथ के पानी'' पिये बर मिलही कहिके। ओती दुलारी के बिदा होय के बाद रामनाथ केकती हंसा अउ सरला बिक्कट दुखी रिहिन। घर ह सुन्ना-सुन्ना लागत रिहिसे। सरला ह अपन दाई-ददा ल सम्हाले बर आठ दिन मइके म रिहिस। खुमान ह काम बूता झरे के बाद भिलाई लहूट गे रिहिसे। बाद म सरला घलो हंसा ल अपन दाई-ददा के बने खियाल रखबे कहिके चेता के भिलाई चल दिस।

बर-बिहाव होय दुए-चार दिन होये रिहिसे। एकाएक कश्मीर ले फोन आ गे। पाकिस्तान बार्डर म लड़ाई छिड़ गे हे तोला तुरते ड्यूटी ज्वाइन करना हे। खूबचंद ह फोन ल सुन के अकबका गे। खूबचंद ह धर्मसंकट म परगे। नवा-नवा बिहाव होय रिहिस हवय, बोस ल बोल के छुट्टी ल बढ़वाहूं कहिके सोचे रिहिस फेर उल्टा हो गे। भारत माता के रखवारी बर जाना हे कहिके खूबचंद ल अंतस ले गर्व होवत रिहिसे। दुलारी ह खूबचंद के चेहरा ल भांप के किहिस-

दुलारी-कइसे का हो गे?

खूबचंद-कुछु नइ होय हे।

दुलारी-कुछ तो बता, मय हवं न तोर संग।

खूबचंद-संग म अभी तो हस फेर मोला तोर संग ल छोड़ के जाय बर परही।

दुलारी-कहां जाय बर परही?

खूबचंद-कश्मीर।

दुलारी-त अभी तो छुट्टी सिराय नइ हे न?

खूबचंद-अचानक पाकिस्तान बार्डर म लड़ाई छिड़ गे हे, मोला तुरते बलावत हे।

दुलारी-त एमा हैरानी के का बात आय?

खूबचंद-मय तोर मया के अंछरा म बंधागे हवंव दुलारी। मोर मन ह जाय बर नइ करत हे मोर मन तो करथे मिलेट्री ले रिजाइन दे दवं।

दुलारी-तंय कइसे गोठियाथस जी, सबो झिन अइसने सोचही त भारत महतारी के सुरक्षा कोन करही?

खूबचंद-त मोर महतारी के सेवा ल कोन करही?

दुलारी-मय करहू। तंय एती के थोरको फिकर झन करबे। मय तो मिलेट्री वाले पति पाए हवं कहिके मोला गर्व होथे अउ तंय। अइसने गोस्वामी तुलसीदास ह अपन गोसइन के मया म फंसे रहितिस ते रामायण नइ लिखाय रहितिस। तहूं ल पाकिस्तान ल हरवा के हमर देश के नाम ल ऊंच करना हे।

खूबचंद-बने काहत हवस दुलारी। मोर मति ल का हो गे रिहिस। मय ह पत्नी प्रेम ल देश प्रेम ले बड़े मानत रेहेंव। बने करे मोर आंखी ल खोल देस।

दुलारी-भइगे गोठियाते रहिबे कि जाय के तइयारी घलो करबे।

खूबचंद-चल फेर बैग, सूटकेस म सामान मन ल जोर अउ सुन-

दुलारी-का हो गे?

खूबचंद-रद्दा बर ठेठरी अउ खुरमी घलो जोर देबे।

दुलारी-एकर चिन्ता झन कर, मय सब जोर देथंव।

इंकर तइयारी ल देख के निरूपमा ह खूबचंद ल कथे, कहां जाय बर जोरा करत हव? दुलारी संग अपन ससुरार जाबे का दीपक? इही तो घूमे फिरे के बेरा आय बेटा। दु-चार दिन म अपन ससुरार डाहर ले घूम-घुमा के आ जा ताहन ड्यूटी म लहूटे के बेरा हो जही।

खूबचंद कथे-लहूटे के बेरा हो जही नही, हो गे हे दाई।

निरूपमा-कहां लहूटे के बेरा हो गे हे?

खूबचंद-कश्मीर।

निरूपमा-तंय कइसे गोठियाथस बेटा। दुए दिन होय हे बिहाव होय अउ जाना हे कहिथस।

खूबचंद-मोला जाय बर परही दाई! भारत महतारी के उपर संकट आ गे हे।

निरूपमा-त तोला अपन दाई के थोरको फिकर नही हे?

खूबचंद-हवय दाई। मोला तुंहर फिकर रिहिसे तभे तो बिहाव करके बहू लान दे हवं।

निरूपमा-वो तो बने करे हस बेटा फेर बहू ल घलो छोड़ के जाबे?

खूबचंद-हव दाई, दुलारी से मोर बात हो गे हे।

श्यामलाल-त उहां क्वार्टर नइ मिलय बेटा?

खूबचंद-मिलथे ददा फेर अभी ए सब सोचे के नइ हे। पाकिस्तान बार्डर म लड़ाई छिड़ गे हे। मोला तुरते जाना हे।

श्यामलाल-त बहू ल बता दे हस न?

खूबचंद-हव दुलारी ल समझा दे हवं। ओह तो भारत महतारी के सेवा करे खातिर भेजे बर तइयारी करत हवय।

ओतके बेर कश्मीर ले फेर फोन आ जाथे। खूबचंद कथे-जी सर, मय अभी तुरते निकलत हवं। बात ल सुन के श्यामलाल के छाती तन जथे। अपन बेटा उपर गर्व होथे। आज मां भारती के रक्षा बर मोर बेटा जावत हवय। निरूपमा घलो ठेठरी, खुरमी बनाय बर भीड़ जाथे। तइयारी पूरा होय के बाद श्यामलाल, निरूपमा अउ दुलारी खूबचंद के आरती उतार के माथ म लाल टीका लगा के बिदा करथे।

ओती पाकिस्तान बार्डर म जंग छिड़ गे रिहिसे। टेलीविजन म रोज लड़ाई के समाचार चलय। भारत अउ पाकिस्तान के बीच लड़ाई के समाचार ल सुन-सुन के निरूपमा, श्यामलाल अउ दुलारी के जीव ह धुकुर-धुकुर करय। खूबचंद ल लिखे के बिक्कट सउंख राहय। जब भी समय मिलय रोज के रोज संस्मरण लिखय। ए डहार दुलारी ह अपन सास-ससुर के दिन-रात सेवा करय। श्यामलाल अउ निरूपमा ल बहू के राहत ले कोनो किसम के फिकर नइ राहय तभो ले धियान ह खूबचंद डहार जाय राहय। दुलारी अपन कम्प्यूटर के पढ़ई ल पूरा कर डरिस। सास-ससुर ल समय-समय म नाश्ता-

खाना दे के अपन पढ़ई-लिखई म लग जय। संगे संग सिलाई कढ़ाई करे बर घलो धर लिस। दुलारी अपन आप ल अतना व्यस्त कर दिस कि समय कइसे कटय तेह पतच्च नइ चलय।

नंदौरी गांव वइसे भी दाऊ मन के बस्ती आय। उहां के अन्नपूर्णा भण्डार बहुत प्रसिद्ध हवय। श्यामलाल खेती खार ल सम्हालय। निरूपमा ह घर म अपन बहू के संग देवय। काम बूता ल दुनो झिन मिलके कर डरय। कभू-कभू निरूपमा श्यामलाल संग खेत घलो चल देवत रिहिस। श्यामलाल ह खेत डाहर धान ल निंदवाय बर गे रिहिस हे। बनिहार मन ददरिया झोरत धान ल निंदत रिहिन हवय। खेत ले लहूटत लहूटत मुंधियार हो गे रिहिस हवय। मुड़ म पागा, पंछा, सलूखा पहिरे हाथ म लउठी धरे राहय। बरसात के मौसम आय कहिके छत्ता घलो धरे रिहिस हवय। वहू दिन कीरा मकोरा के डर के मारे हाथ म लउठी धरे रिहिस हवय। बनिहार मन के संग म श्यामलाल ह मेड़े-मेड़ आवत रिहिस हवय। श्यामलाल आगू-आगू अउ बनिहार मन ओकर पाछू-पाछू रेंगत रिहिन। श्यामलाल के आगू ले डोमी सांप ह सलमल-सलमल जावत रिहिस हवय। मुंधियार होय के सेती सांप ल नइ देख पइस अउ हुरहा डोमी सांप के पूछी ल खूंद परिस। डोमी सांप ह अपन जान बचाए बर श्यामलाल के गोड़ म हमला करके चाब दिस। श्यामलाल के अरे द ददा रे काहत ले सांप ह कांट के उलट के अपन जान बचा के भाग गे। अइसे केहे जाथे कि सांप ह कांट के उलटथे त जहर ह शरीर म पहुंचथे कथे। डोमी बिक्कट जहरिहा रथे। श्यामलाल ह सांप-सांप काहत गोड़ ल धर के बइठ गे।

बनिहार मन सांप ल लहरावत जावत देख डरे रिहिन। सबो झिन चिन्ह डरे रिहिन हे कि ओहा गउंहा डोमी आय। गउंहा डोमी ह बिक्कट बिख वाले होथे। बनिहार मन सब झिन श्यामलाल के सेवा जतन म लग गे। एक झिन ह अपन गमछा ल चीर के श्यामलाल के गोड़ म सांप चाबे रिहिस तेकर उपर बांधिस। ताकि जहर ह उप्पर झन चघय। देखते-देखते गांव म हल्ला हो गे। कोनो किहिस बइगा करा फूंकवावव, त कोनो किहिस खून ल चूस चूस के पुरक के जहर ल निकालव फेर काकरो हिम्मत नइ होइस। धकर लकर घर लइन। घर म दुलारी ल बतइन-तोर ससुर ल डोमी सांप ह चाब दे हे। बिक्कट जहरिला होथे। दुलारी ल घलो गांव वाले मन किहिन-बइगा करा फूंकवा झरवा लव कहिके फेर दुलारी ह किहिस-एह बइगा गुनिया ले बने नइ होवय। गांव

के सरपंच घर कार रिहिसे। सरपंच ह कार म श्यामलाल ल बइठार के चरोदा के अस्पताल म लइन। डॉक्टर मन तुरते इलाज पानी म भीड़ गे। कुछ समय के बाद डॉक्टर मन बतइन कि श्यामलाल के स्थिति ह ठीक हे। थोकिन अऊ देरी करतेव ते सम्हालना मुश्किल हो जाय रिहितिस। निरूपमा ह घलो संगे म अस्पताल आय रिहिस हवय। बजरंग बली ले घेरी बेरी बिनती करके अपन जोड़ी के जल्दी स्वस्थ होय के कामना करत रिहिस हवय।

दुलारी समय म अपन ससुर ल अस्पताल लेग के बचा लिस। श्यामलाल ल छुट्टी करा के घर लानिस। श्यामलाल ह अपन बहू ल किहिस-"तोरे सरिख बहू सब ल मिलय बेटी।" मोर पहिली जनम के करम के फल आय कि तोर असन मोला बहू मिलिस। श्यामलाल अपन बहू ल किहिस-खूबचंद ल बता दे बहू, ए सब घटना के बारे म। दुलारी किहिस-नही ददा ओला नइ बतावन ओह देश के रक्षा म लगे हवय। ओकर धियान ह भटक जही। मय हवं न तुंहर देखरेख बर। मय तुंहर पूरा खियाल रखहूं। निरूपमा कथे-तंय नइ रहिते त हमर का होतिस बहू ? दुलारी किहिस-महूं ह बड़ भागमानी अवं कि मोला सास-ससुर के सेवा करे बर मिलत हवय। मोर राहत ले फिकर झन करव।

पाकिस्तान बार्डर म पाकिस्तानी आतंकवाद मन घुसपैठ करे के कोशिश करत रिहिन। घुसपैठिया मन ल रोके खातिर भारत के फोर्स ह जोरदार जवाब देवत रिहिन हे। ओतके बेर ब्रेकिंग न्यूज चलना शुरू हो गे कि भारत के मिलेट्री फोर्स पाकिस्तान के दस झिन आतंकी मन ल मार गिरइस फेर हमर इहां के दु झिन जाबाज सैनिक शहीद हो गे अउ पांच झिन घायल हवय। घायल होवइया म छत्तीसगढ़ के नंदौरी गांव के जवान खूबचंद घलो शामिल हवय। खास सूत्र ले पता चलत हवय कि घायल जवान मन खतरा ले बाहिर हे। उंकर इलाज मिलेट्री अस्पताल म चलत हवय। तब कहूं जा के दुलारी के जीव ह हाय लगिस। समाचार सुनते भार श्यामलाल ह कश्मीर जाय बर रेलगाड़ी म बइठ गे। श्यामलाल ह कश्मीर पहुंच के जा के देखथे त खूबचंद के गोड़ म गोली लगे रिहिस हवय। गोली अतेक जबरदस्त लगे रिहिसे कि जेउनी गोड़ ल माड़ी के उप्पर ले काटे बर परगे रिहिस हवय।

खूबचंद के हिम्मत ल देख के आफिसर मन दंग रहिगे। अस्पताल म घलो ओतेक दर्द पीरा के बावजूद बड़े-बड़े लेखक मन के किताब पढ़े बर नइ छोड़िस। जब भी मौका मिलय संस्मरण ल जरूर लिखय। एती अपन बेटा के

फिकर म निरूपमा ह दुबराये बर धर ले रिहिसे फेर दुलारी ह अपन सास ल सम्हाल के राखे रिहिस। खूबचंद संग दुलारी के रोज गोठ बात होवत रहय। निरूपमा के तबियत ह बिगड़े बर धर लिस। दुलारी ह सेवा जनत म कोनो कसर नइ छोड़िस। महतारी कस सेवा करिस। वइसे भी ससुरार म सासे ह महतारी अउ ससुर ह बाप बरोबर आय।

खूबचंद के सेहत म सुधार आवत गिस। खूबचंद ल अस्पताल ले मेडिकल अनफिट घोषित कर के छुट्टी दे दिस। अब खूबचंद के सैनिक के रूप म काम करे के सपना ह धरे रहिगे फेर जानत रिहिस मोला तो जिनगी ल सिपाही के रूप म जीना हे। चाहे देश के सिपाही होवय चाहे कलम के सिपाही। भीतरे-भीतरे गुनत रहय-''मोर तो गोड़े ह अनफिट होय के दिमाक ह थोरे होय हवय।''

श्यामलाल ह खूबचंद ल कश्मीर ले छुट्टी करा के नंदौरी पहुंचिस। त दुलारी ह बाप-बेटा के आरती उतार के स्वागत करिस। आज दुलारी के माथ ह गर्व ले ऊंच हो गे हवय। निरूपमा ह अपन दुलरूवा ल बैसाखी म देख के दंग रहि जथे। महतारी के ममता ह बिक्कट रोथे। दुलारी अपन सास ल समझाथे-''तंय बिक्कट भागमानी अस दाई कि आज तोर बेटा ह अपन देश के रक्षा खातिर अपन पांव ल गंवाय हवय।'' ओहा सब ठीक हो जही। गांव वाले मन घलो खूबचंद के फूल माला अउ गुलाल ले स्वागत करिन। पत्रकार मन तो दुर्ग स्टेशन म ही पहुंच गे रिहिन हवय। उमन स्टेशन म ही खूबचंद के स्टेटमेंट ले डरे रिहिन हवय। बिहान दिन सबो अखबार के मुख्य पृष्ठ म खूबचंद के बहादुरी के कहानी छपे रिहिसे। पूरा नंदौरी गांव वाले मन ल खूबचंद के उपर गर्व होवत रिहिसे। आज खूबचंद ह छत्तीसगढ़ महतारी के संगे संग नंदौरी गांव के मान ल बढ़ा दिस। सब झिन खूबचंद ल ओकर बहादुरी बर बधाई दिन।

अब दुलारी के सेवा जतन ले पूरा परिवार सुखीपूर्वक जिनगी गुजारत रिहिन। अब तो खूबचंद ह जादा बाहिर आ जा नइ सकय, न दउड़ धूप सकय। चूंकि खूबचंद ह सब बर मयारू हो गे रिहिसे तिही पाय के सबके धियान ह बरोबर ओकर डाहर राहय। खूबचंद एक दिन बड़ा उदास बइठे रिहिस हवय। त दुलारी ओला देख के कथे-कइसे उदास दिखत हवस जी?

खूबचंद-हव दुलारी, कइसे तो मन ह बने नइ लागत हे।

दुलारी-काबर ?

खूबचंद-मोला अब अइसे लागे बर धर ले हे कि मय परिवार उपर बोझ हो गे हवं का ?

दुलारी-अइसे काबर सोचत हवस ? मय तो हवं आपके संग।

खूबचंद-मय परिवार के जिम्मेदारी ल नइ निभा पावत हवं।

दुलारी-जादा उदास होय के जरूरत नइ हे जोड़ी। अभी आपके एके गोड़ ह कटे हे, दिमाक अउ हाथ ह थोरे कटे हवय।

खूबचंद-त का करंव ?

दुलारी-अब साहित्य म मन ल लगा। अभी ले हिम्मत हारे म काम नइ बनय। अभी आप ल छत्तीसगढ़ बर बहुत कुछ करना हे। कलम के सिपाही बनके छत्तीसगढ़ के मान ल बढ़ाना हे।

खूबचंद-बने काहत हवस दुलारी। अभी छत्तीसगढ़ महतारी के मान-सम्मान अउ स्वाभिमान ल बढ़ाय के जरूरत हवय। हिन्दी के संगे-संग अपन मातृभाषा छत्तीसगढ़ी साहित्य ल पोट्ठ करना हे।

दुलारी-ए बात होइस न। अब एक काम करथन।

खूबचंद-का काम ?

दुलारी-अब कम्प्यूटर सेट लेथन। आप लिख-लिख के देवत रहू ओला मय टाईप करत जाहूं ताहन सब अखबार अउ पत्रिका मन म पठोवत जाबोन।

खूबचंद-बने काहत हवस दुलारी। अब पुरखा मन के सपना ल पूरा करे के दिन आ गे।

अब खूबचंद ह साहित्य पढ़ई अउ लिखई के रफ्तार ल बढ़ईस। धार्मिक ग्रंथ घलो पढ़ना शुरू करिस। अब तो खूबचंद ल छत्तीसगढ़ के चिन्ता ह सतावन लागय। खूबचंद ह रफ म लिखय तेला दुलारी ह कम्प्यूटर म टाईपिंग करत जावय। धीरे-धीरे प्रादेशिक अखबार म छपना शुरू हो गे। ओकर बाद खूबचंद के कलम के जादू ले ओला खूब वाहवाही मिले के शुरू हो गे। दुलारी ह दिन-रात खूबचंद के सहयोग करय। पहिली हिन्दी म लेखन शुरू करिस काबर कि ओ बखत छत्तीसगढ़ी के लिखइया मन ल हीन भावना ले देखय। खूबचंद करा अब दोहरा जिम्मेदारी आ गे कि छत्तीसगढ़ अउ छत्तीसगढ़ी के मान-सम्मान कइसे बढ़ाय जाय। छत्तीसगढ़िया मन के स्वाभिमान ल कइसे जगाय जाय। अब हिन्दी के संगे संग छत्तीसगढ़ी म लिखना शुरू करिस।

खूबचंद के नाम अब धीरे-धीरे छत्तीसगढ़ म स्थापित होय बर धर लिस। ओकर बाद तो खूबचंद के कहानी राष्ट्रीय पत्रिका मन म घलो प्रकाशित होय बर धर लिस।

कुछ दिन बाद भिलाई इस्पात संयंत्र के क्रीड़ा अउ सांस्कृतिक विभाग म योग्य कर्मचारी बर विज्ञापन निकलिस। जेह छत्तीसगढ़ी साहित्य अउ संस्कृति के जानकार राहय। हिन्दी के संगे संग अंग्रेजी घलो आवय। कुर्सी म बइठे वाले बूता रिहिसे। ए सब म खूबचंद ह फिट बइठत रिहिसे। खूबचंद के नियुक्ति ओकर योग्यता के संगे-संग मिलेट्री कोटा ले बड़ा आसानी से हो गे। अब तो खूबचंद ह अपन परिवार सहित नंदौरी गांव ले भिलाई के सेक्टर वन क्वार्टर म आ गे। खूबचंद के जिम्मेदारी म छत्तीसगढ़ी लोक कला महोत्सव के आयोजन ह घलो आ गे। लोक कला महोत्सव के माध्यम ले छत्तीसगढ़ के लोक कला, साहित्य अउ संस्कृति ल जाने परखे के मौका मिलिस। एक साल बाद भिलाई के डॉक्टर मन के सलाह ले नकली गोड़ लगवाय बर जयपुर गिस। खूबचंद के भाग्य ह अच्छा रिहिसे। नकली गोड़ लगई ह सक्सेस हो गे। अब आटोमेटिक चालू होवइया वाले तीन गोड़िया स्कूटी लिस। स्कूटी म ड्यूटी आवय-जावय अउ डंडी ल स्कूटी के पीछू म बांध देवत रिहिसे। खूबचंद के हौसला ल देख के लोगन दंग रहि जय। आज खूबचंद ल दुलारी के संग नइ मितलिस ते बिचारा खूबचंद के जिनगी दुभर हो जतिस। पत्नी हो तो दुलारी जइसे।

अब तो लिखत-लिखत खूबचंद के जान-पहिचान बड़े-बड़े अधिकारी अउ राजनेता मन संग हो गे रिहिसे। अब तो खूबचंद के कलम म अतेक ताकत आ गे रिहिसे कि जेकर उपर ओकर कलम चल जाय ओह हीरा हो जय। सब ओकर कलम के अगोरा करत राहय। खूबचंद ह घलो अब थोकिन दिमाक लगाय बर धर लिस। अब छत्तीसगढ़ के अस्मिता ल जगाय बर 'दीया बाती' नाम के त्रैमासिक पत्रिका निकाले बर धरिस। त्रैमासिक पत्रिका ल छपवाय बर रूपिया के जरूरत परय। रूपिया बर विज्ञापन के बेवस्था कर डरय। शासन म जउन भी नेता राहय उंकर जीवन परिचय लिख-लिख के उंकर मन ले काम निकलवा लेवत रिहिसे। अब खूबचंद के प्रतिष्ठा ल देख के आफिसर मन खूबचंद ल टाइट करना शुरू करिस। खूबचंद ल बंधन कभू पसंद नइ रिहिस। खिसिया के भिलाई इस्पात संयंत्र के नौकरी ले वालेन्ट्री रिटायरमेंट

लेके स्वतन्त्र लेखन के शुरूआत करिस। अब तो खूबचंद ह स्वतन्त्र हो गे। उही समय छत्तीसगढ़ राज के आंदोलन ह चरम सीमा म रिहिसे। लेखन के संगे संग पृथक छत्तीसगढ़ राज्य के आंदोलन म संघर गे। सब झिन के त्याग-तपस्या ले पुरखा मन के सपना सिरतोन हो गे। छत्तीसगढ़ राज बनगे। छत्तीसगढ़ राज बने के बाद विकास ह जोर पकड़ लिस। अब छत्तीसगढ़ी के नारा चला दिस "छत्तीसगढ़ी लिखव, पढ़व, बोलव अउ आगू बढ़व।" छत्तीसगढ़िया मन ल जगाय खातिर बहुत आलेख लिखिस। छत्तीसगढ़ के विकास खातिर लिखिस। कतनो नेता अउ उद्योगपति मन के खिलाफ घलो लिखिस। कतनो बड़े मनखे मन नाराज घलो होइस फेर ओला काकरो परवाह नइ रिहिसे।

स्वैच्छिक सेवानिवृत्ति ले के बाद भिलाई के सेक्टर एक के क्वार्टर ल छोड़ के हाउसिंग बोर्ड के क्वार्टर ल बिसा के राहत रिहिस हवय। अब तो छत्तीसगढ़ म सबले बड़े साहित्यकार के रूप म स्थापित हो गे। खूबचंद के योग्यता ल देख के विश्वविद्यालय ह डी. लिट. के उपाधि घलो दिस। अब खूबचंद ह डॉ. खूबचंद हो गे। दुलारी घलो खूबचंद के हौसला बुलंद करत रिहिसे। डॉ. खूबचंद के उपन्यास 'अन्तस के पीरा' ल कालेज म पढ़ाय बर शामिल कर ले गिस।

विश्वविद्यालय ह भले खूबचंद ल डी.लिट. के उपाधि तो दे दिस फेर ओकर दाई-ददा मन के डी. लिट. ह पूरा नइ होय रिहिस हे। महतारी-बाप मन बर तो डी. लिट. नाती-नतरा आय। खूबचंद अउ दुलारी ह किराना सामान बिसाय बर दुकान गे रिहिसे। खूबचंद ह अपन दाई-ददा ल चेता दे रिहिसे-आवत ले समय लग जही, साग-भाजी लाय बर रूआंबांधा बाजार करत आबोन। अब श्यामलाल अउ निरूपमा ल गोठियाय बर फूरसदहा समय मिल गे। दुनो झिन एके जघा बइठ के गोठियावत रिहिन हवय।

श्यामलाल-सुनत हस वो निरूपमा।

निरूपमा-काय हो गे ?

श्यामलाल-हरि ह काहत रिहिस हे, खूबचंद के बिहाव होय भल्ले दिन हो गे हे फेर छट्टी चाहा पिये बर मिलही ते नही ?

निरूपमा-महूं ल तो खोरबाहरिन डोकरी ह काहत रिहिसे। कइसे य निरूपमा बहू ल भइगे भाते रंधवाय बर लाय हव ते नाती-नतरा घलो दिही।

श्यामलाल-लोगन का का नइ काहय, सब सुने बर परथे।

निरूपमा-उही हाल तो मोरो हे।

श्यामलाल-त लोगन मन ल काहन दे न, हंसइया मन के दांत दिखही।

निरूपमा-काकर-काकर दांत ल देखबे?

श्यामलाल-कइसे करबे, ए सब भगवान के मरजी आय। भगवान उपर भरोसा रख।

निरूपमा-भगवान उपर तो भरोसा कर लेबे फेर मनखे मन उपर कतना भरोसा करबे? सब मोला ठगड़ी (बांझ) के सास आय कहिके मुंहु ल फेरत रहिथे। अपने अपन मुंहु ल मुरकेटत रहिथे।

श्यामलाल-त का कर सकथन निरूपमा?

निरूपमा-खूबचंद ल समझाते नही, डॉक्टर ऊ ल देखातिस।

श्यामलाल-तंय ह बहू ल कहिते नही।

निरूपमा-ठउंका काहत हवस। मोर मइके के बइगा ह घलो बढ़िया जानथे। बइगई-गुनियई करवा के देख लेथन का?

श्यामलाल-देख भई मोला तो ए बइगई-गुनियई उपर भरोसा नइ राहय। तंय ए सब चक्कर ल छोड़।

निरूपमा-काबर?

श्यामलाल-मय खूबचंद ले बात करहूं।

निरूपमा-ले बात कर ले, नही त फेर कुछ सोचे बर परही।

निरूपमा-महूं ह बहू ल पूछे के कोशिश करहूं।

(श्यामलाल ह एक दिन मौका देख के खूबचंद ल किहिस)

श्यामलाल-बिहाव होय भल्ले दिन हो गे हवय। डॉक्टर ऊ ल देखातेन नही ग। बहू म कुछु कमी होही ते।

खूबचंद-ठीक हे ददा, दुलारी ल डॉक्टर करा जांच करवाए बर लेग जहूं।

(ओतके बेर निरूपमा आ जथे। निरूपमा इंकर बात ल सुन के कथे-डॉक्टर ऊ ले कुछु नइ होवय। तोर ममा गांव म बढ़िया बइगा रथे। शनिच्चर अउ इतवार के बइठथे। बहू ल धर के उहें चल देते।)

खूबचंद-मय बइगा-गुनिया मन उपर भरोसा नइ करंव दाई। तुमन काहत हव त डॉक्टर करा इलाज कराय बर चल दुहूं।

निरूपमा-देख खूबचंद तुमन रिस करव चाहे दुख करव फेर मोला नाती-चाही मने चाही।

खूबचंद–ठीक हे न दाई, तोर सपना जरूर पूरा होही।

निरूपमा–कब होही ?

खूबचंद–तोर तो सपना ल पूरा कर दे हवं, त अतेक काबर खिसियाथस ?

निरूपमा–नाती–नतरा के सपना ह त तो पूरा नही होय हे। मय कहूं ते बात ल मानबे ?

खूबचंद–ले तंय जइसन कहिबे, ओइसने करहूं। तुंहर खुशी मोर खुशी।

अपन महतारी के खुशी बर खूबचंद ह दुलारी ल सबले पहिली अपन ममा गांव म बइगा घर लेगिस। बइगा ह किहिस तुंहर घर ल बांधे बर लागही, दस हजार के खरचा हवय ताहन फेर साल भर म तुंहर अंगना म लइका खेलही। संग म निरूपमा घलो गे रिहिस। निरूपमा पूछिस–त घर बंधई कब बनही बइगा महराज। बइगा कथे–अवइया शनिच्चर रात म बन जही। मय सराजाम (सामग्री) लिख देथंव। ए सबो सामान ल बिसा लेहू। शनिच्चर के आवत ले निरूपमा ह सबो सराजाम सकेल डरिस। अपन चेला चंगुरिया मन संग आ के बइगा ह श्यामलाल के घर ल रतिहा बांध के दस हजार रूपिया धर के चल दिन।

अब एक महीना ले दु महीना रद्दा देखिस त नाती–नतरा के उम्मीद ह दिखबे नइ करत रिहिस। अब निरूपमा के चिन्ता ह बाढ़त गिस। चिन्ता फिकर म निरूपमा के तबियत बिगड़ गे। कुछ दिन बाद एकाएक निरूपमा के तबियत खराब हो गे। बड़े अस्पताल म भर्ती करिन। उहां डॉक्टर मन बतइन कि निरूपमा के हिमोग्लोबिन कम हवय। ओला खून चढ़ाय के जरूरत हवय। परिवार म निरूपमा के ब्लड ग्रुप ले दुलारी के ब्लड ग्रुप ह मेच होइस। दुलारी ह खुशी–खुशी अपन सास बर खून दिस। दुलारी ह अपन सास के बिक्कट सेवा सटका करिस। दुलारी के सेवा जतन ले निरूपमा ह पहिली कस टन्नक हो गे।

एक दिन खूबचंद ह दुलारी ल धर के डॉक्टर करा गिस। दुलारी ह डॉक्टरीन ल सबो बात ल बतइस। बिहाव ह भल्ले दिन हो गे हे फेर मय महतारी नइ बनत हवं। डॉक्टरीन ह दुलारी के जांच के प्रक्रिया ल शुरू करिस। जांच करके डॉक्टरीन ह खूबचंद अउ दुलारी ल किहिस कि रिपोर्ट ह आठ दिन के बाद मिलही। डॉक्टरीन ल नमस्ते करके दुनो परानी घर लहूटिन।

घर म श्यामलाल अउ निरूपमा ह बहू के चारी निंदा म लगे रिहिसे।

निरूपमा काहत रिहिसे-तेकर ले तो आजकाल मोला बहू ल देक्खन नइ भावय। श्यामलाल निरूपमा ल समझाथे-धीरज धर निरूपमा, भगवान घर देर हे फेर अन्धेर नइ हे। तभो ले अंटियाय कस जवाब देथे-का अन्धेर नइ हे। का का सपना नइ देखे रेहेंव। नाती-नतरा आही ताहन बने सेंकहूं चुपरहूं, बने खेलाहूं। हाट-बाजार ले ओकर बर आनी-बानी के खिलौना लाहूं। सुन के श्यामलाल ह कथे-तोर सबो सपना ह पूरा होही वो खूबचंद के दाई। अब चुप राह खूबचंद अउ दुलारी ह आगे तइसे लागथे। अब तो निरूपमा के धीरज के बांध ह फूटे बर धर ले रिहिसे। लहूटत खानी अपन सास-ससुर बर दुलारी ह खजानी बिसाय रिहिसे। आ के हाथ गोड़ ल धो के अपन सास-ससुर ल मुर्रा लाडू दिस। भुखागे होहू ए लव खजानी ल खाव। मय ह जल्दी रांधत हवं। श्यामलाल अउ निरूपमा ह खजानी खाय म मगन हो गे।

अब दुलारी ह मने मन सोचय कि रिपोर्ट म का आही? मय अपन सास-ससुर के सपना ल पूरा कर पाहूं की नइ कर पाहूं। मय महतारी बनहूं की नइ बन पाहूं। मय ए घर के वंश ल आगू बढ़ा पाहूं की नइ बढ़ा पाहूं। अइसने गुनत-गुनत कराही म फोरन ह जादा जरगे। धकर-लकर आलू ल भूंजे बर डारिस। तब कराही के जीव ह जुड़इस। खूबचंद ह खाना के चूरत ले किताब पढ़े म लग गे। खाना ह चूरिस ताहन दुलारी ह ताते तात अपन सास-ससुर अउ खूबचंद ल खाना पोरसिस ताहन अपन ह खइस। ओतके बेर दुलारी के बड़े बहिनी सरला के फोन आ गे।

सरला-हलो!

दुलारी-हलो दीदी, पाय लागी!

सरला-खुशी राह अउ का चलत हवय?

दुलारी-आज अस्पताल गे रेहेन।

सरला-काकर तबियत खराब हवय?

दुलारी-काकरो तबियत खराब नइ हे।

सरला-काकरो तबियत खराब नइ हे त अस्पताल काबर गे रेहेव?

दुलारी-जांच करवाए बर।

सरला-काकर जांच करवाए बर?

दुलारी-मोर।

सरला-का के?

दुलारी–सास–ससुर मन काहत हे अतेक दिन ले नाती–नतरा नइ अवतरत हे कहिके।

सरला–त का एमा नारिच म कमी रहिथे का? दमांद म कमी नइ हो सकय? ओकरो जांच नइ करवा लेतेव?

दुलारी–राहन दे न दीदी। धीरे–धीरे सब ठीक हो जही, सरिता कइसे हे?

सरला–बने हे। फेर पढ़े–लिखे म धियान नइ देवय। देख न हम्मन दुनो झिन ड्यूटी चल देथन ताहन धियान देवइया कोनो नइ राहय।

दुलारी–त अपन सास–ससुर ल नइ बलवा लेतेव।

सरला–उंकर मन ह शहर म नइ रमय। इहां संगवारी बिना बंबा जथे।

दुलारी–त एकाद झिन बाई नइ लगवा लेतेव?

सरला–लगवाए हवन दुलारी फेर काम बूता बर आय।

दुलारी–त पढ़ई–लिखई बर कइसे करथव?

सरला–सरिता के पापा के शिफ्ट ड्यूटी आय। समय निकाल के तोर भाटो ह पढ़ाथे। थोर बहुत महूं पढ़ाथंव। टिवसन घलो लगा दे हन।

दुलारी–बने करे हस दीदी, सरिता पढ़–लिख के डॉक्टर बनही डॉक्टर।

सरला–दाई–ददा ल फोन करे रेहे? उमन तोर बिक्कट फिकर करथे।

दुलारी–हव दीदी करत रहिथंव फेर जांच वाले बात ल नइ बताय हवं।

सरला–बताबे घलो झन। नही ते उमन ल फिकर हो जही।

दुलारी–उही पाय के तो उमन ल नइ बताय हवं।

सरला–दमांद कइसे हे?

दुलारी–बने हवय दीदी।

सरला–अउ तोर सास–ससुर मन?

दुलारी–वहू मन बने हवय दीदी।

सरला–ले त बने सुखीपूर्वक राहव। अस्पताल के रिपोर्ट आही ताहन बताबे। अस्पताल वाले बात ल जादा एती ओती झन बगराबे। ले फोन ल राखत हवं।

दुलारी–हव दीदी, पाय लागी!

आठ दिन बाद खूबचंद अउ दुलारी ह रिपोर्ट लाय बर अस्पताल गिन। उहें जाय के बाद डॉक्टरीन ह बतइस कि दुलारी म कोनो किसम के कमी नइ हे। ओकर सबो रिपोर्ट ह बने हवय। ओहा महतारी बन सकथे। सुनते भार

दुनो के चेहरा म खुशी के लहर दउड़ गे। घर म आ के अपन दाई-ददा ल बतइस कि रिपोर्ट ह बने हवय। श्यामलाल अउ निरूपमा ह सुन के खुश होइन।

दु-तीन महीना तक निरूपमा के आशा के फूल ह फूले रिहिस हे ओह फेर मुरझाए बर धर ले रिहिसे। काबर कि दुलारी ह हर महीना मुड़ी ल मिंजते रिहिसे। न उल्टी होवय न ओला अम्मट खाय के सउंख राहय। अब निरूपमा के मन ह टूट गे। निरूपमा ह श्यामलाल ह किहिस-मोला तो अइसे लागथे, दुलारी ह महतारी नइ बनय। खूबचंद अउ दुलारी जरूर कुछु न कुछु लुकावत हवय। सुन के श्यामलाल ह निरूपमा ल समझावत कथे-तहूं ह डोकरी हो गे हवस फेर थोरको समझदारी नइ हे। तहूं तो खूबचंद ल बिहाव के दस साल बाद होय रेहे हस। अपन दिन ल भुला गेस। निरूपमा कथे-ओ सब मंय नइ जानव, अब तंय खूबचंद ल काह-"दुलारी ल घर ले निकाल के दुसर बहू लावय।" श्यामलाल कथे-तहूं निरूपमा, संस्कारिक बहू बर अइसन जहर काबर उगलत हवस? महूं ह तोर बर अइसने करतेंव त तहूं ल घर ले निकाल दे रहितेंव नही ते तोर सउत लान ले रहितेव, त फेर तंय कइसे करते। अपन बेटा बहू के घर गृहस्थी ल बसाय बर छोड़ के टोरे म लगे हवस। निरूपमा ह खिसिया के किहिस-वो सब मय नइ जानव, बहू ल निकालय या फेर नवा बहू लावय। जउन ह हमर वंश ल आगू बढ़ा सकय।

सबो बात ल दुलारी ह सुनत रिहिसे, एला श्यामलाल अउ निरूपमा नइ जानत रिहिन कि हमर गोठ ल बहू सुन डरे हवय। दुलारी ह खूबचंद ल समझइश कि अइसे कर मय तो महतारी नइ बन पावत हवं तेकर ले एकाद झिन सउत बना के लान लेते मय तुंहर सेवा करत रहि जहूं। खूबचंद ह सुन के खिसिया जथे। ए सब का गोठियाथस दुलारी, तंय तो मोर प्राण अस। न मय तोला घर ले निकाल सकंव न मय तोर बर सउत लान सकंव। दुलारी रोवत-रोवत कथे-अइसन म सियान मन के सपना कइसे पूरा होही? खूबचंद कथे अच्छा त ए सब दाई-ददा मन के सेती आय। सुन दुलारी, ए बात ल तंय गांठ बांध के रख ले मय तोला जिनगी भर नइ छोड़व। रहि बात संतान के त डॉक्टरीन करा सलाह ले बर अऊ चल देबोन। डॉक्टरीन ह कोनो न कोनो रस्ता बताही।

दु-चार दिन बाद खूबचंद अउ दुलारी सलाह लेबर डॉक्टरीन करा पहुंचिन। देख के डॉक्टरीन खुश हो के पूछथे-कुछु खुशखबरी हे का दुलारी?

दुलारी कथे-कुछु खुशखबरी नइ हे मेडम। अब आपे सलाह बतावव ताकि हमर वंश ह बाढ़ सकय। हम्मन ल महतारी-बाप के सुख मिल सकय। डॉक्टरीन ह समझ गे दुलारी म कोनो कमी नइ हे ओकर बावजूद अम्मल म नइ होय हे। एकर मतलब खूबचंद म कुछु कमी होही। डॉक्टरीन ह कथे-मय डॉक्टर के नाम बतावत हवं, ओकर करा जा के एक घांव खूबचंद के घलो चेकअप करवा लव। डॉक्टरीन के सलाह ले डॉक्टर करा जा के खूबचंद के चेकअप करवाथे।

एती श्यामलाल अउ निरूपमा म झगरा माते राहय। निरूपमा कथे-ए बहू ह ठगड़ी हे, बांझ हे। एला अब मय घर म नइ राख सकंव। अब घर म बहू रही नही ते मय। श्यामलाल घलो घुस्सा हो के किहिस-तोला का हो गे निरूपमा, तंय वो दिन ल भुला गेस जब तोला खून के जरूरत परिस त इही बहू तोला खून दे के बचाय रिहिस। जब मोला डोमी सांप ह चाब दे रिहिसे त इही बहू ह मोला बचाय रिहिसे।

ओतके बेर खूबचंद अउ दुलारी अस्पताल ले चेकअप करवा के आथे। निरूपमा ह खूबचंद ल पूछथे-का होइस बेटा?

खूबचंद-दाई! रिपोर्ट ह एक हप्ता बाद पता चलही।

निरूपमा-अच्छा।

निरूपमा के बेवहार ह दिनो दिन दुलारी बर बिगड़त रिहिस हवय। ओकर मन म तो बस एके बात रिहिस हवय कि अब दुलारी ल घर ले निकाल के दुसर बहू लाय जाय या फेर एकर सउत लाय जाय। अपन मन के भड़ास ल निरूपमा ह श्यामलाल करा निकालत रिहिसे। महतारी-बाप के लड़ई झगरा ल खूबचंद ह सुन डरिस। ओह अपन दाई ल किहिस-ए सब का गोठियाथस दाई? तंय अपन बहू ल निकाले बर गुनत हवस। अतेक रामायण भागवत सुनथस, दिन-रात पूजा पाठ करथस त तो भगवान उपर भरोसा कर। सब समय के साथ ठीक हो जही। निरूपमा ह खूबचंद उपर खिसिया जथे। देख खूबचंद मोला तंय जादा समझाये के कोशिश झन कर, समझे।

महतारी-बेटा के बात ल बाढ़त देख के श्यामलाल ह निरूपमा ल खिसियइस-तंय चुप रहिबे ते नही? घर ल रात-दिन लड़ई-झगरा म नरक बना दे हस। जादा लहो लेबे त तोला घर ले निकाल दुहूं ताहन निरूपमा ह रोये बर धर लिस। मय का करंव दाई ए हें हें-अहा उमर म मय कहां जाहूं

दाई ए हें हें... मोला कोन करा छइंहा मिलही भगवान ए हें हें... श्यामलाल कथे-जब तंय ह अपन बर ए सब बात ल सोच सकथस त बहू बर काबर नइ सोच-सकस? तहूं एक दिन ए घर म बहू बनके आय रेहे। तोरो सास-ससुर ह तोर बर अइसने करतिस त तोला कइसे लागतिस। दुलारी ह अतना ल सुन के अपन सास ल कथे-ठीक हे दाई ए घर ले मोर निकले ले तोला सुख मिलही त मय अभी निकल जथंव। अब तो घर म कलह ह बाढ़े बर धर लिस।

महतारी-बाप अउ गोसइन के बात ल सुन के खूबचंद टेन्शन म आ गे। अब ए घर ले कोनो नइ जावय। जादा करहू ते मय ए घर ले चल दुहूं। निरूपमा डर्रा के कथे-ए सब का काहत हवस बेटा? खूबचंद कथे-त अउ का करंव। जब तुमन ल समझावत हवं त समझ म नइ आवत हवय। थोकिन धीरज धरव। इलाज पानी म तो लगे हवन। रिपोर्ट घलो अवइया हवय ताहन सुंता सलाह ले गोठियाबोन। ठउंका ओतके बेर पुरानिक के फोन आथे।

पुरानिक-हलो!

खूबचंद-हलो! हां बोल पुरानिक।

पुरानिक-माता कौशल्या उपर संगोष्ठी रखे बर सोचे रेहे तेकर का होइस?

खूबचंद-होइस का, होवत हे।

पुरानिक-मोला पता घलो नइ चलिस।

खूबचंद-सार्वजनिक होतिस त तो पता चलतिस। ए तो घरेलू संगोष्ठी आय।

पुरानिक-बताय नही?

खूबचंद-(खिसिया के) आ ज तहूं ह, घरेलू संगोष्ठी म संघरे बर।

पुरानिक-त काबर खिसियाथस?

खूबचंद-नइ खिसियाहूं त का तोर आरती उतारहूं?

पुरानिक-अरे बताबे, का हो गे तोला?

खूबचंद-दाई-ददा ल कौशल्या के राम चाही।

पुरानिक-राम तो मंदिर म मिल जही, एमा टेन्सन के का बात हे?

खूबचंद-मंदिर वाले राम नही भाई उमन ल नाती-नतरा चाही। अब खाय के तो नोहे। घर म झगरा माते हवय।

पुरानिक-अतेक बात हो गे, मोला बताय नही अउ न फोन करे।

खूबचंद-काला बताबे, अभी तो अस्पताल के चक्कर काटत हवन।

पुरानिक–अस्पताल के चक्कर काबर काटत हव?

खूबचंद–तोर भउजी अउ मोर चेकअप करावत हवन।

पुरानिक–तुमन तो स्वस्थ हव फेर का के जांच करावत हव?

खूबचंद–हम्मन मां–बाप काबर नइ बनत हवन तेकर बर।

पुरानिक–त भउजी के जांच नइ करवाते?

खूबचंद–ओकर करवा डरे हवं, तोर भउजी म कुछु कमी नइ हे।

पुरानिक–त तोर जांच नइ करवाते?

खूबचंद–महूं करवाए हवं, रिपोर्ट आना बाकी हवय।

पुरानिक–महूं आववं का?

खूबचंद–आ ज, ताहन सब बात ल बताहूं।

कुछ समय के बाद पुरानिक ह खूबचंद के घर पहुंचिस। घर के आगू म खूबचंद ह साहित्यिक आयोजन बर सरकारी सहयोग ले के सभागार बनाय रिहिसे। खूबचंद ह पुरानिक ल उहें बइठारिस। पुरानिक ह खूबचंद ल पूछथे–कइसे यार बहुत टेंशन म चलत हवस, का बात हो गे, बता न। खूबचंद–काला बताबे यार।

पुरानिक–बता न भइया, दुख ल बताय ले हल्का हो जही।

खूबचंद–घर म कलह मचे हवय।

पुरानिक–काबर?

खूबचंद–दुलारी ल नाती–नतरा नइ होवत हे कहिके।

पुरानिक–त दाई–ददा मन का कथे?

खूबचंद–ददा तो कुछु नइ काहत हे।

पुरानिक–दाई ह का काहत हे?

खूबचंद–तोर भउजी ल घर ले निकाले बर काहत हवय या फेर नवा बहू लाय बर काहत हवय।

पुरानिक–त रिपोर्ट ह कब मिलही?

खूबचंद–आजे मिलही, चल न जाबोन डॉक्टर करा।

खूबचंद ह पुरानिक के बिना एक कदम नइ चल सकय। पुरानिक ल खूबचंद के झोरा धरइया घलो काहय। खूबचंद बड़े लेखक बन गे रिहिसे। लेखक के संगे संगे बड़े–बड़े साहित्यिक आयोजक घलो बन गे रिहिसे। आयोजन के सबो काम बूता ल पुरानिक ह करय। चाहे कार्यक्रम म संचालन

के बात होवय चाहे नेवता हिकारी के बूता होवय चाहे प्रेस विज्ञप्ति के बंटई होवय। बड़ा संत प्रवृत्ति के रिहिसे पुरानिक ह। ओला खूबचंद के तियारा मनई ह तीरथ यात्रा ले कम नइ लागय।

खूबचंद अउ पुरानिक ह डॉक्टर करा रिपोर्ट बर जाथे। उहें डॉक्टर ह बताथे-जांच के मुताबिक खूबचंद तोरे म कुछु गड़बड़ आवत हे फेर दवई म सब ठीक हो जही। तब कहूं जा के खूबचंद अउ पुरानिक के चेहरा म चमक अइसे। अब रिपोर्ट ल धर के घर आवत-आवत खूबचंद ह पुरानिक ल किहिस-दाई-ददा ल तिंही समझाबे पुरानिक। तंय उंकर मन करा सबो बात ल बता देबे। पुरानिक कथे-एकर फिकर झन कर खूबचंद भइया, मय सब ल सम्हाल लुहूं।

घर पहुंचे के बाद पुरानिक ह श्यामलाल अउ निरूपमा के कुरिया म गिस। निरूपमा के मुंहु ह फूले रिहिसे। पुरानिक ह निरूपमा ल पूछिस-कइसे तबियत ह बने हे ते नही दाई। कइसे उदास-उदास दिखत हवस?

निरूपमा-हांसे के लइक बात रहि तभे तो हांसबे।

पुरानिक-हांसी बर तोला का चाही?

निरूपमा-खिलौना चाही।

पुरानिक-दुकान ले बिसा के लान दुहूं।

निरूपमा-का नाती-नतरा घलो दुकान म मिलथे?

पुरानिक-त अइसे काह न दाई नाती-नतरा चाही कहिके।

निरूपमा-मोला तो अब बहू के थोथना ल देखन नइ भाय।

पुरानिक-काबर?

निरूपमा-बिहाव होय अतेक दिन हो गे हे। नाती-नतरा नइ दे सकत हे बहूच्च म कोनो दोष होही। खूबचंद ह मानत घलो नइ हे। ए बहू ल घर ले निकाल नही ते दुसर बहू लान काहत हवं।

पुरानिक-अउ खूबचंद म दोष होही त का खूबचंद ल घर ले निकाल देबे? का खूबचंद ल निकाल के दुसर बेटा लानबे?

निरूपमा-तंय कइसे गोठियाथस पुरानिक, मय बेटा ल काबर निकालहूं?

पुरानिक-त बहू ह तो घलो तोरेच्च आय, ओला काबर निकालबे?

निरूपमा-मोर बेटा म दोष नइ हे पुरानिक, बहू म हावे।

पुरानिक–नही दाई मोला खूबचंद ह सब बता डरे हे। दुलारी भउजी म कोनो दोष नइ हे।

निरूपमा–त महतारी कइसे नइ बनत हवय?

पुरानिक–आज हम्मन डॉक्टर करा गे रेहेन।

निरूपमा–त डॉक्टर का बतइस?

पुरानिक–डॉक्टर बतइस, दोष खूबचंद म हे।

निरूपमा–मय नइ मान सकंव।

पुरानिक–तोर माने अउ नइ माने ले का होही? सच तो सच आय।

निरूपमा–त का हम्मन दादा–दादी नइ बन सकन?

पुरानिक–ईश्वर के किरपा ले सब ठीक हो जही, डॉक्टर काहत रिहिसे।

निरूपमा–काय काहत रिहिसे?

पुरानिक–डॉक्टर काहत रिहिसे कि इलाज के बाद सब ठीक हो जही।

निरूपमा–बने खबर बताये हस पुरानिक, तोर मुंहु म दूध शक्कर।

पुरानिक–तोरो मुंहु म दूध शक्कर, ले मय जावत हवं। एती दुलारी भउजी बर नाराज झन होबे। बने बात बेवहार करबे तभे तो अवइया संतान ह गुनवान रही नही ते तोरे कस टिरटिरहा–टिरटिहीन निकलही।

निरूपमा–अब हाय जी लगिस।

पुरानिक–ले महूं जावत हवं, घर म देखत होही।

दुलारी–चाहा बन गे हे बाबू, पी के जाबे।

(सबो झिन बइठक रूम म बइक के संघरा चाहा पिथे ताहन पुरानिक ह अपन घर चल देथे।)

खूबचंद के सरलग इलाज चलत रिहिसे। ईश्वर के किरपा हो गे। दु महीना के बाद दुलारी ह मुड़ी ल नइ मिंजिस। दुलारी ल उल्टी आय बर धर लिस। अब तो अम्मट खाय के जादा मन करय। निरूपगा ल समझे म जादा समय नइ लगिस कि ओह अब दादी बनइया हे। निरूपमा ह खुशखबरी ल श्यामलाल ल बतइस–तंय दादा बनइया हस। श्यामलाल सुन के खुश हो जथे ताहन श्यामलाल ह निरूपमा ल समझाथे–"धीरज के फल मीठा होथे"। बिना गलती के बहू ल निकलइय्या रेहेस। निरूपमा ह रोनहू हो गे। मोला माफी दे दे खूबचंद के ददा। मोर ले बड़े जन गलती होवत रिहिसे। दोष बेटा म रिहिसे अउ दोषी बहू ल मानत रेहेंव।

अब तो डोकरा-डोकरी बिक्कट खुश राहय। खूबचंद अउ दुलारी ह अपन साहित्यिक साधना म लगे रिहिन। जस-जस दिन गुजरत गिस दुलारी के पेट घलो बाढ़त गिस। संगे संग उपन्यास घलो लिखावत गिस। अब उपन्यास ह प्रकाशन बर चल दिस। खूबचंद अउ दुलारी मिल के अइसे उपन्यास लिखे रिहिन हे कि हर कोई ल लागही कि मोरे कहानी आय। अब तो जेचकी के दिन लकठागे। डिलवरी बर जवाहर लाल नेहरू हास्पीटल सेक्टर नाइन भिलाई म भर्ती करइस। दुलारी काम बूता म टन्नक रिहिसे। तिही पाय के नार्मल डिलवरी निपट गे। नर्स ह लेबर रूम के बाहिर म बइठे परिवार ल लइका ल देखावत किहिस-लक्ष्मी अवतरे हे लक्ष्मी। निरूपमा ह खुशी के मारे मिठई खाय बर सौ रूपिया दिस।

खूबचंद ह अपन ससुरार म फोन कर के अपन ससुर ल बता दिस-"नोनी अवतरे हे कहिके।" खुमान अउ सरला ह घलो रात भर अस्पताल म रिहिन हे। सरला ह लगातार अपन दाई-ददा के सम्पर्क म रिहिस हवय। फोन म गोठ बात होवत रिहिसे। रामनाथ अउ केकती हंसा संग कांकेर ले भिलाई के अस्पताल पहुंच गे। देखे के बाद खूबचंद अउ दुलारी के दाई केकती अस्पताल म रिहिन। बाकि मन हाउसिंग बोर्ड के घर चल दिन। नार्मल डिलवरी होय रिहिसे तिही पाय के अस्पताल ले जल्दी छुट्टी हो गे।

नामकरण के दिन खूबचंद ह भव्य कार्यक्रम के आयोजन करे रिहिसे। खूबचंद ह निमंत्रण पत्र म लिखे रिहिसे कि हमर जुड़वा बेटी होय हे उंकर नामकरण संस्कार म आप मन सादर आमंत्रित हव। नेवता कार्ड ल पढ़ के सब झिन दंग रहिगे। नोनी तो एके झिन हे फेर जुड़वा नोनी कइसे कथे? खूबचंद अउ दुलारी ह कोनो ल नइ बतइन। सब नेवतहार संगी-संगवारी अउ सगा-सोदर स्वामी स्वरूपानंद सरस्वती महाविद्यालय के सभागार म समय म पहुंच गे। जोरदार पार्टी रिहिस। मंच म श्यामलाल, निरूपमा, रामनाथ, केकती, खूबचंद अउ दुलारी नोनी ल खेलावत हांसत-मुसकात बइठे रिहिन हवय। पुरानिक ह मंच संचालन करत किहिस कि आज बहुत खुशी के बात आय कि खूबचंद अउ दुलारी ह जुड़वा नोनी के महतारी-बाप बन गे हवय। सब झिन ताली बजा के स्वागत करथे। बड़े नोनी के नाव जउन दुलारी के गोदी म खेलत हे ओकर नाम 'संस्कृति' हे अउ खूबचंद के गोदी म जउन झिल्ली म लपटाय नोनी हे ओ किताब के नाम "बहू हाथ के पानी" हे जेला खूबचंद

अउ दुलारी मिल के लिखे हवय। सब झिन खुश हो के ताली बजइन। सब के शंका ह खतम हो गे। अतेक बढ़िया दुनो कृति खातिर सब झिन खूबचंद अउ दुलारी ल बधाई दिन। सब झिन बर खाना के बेवस्था रिहिसे। हंसी खुशी सब झिन खाना खइन। श्यामलाल निरूपमा ल किहिस-अब तक ले बहू ल लड़ लड़ के पानी पियावत रेहे। अब बहू के संगे संग नतनीन के हाथ ले घलो पानी पिबे। निरूपमा ह लजा के श्यामलाल ल कहिथे-चुप, डोकरा कहिंके मजाक करे के आदत ह अभी तक ले नइ गे हवय।

दस

शिवनाथ नदिया के करार म बसे गांव कोटनी। कोटनी गांव ह दुर्ग ले बघेरा होवत पांच-छह किलोमीटर दूरिहा म हवय। कोटनी पहिली सम्पन्न गांव रिहिसे। नदिया करार के भुइयां उपर ईंटा भट्ठा वाले ठेकादार मन के नजर परगे अउ चातर डाहर गुजराती मन के नजर। जानो मानो गांव ल काकरो नजर लग गे तइसे। जादा रूपिया के लालच म गांव वाले मन नदिया करार के खेत ल ईंटा भट्ठा के ठेकेदार मन करा अउ चातर भुइयां ल गुजराती मन करा बेच डरिन। गांव वाले मन के चेहरा ह तो चार दिन हरियर-हरियर दिखिस ताहन अइलाये बर धर ले रिहिसे। पइसा के राहत ले खूब उदाली मारे रिहिन हवय ताहन खेत के मालिक मन अपने भुइयां म बनिहार बनगे रिहिन हे। काकरो करा एकड़ भर जमीन नइ बाचिस। खोरबाहरा घलो अपन खेत खार ल बेच के सड़क म आ गे रिहिसे। रूपिया के राहत ले खूब फूटानी मारिस। सब खेत खार ल बेच के दारू के पुरतिन कर डरे रिहिसे। सतवन्तीन खूब बरजिस फेर नइ मानिस। अब चार-पांच गाड़ा के जोतनदार खाय बर लुलवाय बर धर लिस।

सतवन्तीन ह पहिली मालकिन कस घर म राहत रिहिसे फेर अब ओला समय ह बनिहारिन बना दिस। खूब तकलीफ पइस बपरी ह। खोरबाहरा अउ सतवन्तीन के एकलौता बेटा मनराखन ह अपन ददा के हरकत ले परेशान रिहिसे। सतवन्तीन ह अपन बेटा ल बनिहार नइ बनाना चाहत रिहिसे। ईंटा भट्ठा म कमा-कमा के घर चलावय अउ मनराखन ल पढ़ावय। मनराखन बिक्कट समझदार रिहिसे। अपन महतारी के तपस्यिा ल देखत रिहिसे। मनराखन घलो बड़े बिहनिया ले, दु घंटा ईंटा भट्ठा म कमाय बर जावय ताहन पढ़े बर नगपुरा जावय। घर पहुंच के संझा कन कमाय बर गुजराती फारम जावय।

अइसे करके मैट्रिक पढ़ डरिस फेर अब आगू पढ़े बर हिम्मत नइ होइस। खोरबाहरा के दारू पियई के मारे ओकर लीवर खराब हो गे अउ देखते-देखते खतम हो गे। सतवन्तीन ह खाली हाथ हो गे। सब सपना धरे के धरे रहिगे। विधाता के लिखा ल कोन जानथे। कब काकर संग कइसन बिपदा आ जही। अब तो मनराखन ह गुजराती बारी म मेट (मुंशी) के नौकरी करे बर धर लिस।

एक दिन सतवन्तीन ह मनराखन ल कथे-बेटा, अब महूं सियाना हो गे हवं ग। बस मोरो एके ठन साध रिहिसे-"बहू हाथ के पानी" पी लेतेंव कहिके। मनराखन के मन तो बिहाव करे के नइ रिहिसे फेर दाई के साध के आगू हारे बर परगे अउ बिहाव बर हव कहि दिस। अपन ददा के कारनामा ल जानत रिहिसे। अपन ददा के चिता ल आगी देवत किरिया खाय रिहिसे कि मय कोनो भी किसम के नशा पानी नइ करंव। नशा नाश के जड़ आय। महतारी-बेटा कमा-धमा के थोर बहुत रूपिया सकेले रिहिन हवय। सतवन्तीन के हिम्मत नइ रिहिसे, मड़वा बिहाव करे के। तभो ले अलवा-जलवा बहू बर जोरा करत रिहिसे। लड़की पसंद आ जही ते एसो अलवा-जलवा मनराखन के बिहाव ल निपटा दुहूं कहिके।

महमरा गांव म गया प्रसाद के लड़की घलो सज्ञान हो गे रिहिसे। यहू मने मन गुनत रिहिसे-"एसो सगा उतर जतिस ते बिसाखा के बिहाव कर देतेन कहिके" फेर गरीबी के आगू म काकरो बस नइ चलय। बिसाखा सुन्दर रिहिसे फेर गरीब बाप के बेटी के सेती सगा मन बिचक जावत रिहिसे। एक दिन मनराखन ह अपन पुरषोत्तम कका संग लड़की देखे बर महमरा गिस। सरपंच ह पुरषोत्तम के संगवारी रिहिसे। तिही पाय के सरपंच ह इमन ल लड़की देखाय बर गया प्रसाद के घर लेगिस। बिसाखा ल गया प्रसाद ह खबर करके बलवइस। बिसाखा ह रोहन-बोहन घर म अइस। हाथ-गोड़, मुंहु-कान धो के सगा मन के पलागी करिस। अब लड़की देख के इमन घर वापिस आ गे। बिसाखा ल पसंद कर डरिन। महमरा के सरपंच ह गया प्रसाद करा खबर भेजवइस कि बिसाखा बेटी ल सगा मन पसंद कर डरे हवय। तुंहर डाहर ले जवाब चाहत हवय। गया प्रसाद ह सरपंच ल कथे-"बिहाव तो करबोन कहिके सोचत हवन फेर हिम्मत नइ होवत हवय।"

सरपंच-काबर?

गया प्रसाद-बिहाव करे बर रूपिया नइ हे।

सरपंच-एकर चिंता झन करव।

गया प्रसाद-काबर?

सरपंच-दुर्ग के स्टेडियम म महीना भर बाद ''मुख्यमंत्री निर्धन कन्या बिहाव'' के योजना के अन्तर्गत एक सौ एक जोड़ी मन के बिहाव होवइया हवय। बिसाखा के बिहाव ल उहें कर देबोन।

गया प्रसाद-सगा मन राजी हो जही?

सरपंच-मय मना लुहूं।

गया प्रसाद-त बेटी ल खाली हाथ कइसे बिदा करबे? फूटी कौड़ी नइ हे।

सरपंच-बिसाखा ल खाली हाथ बिदा नइ करय सरकार ह। उंकर घर गृहस्थी के जिनिस के संगे संग दस हजार रूपिया घलो दिही।

गया प्रसाद-ए तो बढ़िया हो जही सरपंच जी।

सरपंच-त मय लड़का वाले मन ल हमर डाहर ले हव कहि दवं।

गया प्रसाद-जी सरपंच जी। हव कहि दव।

सरपंच ह मोबाईल करके मनराखन के कका पुरषोत्तम ल बतइस कि हमरो डाहर ले हव हे फेर एक ठन शर्त हे। काहे कि गया प्रसाद ह गरीब हे रोज कमाथे अउ रोज खाथे। तिही पाय के मड़वा बिहाव करे के हिम्मत नइ हे। ''मुख्यमंत्री निर्धन कन्या विवाह योजना'' के अन्तर्गत दुर्ग के पं. रविशंकर स्टेडियम म बिहाव ल करबोन कहिके गया प्रसाद ह काहत हवय। अब तुंहर मन के का बिचार हे तेला बतावव? पुरषोत्तम ह मनराखन मन के स्थिति ल जानत रिहिसे। यहू मन तो रोज कमावय अउ रोज खावय।

खोरबाहरा अउ पुरषोत्तम दुनो भाई बंटवारा हो गे रिहिन हे। खोरबाहरा के इंतकाल के बाद सतवन्तीन ह अपन देवर पुरषोत्तम ल ही सियान मानय। पुरषोत्तम ह पूरा भरोसा करके महमरा वाले सरपंच ल कहि दिस-ले रे भई सगा ह जइसन चाहही ओइसने बिहाव करे बर तइयार हवन। अब दुनो परिवार खुश रिहिन हवय। अब ''मुख्यमंत्री निर्धन कन्या बिहाव योजना'' म बिहाव होही कहिके सरकार ल धन्यवाद देवत रिहिन हवय। सरकारी योजना म बिहाव के तइयारी के बाद घलो सतवन्तीन ह अपन ले जतना हो सकय अपन बहूरिया बर गहना-गुरिया बिसा डरे रिहिसे। सतवन्तीन ह बड़हर घर ले आय रिहिसे तिही पाय के थोर बहुत गहना ल खोरबाहरा ले लुका के राखे रिहिस हे। उही गहना ल बहू ल पहिराहूं कहिके मने मन मगन रिहिसे।

बिसाखा के दाई भले गरीबिन रिहिसे फेर बपरी ह अपन दुलौरिन बेटी बर पाई-पाई सकेल के जोरा करत रिहिसे। एक दिन गया प्रसाद अउ रमशीला दुनो जुग जोड़ी गोठियावत रिहिन-"सरकार ह कतनो दिही फेर अलवा जलवा घर गृहस्थी के सामान ल बिसा डरतेन।" बिसाखा ह गजब समझदार रिहिसे। अपन दाई-ददा ल मना करिस। ए सब सामान म रूपिया खरचा झन करव। बल्कि रूपिया ल बचा के रखे रहव। रमशीला कथे-नही बेटी तोर बर जउन रूपिया सकेले हवन ओह उठ जही। गया प्रसाद घलो कथे-तोर दाई बने काहत हे बेटी। हमर करा थोर बहुत तोर बिहाव बर रूपिया हवय ओह उठ जही। बिसाखा कथे-एक काम करव मय बैंक जा के जन धन योजना के अन्तर्गत खाता खोलवा देथंव, उही म जमा कर दुहू। वो रूपिया ह वक्त म हमर काम आही। सामान ह खराब हो जही। बैंक म रूपिया रही तेह बाढ़ही। वइसे भी सिंगार के सामान ल तो वर पक्ष वाले मन तो लानबे करही। बिसाखा के सलाह ल गया प्रसाद अउ रमशीला ल जम गे। दुनो झिन जउन रूपिया सकेले रिहिन हे ओला बिसाखा के खाता म जमा कर दिन।

वर-वधु पक्ष वाले मन "मुख्यमंत्री निर्धन कन्या विवाह" समारोह म दूल्हा-दुल्हिन संग पहुंचिन। सामूहिक बिहाव के कार्यक्रम शुरू होइस। प्रदेश के मुख्यमंत्री ह वर-वधु ल असीस। बिहाव के कार्यक्रम सम्पन्न होइस। इहें ले मनराखन ह बिसाखा ल बिदा करा के कोटनी लइरा। बेटी वाले मन बिसाखा ल बिदा करे के बाद दुखी मन ले महमरा लहूटिन। सतवन्तीन ह बिक्कट खुश रिहिसे काबर कि अब ओला "बहू हाथ के पानी पिये बर मिलही।" सतवन्तीन ह एक-दु दिन बाद ईंटा भट्ठा कमाय बर जाय के शुरू कर दिस। मनराखन ह घलो गुजराती बारी म मेट के काम शुरू कर दिस। सतवन्तीन ह आठ ठन ईंटा ल मुड़ी म बोहे, दउड़-दउड़ के डोहारत रिहिसे। काहे कि जतने जादा डोहारही ओतने जादा टिकिया मिलही। ईंटा डोहारत डोहारत एक ठन ईंटा ह सतवन्तीन के गोड़ म गिर गे। ईंटा गिरे ले पांव ह कुचरागे।

ईंटा भट्ठा के मुंशी ह सतवन्तीन ल सइकिल म बइठार के घर छोड़िस। बिसाखा अपन सास के खूब जतन करिस। सतवन्तीन मने मन गुनथे, कोनो जनम के करम के फल आय कि अइसन बहू मिले हवय। सतवन्तीन थोकिन बने होइस ताहन फेर कमाय बर ईंटा भट्ठा जाहूं किहिस जेला बिसाखा ह साफ मना कर दिस। बिसाखा अपन सास ल किहिस-मोर राहत ले अब तंय

ह ईंटा भट्ठा कमाय बर झन जा। अब तंय घर म रहिबे अउ मय ह ईंटा भट्ठा जाहूं कमाय बर। बने ढंग ले माहुर अउ मेंहदी के रंग छूटे नइ रिहिसे फेर अइसे लागत हे मजदूरी के पछीना ले सबो रंग ह छूट जही।

रात कना मनराखन ल बिसाखा ह किहिस कि अब दाई ह घर म रही, अब मय ह ईंटा भट्ठा कमाय बर जाहूं। दुनो जुग जोड़ी सुन्ता सलाह हो जथे। बिसाखा नवा बहुरिया रिहिसे। बिसाखा गरीब जरूर रिहिसे फेर नाक नक्शा बिक्कट सुन्दर रिहिसे। दुए चार दिन होय रिहिसे ईंटा भट्ठा म बिसाखा ल काम करे बर जावत फेर नवा बीमारी शुरू हो गे। ईंटा भट्ठा के मुंशी के नजर ह बिसाखा उपर परगे। धीरे-धीरे मुंशी ह बिसाखा ल अपन मया के डोरी म फंसाय के कोशिश करिस। बिसाखा गरिबीन भले रिहिसे फेर अपन इज्जत ल आंच आवन नइ दिस। मने मन गुने, आखिर करे का जाय। ए मुंशी के नजर ह ठीक नइ लागत हे। ईंटा भट्ठा के कमई ल छोड़ के दुसर बूता करे बर परही। अब बिसाखा ह परन कर लिस ए जिनगी भर हटर-हटर कमई ले तो अच्छा हे साग-भाजी बेचे के धन्धा शुरू करे जाय। एक दिन बिसाखा ह अपन बिचार ल मनराखन करा राखिस। मनराखन किहिस-धन्धा पानी बर तो रूपिया के जरूरत परही बिसाखा, अभी तो हम्मन पेटे ले नइ उबरत हवन। बिसाखा कथे-ओकर जुगाड़ कर डरे हवं जोड़ी। मनराखन पूछथे-वो कइसे? बिसाखा कथे-मय बिहाव के बखत दाई-ददा ल चेता दे रहेंव कि तुमन जउन घर गृहस्थी के सामान बर फोकट खरचा झन करव, ओ रूपिया ल मोर खाता म जमा कर देव कहिके जमा करवा दे रहेंव।

आज धन्धा पानी बर उही रूपिया के उपयोग करबोन अउ फेर "मुख्यमंत्री निर्धन कन्या बिहाव" के आयोजन म टिकावन म असीस के रूप म जउन रूपिया दे हे वहू काम आ जही। मनराखन कथे-ओ रूपिया ल तो मय साहूकार मन ल दे दे हवं। ददा के तबियत खराब रिहिसे ओ समय करजा ले रेहेंव। उमन ल लहूटा दे हवं। बिसाखा किहिस-"बने करे जोड़ी, उधारी अउ बीमारी ल जादा बढ़ाना नइ चाही।" मय अपन खाता ले रूपिया ल निकाल लेथंव। जिहां तंय कमाय बर जाथस उही फार्म हाउस ले साग-भाजी बिसा के दुर्ग जाहूं, बेचे बर।

बिसाखा बड़ कमेलिन तो रिहिसे। बिसाखा के सुघ्घर सोच ल सुन के हव कहि के हामी भर दिस। बिसाखा ह बिहनिया ले गुजराती फारम ले

साग-भाजी बिसा के, बोझा ल बोह के नवापारा, चण्डी चौक म घूम घूम के बेच के लहूट जावय। पहिली तो टेम्पो नइ चलय त भारी तकलीफ होवय फेर कोटनी नदिया म स्टाप डेम बने ले-टेम्पो चले के शुरू हो गे ताहन टेम्पो म बइठ के बिसाखा ह साग-भाजी बेचे बर दुर्ग जावय। अपन सास बर खजानी धर के जरूर लेगय। बहू के आवत ले सतवन्तीन ह रांध गढ़ के राखे राहय। अपन बहू के काम बूता ल देख के सतवन्तीन ह गुनत रहि जाय। हे भगवान फेर जनम म मोर घर बिसाखा ल बहू बना के भेजबे।

देखते देखत बिसाखा ल भगवान ह चिन्ह दिस। आधा सीसी रेहे के बावजूद धन्धा पानी ल बिसाखा ह नइ छोड़िस। कभू कभू टेम्पो नइ आवय त मनराखन ह सइकिल के केरियर म साग-भाजी के बोझा ल बांध के बिसाखा ल डण्डी म बइठार के बघेरा तक छोड़ के आवय। भगवान के किरपा ले घर म नवा मेहमान अवतरिस। बुधवार के जनम धरे रिहिसे तिही पाय के गुड्डू के नाम बुधारू धरिन। बिसाखा के जेचकी बर मनराखन ह रिस्क नइ ले रिहिसे तिही पाय के दुर्ग के सरकारी अस्पताल म भर्ती करवाय रिहिसे। छुट्टी करा के लाय के बाद घर म कांखे पानी अउ ढुड़ही खवइस। सोंठ-ढुड़ही खइस ताहन बिसाखा ह जल्दी टन्नक हो गे। बिसाखा के दाई-ददा मन घलो लुगरा पेंट धर के आय रिहिन हवय। बिसाखा के सास ह अब फदर-फदर बुधारू के पेट ल थपोल मार-मार के सेंकय-चुपरय। हाथ गोड़ के मालिस करय। बिसाखा के दाई ह अपन समधीन ल किहिस-बुधारू ल काजर के टीका लगा दे, काकरो नजर झन लगय। ओकर बाद गया प्रसाद अउ रमशीला ह महमरा लहूट गे। बुधारू ह अपन ददा के मुहरन म रिहिसे। सतवन्तीन ह बुधारू ल सेंकत-सेंकत काहय-मोर धनी बेटा ह पढ़ लिख के मास्टर बनही। चार गांव के गउंटिया बनही। महतारी अउ डोकरी दाई धन ले भले गरिबीन रिहिस फेर असीस देबर गउंटनीन रिहिसे। कोनो किसम के कमी नइ होवन देवय। सतवन्तीन ह मनराखन ल काहय-"मय तोला जादा नइ पढ़ा पायेंव बेटा फेर तंय अपन लइका मन ल बिक्कट पढ़ाबे-लिखाबे।"

बुधारू ह अब ठुबुक-ठाबक रेंगे बर धर लिस। मनराखन ह नगपुरा बाजार ले गुलढुली लाय रिहिसे। उही ल धरवा-धरवा के बुधारू ल रेंगे बर सिखोवय। अब सतवन्तीन ह थके बर धर लिस। धीरे धीरे तबियत घलो खराब होय बर धर लिस। बिसाखा ह अपन लइका के संगे संग अपन सास

के सेवा म कोनो किसम के कमी नइ करत रिहिस। सतवन्तीन के तो अब कनिहा ह झूके बर धर लिस। अब तो रेंगे बर लउठी के सहारा लेवय। बहू-बेटा मन अपन-अपन काम बूता म जावय त घर म सतवन्तीन ह बुधारू ल खेलावय। जब बिसाखा ह हाट बाजार ले लहूटय ताहन थोर बहुत मन मढ़ाय बर सतवन्तीन ह बइठे बर चल देवय। आजो घलो संझौती लउठी ल टेकत-टेकत गली डाहर सुकवारो घर जावत रिहिसे फेर रफ्तार म आवत फटफटी ह सतवन्तीन ल ठोकर मार के भगा गे। देखइया मन काहय फटफटी चलइया ह दारू पीये रिहिस हवय तइसे लागथे। फटफटी म सतवन्तीन ल धक्का लगे के बाद ओकर डेरी गोड़ ह फ्रेक्चर हो गे। ओकर बाद मनराखन अउ बिसाखा ह खूब इलाज पानी करवइन फेर सतवन्तीन ह नइ सम्हल पइस। देखते देखत एक दिन बेरा के बुड़ती म सतवन्तीन ह घलो अपन प्राण ल तियाग दिस।

अब तो मनराखन अउ बिसाखा बर नवा समस्या खड़ा हो गे। अब का करे जाय? दुनो झिन सुन्ता सलाह ले दुर्ग के पंचशील नगर म रेहे के योजना बनइन। अब मनराखन ह बिसाखा अउ बुधारू ल धर के दुर्ग के पंचशील नगर म आ के किराया म रेहे बर धर लिस। इहें रहिके सब्जी के धन्धा म दुनो परानी लग गे।

बुधारू ननपन ले कमजोर रिहिस हवय। जब देखबे तब बीमार पर जय। बुधारू ल निमोनिया के शिकायत रिहिसे। मनराखन अउ बिसाखा ह बुधारू के तबियत ले बिक्कट हलाकान रिहिसे। बस जब देखते त बुधारू ल धर के अस्पताल जावय। बड़े-बड़े चाइल्ड स्पेसलिस्ट करा देखइन फेर ठीक होय के नामे नइ लेवय। जतना कमावय सब इलाज पानी म चल देवय। मनराखन अउ बिसाखा के तन के पछीना अउ आंखी ले आंसू थम्हे के नामे नइ लेवत रिहिसे। एक दिन तो बुधारू ह अबक-तबक हो गे रिहिसे। दुर्ग वाले डॉक्टर ह सेक्टर नाइन अस्पताल भिलाई लेगे बर किहिस। तुरते सेक्टर नाइन अस्पताल लानिस। डॉक्टर मन के चेहरा ह घलो जवाब दे बर धर ले रिहिसे फेर बजरंग बली के किरपा ले बुधारू ह बांच गे। मनराखन अउ बिसाखा ह दुनो झिन बजरंग बली के मंदिर म जा के नरियर चघइन अउ अपन परिवार उपर किरपा बनाय रेहे बर बिनती करिन। चार दिन अस्पताल म रखे के बाद छुट्टी दे दिस। महीना भर बाद बुधारू ल फेर निमोनिया हो गे ताहन सेक्टर नाइन

अस्पताल भिलाई के चाइल्ड स्पेसलिस्ट डॉक्टर दवे करा लेगिस। डॉक्टर साहब ह घलो इलाज करत करत हक खागे।

डॉक्टर ह मनराखन अउ बिसाखा ल सलाह दिस कि एकर इलाज एलोपैथिक दवई म नइ हो पावत हवय। एक घांव घरेलू नुस्खा अपना के देखथन। डॉक्टर साहब ह किहिस कि मंहू ह बजरंग बली ले बिनती करत हवं कि बुधारू जल्दी स्वस्थ हो जाय। मनराखन किहिस–काय करे बर परही डॉक्टर साहब। डॉक्टर साहब किहिस–एक काम करहू, एक कप दूध म एक चुटकी हरदी ल घोर के दिन म दु घांव भगवान ल सुमर के पियावव ताहन ठीक हो जही। डॉक्टर भगवान के रूप रिहिसे। दूध अउ हरदी ह बुधारू बर अमरित बरोबर काम करिस ताहन धीरे–धीरे बुधारू के निमोनिया ह ठीक होय बर धर लिस। बुधारू के इलाज करावत ले मनराखन अउ बिसाखा ह दंदर गे रिहिसे। आर्थिक स्थिति खराब हो गे, करजा बउड़ी म लदा गे। अब चिन्ता फिकर ह दुनो परानी ल खाय बर धर ले रिहिसे। कतनो संकट अइस फेर मनराखन अउ बिसाखा ह हिम्मत नइ हारिन। मनराखन के सपना रिहिसे कि अपन लइका के बढ़िया परवरिश करहूं। मय जउन सुख नइ पायेंव ओला अपन लइका ल दुहूं। बिसाखा घलो अपन लइका के पांव म कांटा झन गड़य कहिके दिन–रात गुनत राहय फेर गरीबी के मार ले कोन बाचे हवय। गरीबी के आगू म तो अच्छा अच्छा के बुध पतरा जथे।

अब ले दे के बुधारू ह स्कूल जाय के लइक होइस ताहन बिसाखा के पेट म अउ लइका सचर गे। भगवान के मरजी ल कोन टार सकथे। बुधारू ह ननपन ले फिसफिसहा रिहिसे तिही पाय के मनराखन अउ बिसाखा ह जादा डाटे–डपटे नही। शुरू–शुरू म मनराखन ह बुधारू उपर धियान देवत रिहिसे फेर बुधारू के रात–दिन तबियत खराब होवई के मारे शरीर अउ दिमाग ह घलो कमजोर हो गे रिहिसे। पंचशील नगर म मनराखन ह बुधारू ल के.जी. वन म भर्ती करिस। मनराखन अउ बिसाखा ह अपन बेटा ल स्कूल के यूनिफार्म म देखय ते शान बढ़ जाय। बुधारू के के.जी. वन के पास होवत ले बिसाखा ह हरू हो गे। अभी के जेचकी म थोरिक जादा तकलीफ पाय रिहिसे काबर कि परिस्थिति ह तन अउ मन ल कमजोर कर दे रिहिसे। जादा खून जाय ले एक बोतल खून घलो चढ़ाय बर परे रिहिसे। ईश्वर के किरपा ले बिसाखा ह सम्हल गे। पूरा परिवार बिसाखा ल सम्हाले बर बिनती करे रिहिन हवय।

बिसाखा के अस्पताल ले घर आय के बाद मनराखन ह धन्धा पानी म लग गे। मनराखन ह मैट्रिक पढ़े रिहिसे तिही पाय के बुधारू ल होमवर्क करा देवत रिहिसे। मनराखन के एके सपना-बस लइका मन कइसनो करके पढ़ लेवय नही ते जानवर अउ अनपढ़ म का अन्तर हे, आखरी सांस तक पछीना ल चुचवावत राह। मनराखन अउ बिसाखा ह नान्हे लइका के नाव संतु रखिन।

मनराखन अउ बिसाखा ह बुधारू ल बड़ मुश्किल म बड़े करे रिहिन। अब तो बुधारू बर खिलौना बरोबर संतु आ गे। संतु के आय ले चाह के भी बुधारू ल जादा समय नइ दे पावत रिहिन हे। बुधारू ल क्लास वन अंग्रेजी माध्यम म भर्ती करइस। मनराखन ह सपना देखत रिहिसे कि कइसनो करके लइका मन ल अंग्रेजी माध्यम म पढ़ाहू कहिके। अब लइका मन के परवरिश अउ शिक्षा बर दिन-रात मेहनत करे बर धर लिस। कइसनो कर के बैंक ले लोन ले के हैवी ड्यूटी (मोटरसाइकिल) लिस। अब मनराखन ह थोक बाजार ले साग-भाजी बिसा के हाट बाजार जा जा के धन्धा करे बर धर लिस ताहन खुद के घर बनाय के बेवस्था म लग गे। बुधारू बर टिवसन लगा दे रिहिसे फेर ओकर मन ह पढ़ई म लगबे नइ करय। बुधारू ह ले दे के तीसरी पास होइस ताहन चौथी म फेल हो गे। तीसरी तक कइसनो कर के पास होइस फेर बीच-बीच म तबियत खराब होय के सेती ओकर कैचिंग पावर कम हो गे। अब चलो कइसनो करके बुधारू ह पढ़य कहिके एन.सी.आर.टी. म भर्ती नइ करा के सीधा सरकारी स्कूल म भर्ती कर दिस। बुधारू ह महतारी-बाप के सिधाई के नजायज फायदा उठइस। बुधारू ह गलत संगति म पड़ गे। अब तो बुधारू ह स्कूल जाय बर घर ले निकलय अउ पइसा जितउला खेल म दिन भर लगे राहय। छुट्टी होय के समय म बराबर घर पहुंच जय। बुधारू ह स्कूल ले आ गे कहिके बिसाखा ह बिक्कट मया करय। बुधारू ह गलत संगति म पड़ के बिगड़े बर धर ले रिहिसे। कतनो घांव मेडम मन घर म बुधारू के कम्पलेन करिन फेर मनराखन अउ बिसाखा ल थोरको भरोसा नइ होइस।

एक दिन मनराखन ह स्कूल डाहर हटरी जावत रिहिस। जावत-जावत देखथे कि बुधारू ह रद्दा म पइसा जितउल खेलत रिहिसे। तब पतियइस कि तभे मेडम मन एकर शिकायत करत रिहिसे-''बुधारू ह स्कूल नइ आवय।'' अब सब ल जाने के बाद मनराखन अउ बिसाखा के हाथ मुंहु ह एकर सेती बंध जावय कि बुधारू ह रिंगरिंगहा रिहिसे। बड़ा मुश्किल म सम्हाले रिहिन हे

बुधारू ल, एकर दुख पीरा ल महतारी-बाप मन जानत रिहिसे। एक दिन अउ पइसा जितउल खेलत बुधारू ल मनराखन ह देख डरिस। ओ दिन मनराखन ह बुधारू ल घर म लान के राहपे राहपट थूथरे रिहिसे। ले दे के बिसाखा ह छोड़ाय रिहिसे। "कइसे लइका ल मार डरबे का? अरे नइ पढ़ही-लिखही त रोजी-मजदूरी कर के जी लिही।"

महतारी के मया म बुधारू ह नइ पढ़ पइस। ले दे के दसवीं ल पढ़िस ताहन बारहवीं ल पास नइ कर सकिस। ओला मनराखन ह मेडम मन के सलाह ले ओपन स्कूल म भर्ती करइस। ओपन स्कूल म घलो ले दे के पास होइस। बुधारू के चाल ल देख के मनराखन ह बहुत दुखी राहय। मनराखन मने मन सोचय "मय जिनगी भर पछीना ओगारत हवं ते ओगारत हवं फेर बेटा ह तो पढ़-लिख के सुख के जिनगी पहावय।" पढ़-लिख के बुधारू ह नौकरी करय कहिके अपन जिनगी ल खपा दे रिहिसे।

बिसाखा ह संतु के देख रेख करत-करत घरे मुहाटी म साग-भाजी के पसरा लगावय। बुधारू बारहवीं पास करे के बाद मय ह सरस्वती कालेज म कम्प्यूटर साइंस म डिप्लोमा करहूं किहिस। मनराखन ह कइसनो करके पन्द्रा हजार रूपिया के बेवस्था करके भर्ती ल तो करवा दिस। बुधारू ह दु-चार महीना कालेज गिस ताहन फेर घूम फिर के घर आ जावय। मनराखन के नजर ह बुधारू उपर रिहिसे। जान के अनजान बरोबर राहय। अब मनराखन ह करे ते करे का? बुधारू के जिनगी के चिन्ता सतावत रिहिसे। उपराहा म बैंक लोन के चिन्ता अऊ संतु के परवरिश के चिन्ता फिकर ह लगे राहय। बुधारू ह अब तो बीड़ी सिगरेट पिये बर सीख गे रिहिस हवय। माखूर घलो खाय बर सीख गे रिहिसे। "कभू कभू दरूवाहा संगवारी मन संग घलो बइठे बर धर लिस। मनराखन ह अपन दरूवाहा ददा के करनी ल जानत रिहिसे। नशा म तन मन धन ल जल्दी गंवा डरे रिहिस हवय। मनराखन ह ननपन ले गरीबी के किताब ल पढ़े रिहिसे तिही पाय के बुधारू के जिनगी बर भारी फिकर करे।"

बुधारू ल मनराखन अउ बिसाखा ह लइका पढ़त हवय कहिके काम-बूता बर कभू तियारबे नइ करिन। बुधारू के तन ह बतावत रिहिसे कि बुधारू ह नसेड़ी हो गे हे कहिके। अब तो कालेज ले घलो मनराखन करा बुधारू के शिकायत आय बर धर लिस। महतारी-बाप मन पूछय कि कालेज काबर

नइ जावत हवस बेटा त बड़ा आसानी से बहाना मार के उंकर भरोसा ल जीत लेवत रिहिस। जब भी मनराखन ह बुधारू ल खिसियाय त बिसाखा उल्टा मनराखन ल खिसिया के चुप कर देवय। ओकर बाद तो मनराखन ह बुधारू ल खिसियायेच्च बर छोड़ दिस। बुधारू बिक्कट चतुरा राहय। ओह अपन महतारी के हाथ गोड़ दबावय अउ भुलवार-भुलवार के पइसा मांगय। बिसाखा ह समझेच्च नइ पावत रिहिसे कि बुधारू ह कोन दिशा म जावत हवय फेर मनराखन ह जानत रिहिसे कि बुधारू ल महतारी के ममता ह बिगाड़त जावत हे। कभू-कभू बुधारू के आंखी ह लाल दिखय त मनराखन ह पूछय तोर आंखी ह कइसे लाल दिखत हवय? बुधारू ह बड़ा सरल ढंग ले बेवकूफ बना देवत रिहिसे। कभू आंखी ह पिरावत हे त कभू कचरा परगे हे कहिके फेर ओ नशा कर के आवय तेला कभू नइ बतइस।

मनराखन ह बिसाखा ल किहिस-"सुन बिसाखा बुधारू के संगति ह बने नइ हे तइसे लागत हे फेर बिसाखा ह बुधारू के सांखी तीरत मनराखन ल खिसियावय, भइ गे तंय तो टूरच्च के पीछू परगे हवस।" मनराखन के मुंहु बंद हो जावय। कभू कभू बुधारू ह दारू पी के आवय त मनराखन ह पूछय-कइसे बास आवत हे कहिके? फेर बुधारू कहि देवय कि मोजा के बास आय। मनराखन ल जिनगी के अनुभव रिहिसे। ओह जानत रिहिसे कि ए टूरा ह रोज दारू गांजा पी के घर आथे। बुधारू ल थोरको अपन भविष्य के चिन्ता नइ रिहिस।

अब संतु घलो टिंग टांग चले बर शुरू करिस। अब मनराखन ह अपन सपना ल संतु म देखे बर धरिस। संतु ल घलो के.जी. वन म भर्ती करिस। संतु ह ननपन ले टन्नक बानी के रिहिस हवय। कोनो भी बात ल जल्दी पकड़ लेवय। पहिली तो सिल्हेट पट्टी अउ कलम म लिखय ताहन उही ल कापी पेंसिल म लिखय। बिसाखा ह घलो संतु ल पढ़े बर खिसियावय। कभू कभू होम वर्क करवाय बर बुधारू ल बोलय फेर ओकर मन ह पढ़ई म लगय न पढ़ाय म लगय। मनराखन ह संतु के नाम से सेविंग कंपनी वाले करा रोज के रोज बीस रूपिया जमा करय ताकि ओकर पढ़ई-लिखई बर काम आही कहिके। अब धीरे-धीरे बिसाखा ल घलो समझ म आ गे रिहिसे कि बुधारू ह मया दुलार म बिगड़ गे काबर कि ओकर चाल चलन ह अब दिखे बर धर ले रिहिसे। संतु ल क्लास वन म मनराखन ह भर्ती कर दिस।

क्लास वन म भर्ती करवा तो दे रिहिसे फेर मनराखन ल डर लागत रिहिस हवय संतु ह घलो कहूं बुधारू कस झन होवय। अंग्रेजी मिडियम म भर्ती तो करा दे हवं फेर एती ओला घर म कोन पढ़ाही ? बुधारू ह पढ़े न पढ़ावय। तिही पाय के मनराखन ह सोच ले रिहिसे कि बुधारू बर पढ़े-लिखे बहू लाहूं कहिके।

अब बिसाखा अउ मनराखन गुनथे ए बुधारू ह दिनो दिन बिगड़त जावत हवय। ओला अपन जिनगी के चिन्ता हे न अपन तन के। बिसाखा कथे-अइसे करथन, बुधारू के बिहाव कर देथन ताहन सुधर जही। मनराखन कथे-अरे ए बिगड़े टूरा ल कोन ह बेटी दिही। बिसाखा कथे-तभो ले तो हमर धरम ल निभायेच्च ल परही। हो सकथे बहू के आय ले बुधारू के बुध ह आ जही। मनराखन ह कथे-बने तो काहत हवस बिसाखा, ए साल बुधारू बर कोनो करा बहू खोजे बर निकलबोन। मनराखन ह बुधारू बर लड़की देखे बर बिक्कट घुमिन फेर कोनो लड़की दे बर तइयार नइ होवय। बुधारू के बदमाशी दिनो दिन बाढ़त गिस। कंप्यूटर साइंस ल तो पास नइ कर पइस, अब अपन ददा ल किहिस कि मय ओपन यूनिवर्सिटी ले डी.सी.ए. करहूं कहिके। मनराखन ह पढ़ई भर बर कभू मना नइ करिस। इहों बुधारू ह दुर्ग के कोचिंग सेंटर जावत हवं कहिके निकले अउ घूम फिर के आ जावय। कोनो कोनो चिन्ह पहिचान वाले मन मनराखन ल किहिन-"अरे बुधारू ल सम्हाल, ओकर संगति ठीक नइ हे।" बुधारू ह बराबर हर महीना फीस बर रूपिया लेगय। कोचिंग जाथंव कहिके घर ले निकले अउ पी खा के घर आवय। बुधारू के चाल चलन ल देख के एक दिन मनराखन ह पूछिस, कते कोचिंग म पढ़े बर जाथस ? बुधारू किहिस-मय संतरा बाड़ी दुर्ग के आदर्श कोचिंग सेंटर म पढ़े बर जाथंव। मनराखन ल शक होइस, ए टूरा के चाल चलन बने नइ दिखत हे कहिके ओह आदर्श कोचिंग सेंटर के आगू म जा के बुधारू ल फोन करिस। फोन ल बुधारू ह उठइस। गनराखन ह पूछिस, अभी कहां हवस ? बुधारू-अभी तो मय कोचिंग म हवं।

मनराखन-निकल तो थोकिन काम हे।

बुधारू-अभी तंय कहां हस ?

मनराखन-मय तो कोचिंग सेंटर के आगू म खड़े हवं।

बुधारू-(समझ जथे, अब तो अलकरहा फंस गेंव रे, तुरते बहाना बनाथे) पिता जी मोला माफी देबे, मय आज कोचिंग नइ जा पाय हवं।

मनराखन-काबर?

बुधारू-मोर संगवारी के पिता जी ह अस्पताल म भर्ती हे त ओला देखे बर आय हवं।

मनराखन ल बुधारू के बात उपर विश्वास नइ होइस। आदर्श कोचिंग सेंटर म पहुंचिस, उहां जा के संचालक ल पूछिस-सर! इहां बुधारू नाम के लड़का के पढ़ई ह कइसे चलत हवय? कोचिंग सेंटर के मालिक कथे-इहां बुधारू नाम के कोनो लड़का भर्ती नइ होय हवय। सुन के मनराखन ह तरूवा पकड़ लिस। अब मनराखन ल समझ आ गे ए टूरा ह हाथ ले निकल गे। ए सब बिसाखा के मया के फल आय। तभे सियान मन काहय, घर के बनाय अउ बिगाड़े म माईलोगन के हाथ रथे। ए बात ल जानबूझ के बिसाखा ल नइ बतइस। मनराखन जानत रिहिसे कि ओह बुधारू के सांखी तिरही कहिके। मनराखन ल नींद आय न चैन। रही रही के चण्डी मइया ले बिनती करय, हे माता रानी! बुधारू के आदत ल सुधार दे।

मनराखन ह खुशमिजाज किसम के आदमी रिहिसे फेर ओकर चेहरा के हांसी ल चिंता ह खा डरे रिहिसे। रात-दिन सोचय, अब करे ते करे का जाय। घर भी चलाना हे, लइका मन ल पढ़ाना हे अउ बुधारू के बिहाव घलो करना हे। एक दिन मनराखन ह बुधारू ल अकेल्ला म बइठार के समझइस-बेटा, जिनगी ल अपने बलबूता म जिये बर परथे। कभू कोनो काम नइ आवय। सबले कीमती धन निरोगी काया आय। यदि तन ह बने हे त दुनिया के कोनो भी जंग ल जीते जा सकत हे। अतना ल सुनिस ताहन बुधारू ह अपन ददा ल जवाब दे बर धर लिस-"का मय नसेड़ी लगथंव? का मंय दरूवाहा लगथंव? मनराखन प्यार से समझइस"-नही बेटा मय अइसन नइ काहत हवं, अब तोला अपन पैर म खड़ा होय बर परही। अब काम धन्धा करे बर परही।

बुधारू-त का पढ़ई-लिखई ल छोड़ दवं।

मनराखन-बेटा, तंय डी.सी.ए. करत हवस तेह ओपन यूनिवर्सिटी वाले आय। दिन म काम कर अउ संझा कन कोचिंग कर।

बुधारू-मतलब कि अब मय ह तुंहर मन बर गरू हो गे हवं। अइसन म पैदच्च काबर करे होहू।

(बुधारू के बात ल सुन के मनराखन घलो ताव म आगे?)

मनराखन–पैदा करेच्च हवन त का छानी म होरा भूंजबे। मय नइ जानत हवं का, तोर चाल ल। पढ़ई के नाम म हम्मन ल धोखा देवत हवस अउ सुन, तंय हम्मन ल का धोखा देवत हवस, तंय अपन आप ल धोखा देवत हवस, समझे।

अब बुधारू ल समझ आय बर धर ले रिहिसे कि मोर सबो करनी ल ददा ह जानत हे कहिके चुप रहिगे। मनराखन किहिस–तोर ए सब कोड़िहई, झूठ लबारी ल अब मय नइ सहि सकंव। अब मोला संतु के पढ़ाई ल घलो देखना हे। अरे यहू जवानी ह का काम के, जउन ह बिरथा चले जाय। तोर उमर म मय घर गृहस्थी चलाना शुरू कर दे रहेंव, समझे अउ सुन बुधारू हम्मन तोर बिहाव करे बर सोचत हन फेर तोर आदत के देखे कोनो लड़की दे बर तइयार नइ होवत हवय। मय कलेक्टर ऑफिस म तोर बर डेली वेजेस म गार्ड के नौकरी खोजे हवं। काली ले तोला ज्वाइन करना हे समझे। नइ काम करबे ते अब मय तोला नइ पोस सकंव समझे। काली ले ड्यूटी जाबे या फेर घर ले बाहिर। अब बुधारू करा कलेक्टर ऑफिस म गार्ड के नौकरी ज्वाइन करे के अलावा कुछु चारा नइ रिहिसे। मनराखन खिसिया के निकल के साग–भाजी बेचे बर हटरी चल दिस।

बुधारू ह पहिली घांव अपन ददा के गुस्सा ल देखे रिहिसे। अब ओला समझ म आ गे। नइ कगाहूं त खाय बर नइ मिलय कहिके। बिहान दिन ले बुधारू ह गार्ड के नौकरी ज्वाइन करिस। मनराखन ह गुस्सा गुस्सा म बुधारू संग बने ढंग ले गोठियाबे नइ करय। बुधारू ह अब रोज ड्यूटी जावय अउ घर लहूट आवय। गंजपारा अउ पंचशील नगर के बीच म देसी भट्ठी परय। आवत–आवत पी घलो लेवय।

मनराखन ह बुधारू के पियई–खवई ले बिक्कट नाराज रिहिसे। मनराखन ह परन कर डरिस कि अब ए टूरा के बिहाव करे बर परही। गर (गला) म घंटी बंधाही ताहन आटोमेटिक सुधर जही। मनराखन ह अपन संगवारी अंतराम ल सबो दुख ल बतइस। सुन के अंतराम ह किहिस–बुधारू बर मोर नजर म एक झिन लड़की हवय। जोड़ी ह सुग्घर फभही। मय कहूं ते उमन मोर उपर भरोसा करके दे दिही। काबर कि उमन मोला बिक्कट मानथे। अंतराम संत प्रवृत्ति के रिहिसे। बड़ा गुनवान रिहिसे। कबीर के भक्त रिहिसे। भजन अउ प्रवचन म पूरा छत्तीसगढ़ घुमत राहय। तिही पाय के ओकर जान पहिचान

पूरा छत्तीसगढ़ म बन गे रिहिसे। मनराखन ह अंतराम ल किहिस-कोन गांव वाले आय साहेब। अंतराम ह किहिस-ओह नवागांव वाले रामनाथ आय। ओकर छोटे नोनी हंसा ह बिहाव बर बांचे हवय। रामनाथ ह मोला बोल के रखे हवय, कोनो करा बढ़िया सरिख सगा उतर जही ते बताबे साहेब। एसो हंसा बेटी के बिहाव कर देबोन। हंसा ल रामनाथ ह अंग्रेजी मिडियम म पढ़ाय रिहिसे। रामनाथ जानत रिहिसे कि शिक्षा अउ संस्कार ले बड़े पूंजी कुछु नो हे। रामनाथ ह अपन बेटी मन ल संस्कार अउ शिक्षा दुनो दे रिहिसे। मनराखन ह अंतराम ल कथे- त बात चला न। अंतराम ह मोबाइल निकालिस अउ तुरते फोन लगइस-

अंतराम-हलो!

रामनाथ-हलो!

अंतराम-मय अंतराम बोलत हवं रामनाथ।

रामनाथ-साहेब बंदगी साहेब!

अंतराम-मय एक ठन बूता बर फोन लगाय रेहेंव।

रामनाथ-हां, बता न साहेब।

अंतराम-मय तोर नान्हे नोनी हंसा बर लड़का देखे हवं।

रामनाथ-कहां के आय?

अंतराम-पंचशील नगर दुर्ग के आय।

रामनाथ-हम्मन सात्विक खान पान वाले अवन, आप तो जानतेच्च हव साहेब।

अंतराम-मय तहूं ल जानत हवं अउ मोर संगवारी मनराखन ल घलो जानत हवं। ओह तो नशा पानी ले बिक्कट दुरिहा रथे।

रामनाथ-त लड़का का करथे?

अंतराम-लड़का ह अभी कलेक्टर रेट म कलेक्टर आफिस म गार्ड के नौकरी करथे। फेर पढ़त घलो हे।

रामनाथ-काय पढ़त हे?

अंतराम-डी.सी.ए. करत हवय। बाद म कोनो न कोनो जगह सरकारी नौकरी जरूर मिल जही।

रामनाथ-आप काहत हव साहेब त बनेच्च होही।

अंतराम-फेर आजकाल के लइका मन के मानी नइ पी सकंव। अब लइका मन के पीछू पीछू थोरे जावत रहिबे।

रामनाथ-त स्वभाव ह बने हे न?

अंतराम-आप ल मोर उपर भरोसा होही त सगा मन ल मय ह लाहूं नही ते मना कर दुहूं।

रामनाथ-ले न मय घर वाले मन संग गोठिया के फोन करके बताहूं।

अंतराम-ठीक हे, त जल्दी बताबे।

रामनाथ-हव साहेब।

अंतराम-ठीक हे।

रामनाथ-साहेब बंदगी!

अंतराम-साहेब बंदगी!

रामनाथ ह अंतराम ल खबर कर दिस। सगा मन ल धर के हंसा ल देखे बर आ जबे कहिके। अंतराम, मनराखन अउ बुधारू ह नवागांव हंसा ल देखे बर गिन। लड़की देखे के बाद मनराखन अउ बुधारू ल जम जथे। रामनाथ ल जरूर लगथे कि लड़का थोकिन कमजोर दिखथे। हंसा ह बने सुन्दर अउ थोकिन देंह पांव वाली रिहिसे अउ कलेक्ट्रेट म नौकरी करथे कहिके रामनाथ ह हंसा के रिश्ता ल बुधारू संग पक्का कर दिस। रामनाथ ल तो बस अंतराम उपर सोला आना भरोसा रिहिसे। अंतराम अतना जानत रिहिसे कि मनराखन ह बड़ सज्जन आदमी आय। बस दिन-रात मेहनत म लगे रहिथे।

हंसा घलो बिक्कट सपना संजोए रिहिसे। बस इही बात ल गुनत राहय आदत ह कइसे होही। सास-ससुर के स्वभाव कइसे होही। मोर होवइया जोड़ी ह नशा पानी तो नइ करत होही। काबर कि हंसा ह बड़ा धार्मिक, प्रवृत्ति के रिहिसे। बारो महीना एकादशी उपास। सावन म सावन सोमवारी उपास राहय। ग्रेजुएट कर डरिस फेर पढ़ई के सिवाय ओकर धियान ह दुसर डाहर नइ गिस। बस पढ़ई मने पढ़ई। काबर कि रामनाथ ह पहिली ले बता दे रिहिसे कि पढ़ही तिही ह आगू बढ़ही। हंसा ह सुग्घर आनी बानी के सपना संजोये मने मन खुश राहय। बिहाव के दिन लकठागे।

मनराखन ह बेटा के पहिली बिहाव करत रिहिसे। जतना जादा हो सकिस, बिहाव ल अपन शक्ति के हिसाब ले धूमधाम ले करिस। हंसा ल बिहा के बुधारू ह लइस फेर संगति अतेक खराब रिहिसे कि दूल्हा बने रिहिस तभो

मुंहु ह भक्क-भक्क करय। बुधारू ल ओकर संगवारी मन पानी के बोतल म मिला के दारू देवय। लोगन ल लगय कि ओकर संगवारी मन ओकर कतेक बढ़िया धियान रखथे। समय समय म बराबर पानी ल पियावत राहय। लोगन मन थोरे जानत रिहिन हवय कि पानी के ओखी म दारू देवत हवय फेर मनराखन जानत रिहिसे। बुधारू बिहाव म घलो नशा म हे फेर का करे। मन ल मार के रहि जय। बुधारू ह दरूहा हो गे रिहिसे। बुधारू ह दारू पिये त मनराखन ह आंसू ल पिये। मनराखन "ह सोचय का कपूत तो का धन संचय, का कपूत तो का धन संचय।" चलो कइसनो करके बिंहाव तो निपट गे फेर हंसा के जिनगी म गरहन लग गे।

हर नारी बर गृहस्थी जीवन के शुरूआत सुहागरात ह पुन्नी के चंदा कस रथे फेर हंसा बर यहू पुन्नी ह अमावस्या म बदल गे। बुधारू ह रात म दारू पी के अइस अउ अलग खोली म सूत गे। पूरा रात ह हंसा के जगवारी म गुजर गे। अब तो समझे म जादा समय नइ लगिस। मनराखन अउ बिसाखा ह घलो सोच म परगे। एक दिन के बात होतिस त कोई बात नइ रहितिस फेर एह तो रोज के बात हो गे। उदास चेहरा ह बतावत रिहिसे कि हंसा ल पति सुख नइ मिलत हे। रेंगई म चंचलता हे न चेहरा म मुस्कान। मनराखन अउ बिसाखा सोचिन हो सकथे ए बुधारू ह हमर राहत ले लजावत होही कहिके हप्ता भर बर गांव चल दिन। गर्मी के छुट्टी चलत रिहिस हवय, संग म संतु ल घलो ले गे। अब तो बुधारू ह स्वतन्त्र हो गे। घरे म दारू पिये बर धर लिस। मनराखन अउ बिसाखा ह जब गांव ले लहूटिन तभो कोनो रौनक बहू म नइ देखिन। बल्कि पहिली ले अऊ जादा उदास रिहिसे। अब तो बुधारू के मारे मनराखन हलाकान हो गे। बहू कहूं मइके चल दिही अउ वापिस नइ आही तभो फधित्ता हे। ए बुधारू ह मनराखन ल आंसू के धार रोवा डरिस। ए सब बिसाखा के ममता के मारे आय। बुधारू ल न कभू गलती बर बरजिस न मनराखन ल बरजन दिस। अब तो मनराखन के तबियत घलो धीरे-धीरे जवाब दे बर धर लिस।

रामनाथ ह अपन तीनो बेटी मन ले सबले जादा मया हंसा ल करय। बीच बीच म हंसा के हाल चाल ल पूछे बर फोन करत राहय फेर अपन पापा ल हंसा कहि देवय-"मय ससुरार म बिक्कट खुश हवं। मोर चिंता फिकर झन करे कर पापा, तंय अपन सेहत के धियान रखे कर।" रामनाथ ल समझ म आवत रिहिसे कि हंसा ह कुछु न कुछु बात ल लुकावत हे। रामनाथ ह

केकती ल किहिस-हंसा ल फोन लगा के पूछ तो, का हाल चाल हे ? मोला तो भुसभुस लागत हे। अतेक चंचल लइका, हांस हांस के गोठयइया हंसा के गला ह कइसे बइठे-बइठे कस लागत रिहिसे। केकती ह घलो हंसा ल बिक्कट मया करय। कोनो भी महतारी-बाप होवय सबले नान्हे लइका ल थोकिन जादच्च मया करथे। केकती ह हंसा ल फोन लगइस। फोन ल देख के हंसा के चेहरा ह खिल गे काबर कि जान डरिस, मम्मी के फोन आय हे कहिके। हंसा ह तुरते फोन ल उठइस अउ किहिस-चरन छू के प्रणाम मम्मी। केकती घलो खुश हो के दुनिया भर के असीस ल हंसा के झोली म भर दिस। "खुश राह बेटी, खुश राह, तोर चूरी अम्मर रहय। तोर चूरी अम्मर रहय ल सुन के हंसा के आंखी डबडबा गे फेर अपन मम्मी ल एहसास नइ होवन दिस कि इहां सब ठीक ठाक नइ चलत हे कहिके।"

हंसा ह सुसरार के बात ल बता के अपन दाई-ददा ल दुखी नइ करना चाहत रिहिसे। दुख के आंसू ल लुगरा के अछरा म पोछत किहिस-सब बने-बने हे मम्मी, सब बढ़िया हे। पापा के धियान रखबे बहुत फिकर करथे। केकती किहिस-हव बेटी, तोर पापा ह तोर बहुत फिकर करथे। केकती कथे-दमांद ल कहिते नही, एकाद दिन दुनो झिन घूमे बर आ जतेव। हंसा कथे-हव दाई मय पूछ के बताहूं फेर हंसा के हिम्मत नइ होइस, बुधारू ल पूछे बर। काबर कि ओह तो हंसा डाहर धियान देबे नइ करय। हंसा ह तीन-चार महीना ले घर के बूता काम करके, रांधे गढ़े ताहन खा के सूत जय। तीन-चार महीना ल बड़ा मुश्किल म काटे रिहिसे हंसा ह, अब देखते देखत तीजा आ गे। हंसा के ससुर के चूंदी ह अइसने नइ पाके रिहिसे। तीजा के पहिली अपन बहू ल उदास देख के पूछे रिहिसे। कइसे बहू तुंहर घर गृहस्थी ठीक चलत हे ? हंसा किहिस-पापा जी, महूं आप ले बात करइया रेहेंव फेर मौका नइ मिल पावत रिहिसे। मनराखन कथे-बता बेटी अपन दुख ल।

हंसा-पापा आप मन अपन पसंद के बिहाव करे हव कि अपन बेटा के हिसाब ले करे हव ?

मनराखन-कइसे गोठियाथस बहू, बुधारू ह खुदे पसंद करे रिहिसे तोला। हां फेर ओकर मन ह नइ रिहिसे बिहाव करे के। मिही ह केहे रेहेंव मोर तबियत खराब रथे बेटा, कम से कम तोर चांउर टिक के बहू हाथ के पानी पी लेथन कहिके।

हंसा–त पापा जी, ओकर मन नइ रिहिसे तब फेर काबर बिहाव करे हव ? ओ तो मोर संग गोठियाय न बतावय न पति बेवहार ल निभावय। अब मय कइसे करंव ? मय तो धरम संकट म परगे हवं पापा जी। मोला रद्दा बता।

मनराखन–देख बेटी मय तोर जीवन ल बर्बाद होवन नइ देवंव। बिहाव के पहिली कोनो लड़का तोला पसंद रिहिस होही त मय अपन बेटी कस तोला बिदा करहूं।

सुन के हंसा ह फफक फफक के रोये बर धर लिस अउ किहिस–बिहाव के पहिली मोला कोनो लड़का पसंद नइ रिहिस। ओ डाहर तो मोर धियान गेबे नइ करिस। दिन–रात मोर धियान ह पढ़ई म लगे राहय। मय तो मम्मी–पापा के खुशी के धियान रखेंव। उमन जिंहा बिहाव कर दिही उहें अपन घर ल बसाहूं फेर आपे सलाह देवव पापा जी ए घर म मय कइसे रहूं ? अपन बहू के उपास–धास अउ शंकर भगवान के पूजा पाठ ल देख के समझइस–धीरज रख बेटी, मोला अइसे लागथे, भोला भण्डारी ह तोर परीक्षा लेवत हवय। एक दिन सब ठीक हो जही। बिसाखा ह ओतके बेर बाजार ले अइस ताहन धकर–लकर हंसा ह आंसू ल पोंछ के ओला पिये बर पानी दिस। जब ले बहू ह अपन दुख ल बताय रिहिस तब ले मनराखन ह मने मन गुनय–बुधारू ल कइसे समझाय जाय। कइसे इंकर गृहस्थी ल बसाये जाय।

मनराखन ह एक दिन अपन खोली म बिसाखा ल सबो बात का बतावत बुधारू ल समझाये बर किहिस फेर पुत्र मोह म बिसाखा ह बुधारू के गलती मानबे नइ करय, बस एके रटन धरे राहय, बहू के गलती होही। बहू ह हमेशा मुंहु ल फूलोये रथे। खुश दिखबे नइ करय। हो सकथे बहू ह बुधारू ल पसंद नइ करत होही ? फेर कोनो हालत म बुधारू के गलती माने बर तइयार नइ होइस। अइसने गलती तोपई म बुधारू ह अतेक बिगड़ गे रिहिसे। मनराखन ह बिसाखा ल किहिस–नशा करई ह तो खुदे के तन उपर पाप करई आय। सबले बड़े पूंजी अपन शरीर आय। शरीर हे त दुनिया हे, जउन दिन शरीर खराब हो जही ओ दिन पूरा दुनिया के सुख सुविधा व्यर्थ हवय। बिसाखा ल अतना समझाए के मतलब ए रिहिसे कि महतारी के माध्यम ले बुधारू ह रद्दा म आज जय।

बिसाखा घलो जानत रिहिसे फेर ममता के मारे बुधारू ल बोल नइ सकत रिहिसे। मनराखन के आय के पहिली बुधारू ह घर आ गे रिहिसे।

आज बिसाखा ह मौका देख के बुधारू ह किहिस-बर बिहाव हो गे बेटा, अब नाती-नतरा देखे के सउंख हवय। घर म नाती-नतरा आ जतिस ते खिलौना कस खेलातेंव फेर बुधारू ल महतारी के सपना ले कोई मतलब नइ रिहिसे। बुधारू किहिस-तोला खिलौना चाही न, त काली दुकान खुलही ताहन गिफ्ट हाउस ले गुड्डु लान दुहूं, ओला खेलावत रहिबे। बिसाखा कथे-तहूं बुधारू मोर बात ल समझबे नइ करत हस। बुधारू कथे-एकर ले जादा मोला समझ नइ आवय कहिके अपन कुरिया म चल दिस। मनराखन ह साग-भाजी बेच के घर अइस त पूछिस-कइसे अतेक देरी कर डरे? मनराखन बतइस-हैवी ड्यूटी ह पंचर हो गे रिहिसे तिही पाय के थोकिन देरी हो गे।

बहू ह अपन सास-ससुर अउ बुधारू ल खाय बर पानी दिस ताहन सब खाय बर बइठिन। मनराखन ह बुधारू के मुंहु के महक के मारे खाना नइ खा पइस अउ आधा ल छोड़ के बीचे म उठ गे। मुंहु हाथ धो के थके हारे अपन कुरिया म आराम करे बर गिस। हाथ गोड़ ल लमा के आराम करत रिहिसे। चिंता म नींद ह अभी परे नइ रिहिसे। बिसाखा ह आ के अपन जोड़ी ल पूछिस-कइसे आज पेट भर खाना नइ खाय? मनराखन किहिस-काला खाबे टूरा के मुंहु ले भक्क-भक्क दारू ह बस्सावत रिहिसे। बिसाखा ह किहिस-त का टूरा ह रोज दारू पी के आही त का रोज खाय बर छोड़ देबे। एकरे सेती सियान मन काहय लइका गन ल संस्कार अउ शिक्षा देवव फेर हमर मन ले कते मेर चूक हो गे, समझ नइ आवत हवय। बिसाखा ह खिसिया के किहिस-जब देखबे तब बुधारू के पीछू परे रहिथस। मनराखन किहिस-कइसे पीछू नइ परे रहिबे। अब मनराखन ल गुस्सा आ गे ताहन खिसिया के किहिस-जादा बकर-बकर झन कर, मय तोला बुधारू ल समझाए बर केहे रेहेंव, ओकर का होइस? जब देखबे तब बुधारू के सांखी तीरथस। जादा करहू ते तुम सब झिन ल घर ले खेदार दुहूं। अतका ल सुनिस ताहन बिसाखा ह रोए बर धर लिस। रोवत-रोवत बिसाखा ह किहिस-मय जिनगी भर तोर सेवा करेंव सब अबिरथ हो गे। मनराखन किहिस-हव सब अबिरथा हो गे। ममता के मारे टूरा ल बिगाड़ डरे। जब मय बुधारू ल बरजे कस करंव त तंय ह मुही ल खिसिया देवस ओकर नतीजा ह दिखत हे। बिसाखा ह रोवत-रोवत किहिस-अहा उमर म मय कहां जाहूं जोड़ी। मनराखन किहिस-ओइसने सबो के बहू-बेटी बर सोचे कर। ए तोर रोए के नाटक ल छोड़ अउ बता बुधारू का किहिस?

बिसाखा किहिस–मय बुधारू ल केहेंव नाती–नतरा खेलाय के सउंख लगथे रे त ओह कहि दिस–काली दुकान ले गुड्डी–गुड्डा ल लान दुहूं ताहन उही ल खेलावत रहिबे। ओकरे जतन करत रहिबे। मनराखन ह बिसाखा ल किहिस–अब तोला समझ म आवत हे बुधारू ह न अपन बर सोचत हे न बहू बर। हमर मन के तो बाते ल छोड़ दे। जउन ह अपन आप ल नइ सम्हाल पावत हे त अपन महतारी–बाप अउ बहू ल कहां ले सम्हालही?

मनराखन के समाज म बहुत प्रतिष्ठा रिहिसे। ओला अपन मान–सम्मान के फिकर रिहिसे फेर बुधारू ल ए समझ नइ आवत रिहिसे कि ओह मनराखन जइसे नामी बाप के बेटा आय। रूहेल्ला ह एक दिन मनराखन ल फोन करके किहिस–"अब तो मोटाबे मनराखन बहू हाथ के पानी पी के।" मनराखन ह किहिस–ओ तो बने काहत हवस रूहेल्ला फेर ए दरूहा टूरा के चिंता ह मोला मोटावन दिही तब तो, आधा तो चिंता फिकर म तन ह घुना खावत हे। "चिंता ले चतुराई घटे दुख ले घंटे शरीर पाप ले लक्ष्मी घटे कह गये दास कबीर"। रूहेल्ला कथे–का हो गे बताबे? मनराखन कथे–देख न, बुधारू ह नशा पानी ल छोड़बे नइ करत हे। अब करंव ते करंव का? तिंही बता। रूहेल्ला ह मनराखन ल किहिस–त बुधारू ल समझाते नही ग। तभे तो काहंव ए बुधारू ह कइसे बीमरहा–बीमरहा कस दिखथे कहिके। मय तो एक दिन दारू भट्ठी डहार जावत घलो देखे रेहेंव फेर तंय ह खिसियाबे कहिके मय कुछू नइ केहेंव फेर अब ओला बइठार के समझाहूं। ओकर एकाद झिन बने सरिख संगवारी नइ हे का? जेन ह बुधारू ल समझा सकय। मनराखन कथे–अरे बने सरिख एको झिन संगवारी रहितिस ल बिगड़तिस काबर? रूहेल्ला ह किहिस–बने काहत हवस जी। हां, मय समझाये के जरूर कोशिश करहूं, हो सके मोर ले समझ जय।

हंसा के एसो पहिली तीजा रिहिसे। आषाढ़ मान के तीजा लेगे बर केकती ह रामनाथ ल जोजियाय बर धरिस। रामनाथ ह हव कहि दिस ताहन तो केकती के हिरदे के उछाह ह नदिया के लहरा कस लहराये बर धर लिस। हरदी–पानी चढ़े के बाद बेटी के देखे के तिसना ह बाढ़ गे रिहिसे। केकती ह जल्दी उठ के बरा, सोंहारी, ठेठरी, खुरमी रांध के जोरा कर डरिस। रामनाथ ह रोटी ल झोरा म धर के पंचशील नगर दुर्ग जाय बर निकल गे। बेटी के मया म कइसे अपन समधी घर पहुंचिस ते पतच्च नइ चलिस। अपन पापा ल देख के हंसा

ह धकर-लकर फूलकसिया लोटा म पानी दे के पांव परिस ताहन रामनाथ ह झोरा के रोटी ल अपन बेटी ल दिस। हंसा के सास ह घलो अपन समधी के पांव परिस। हंसा ह अपन पापा ल खटिया म बइठे बर किहिस। रामनाथ ह हाथ-गोड़ धो के खटिया म बइठिस। हंसा किहिस-पापा चल खाना खा ले।

रामनाथ-नही बेटी, अभी भूख नइ हे।

हंसा-चाय बना दवं।

रामनाथ-हव ले चाय बना दे।

हंसा ह चाय बनाय के तइयारी करत रथे ओतके बेर ओकर समधी मनराखन ह बाजार ले घर पहुंच जथे। दुनो समधी जोहार भेंट करथे। मनराखन ह हाथ-गोड़ धो के समधी संग बइठथे ताहान एक-दुसर के हालचाल पूछथे। रामनाथ ह हंसा ल बिदा करे के बाद आज देखत हे। रामनाथ ल समझे म समय नइ लगिस कि हंसा के गोंदा फूल कस चेहरा ह कइसे मुरझाय-मुरझाय दिखत हे। मोला समझ नइ आवत हवय कि हंसा के हांसी कइसे गायब हो गे हे ? बल्कि ससुरार आय के बाद तो बेटी ह अऊ चंचल हो जथे। मन के बात ल मने म राखे रिहिस। खाना खाय के बेर हो गे रिहिसे। ठउंका बुधारू ह घर पहुंचिस। आजो दारू पी के आय रिहिसे। आते भार पता झन चलय कहिके बाथरूम म जाके साबुन म हाथ-मुंह धोइस फेर मउंहा ह अपन गुन ल बताय बर नइ छोंड़िस। बुधारू ह हाथ-मुंहु धो के आगन ससुर अऊ पिता जी के पांव परिस। तभो ले भक्क-भक्क माहकत रिहिसे। बुधारू अपन ससुर ल पूछिस-कतेक बेर आय हव पापा जी ?

रामनाथ-डेढ़-दु घंटा पहिली आय हवं। ड्यूटी म जादा काम रिहिसे का, रात म घर आवत हस ?

बुधारू-हव आज आफिस म थोकिन जादा काम रिहिसे, तिही पाय के देरी हो गे।

मनराखन ह बात ल सम्हालत किहिस, ड्यूटी ह समय के पाबंध वाले आय तिही पाय के बुधारू ल आय म समय लग जाथे। रामनाथ किहिस-अच्छा कोनो बात नइ हे दमांद, इही तो उमर आय मेहनत करे के। अभी जतना अपन जिनगी ल संवारे बर मेहनत करत हवस एह बढ़िया बात आय। सियान मन के का, बस तुंहर खुशी ल देख के खुश रहिथन। हम्मन ल का, दु जुआर के खाना मिल जाय ताहन का करना हे।

हंसा ह खाना खाय बर सब झिन ल पानी दिस। रामनाथ, अउ मनराखन एके संग बइठिन। बुधारू ह सियान मन के सम्मान करत थोकिन दुरिहा चटाई म बइठिस।

(सबो झिन खाना खा के सुते बर चल दिन।)

हंसा ह बुधारू संग गोठियाय के कोशिश करिस फेर बुधारू ह रोज कस एकंगू मुंहु कर के सुत गे। हंसा ह रात भर नइ सुत पइस। रात भर ओह सुरूज नारायण के उए के अगोरा करत रिहिसे। रात भर शंकर भगवान ल बिनती करय, ए का के परीक्षा लेवत हव भगवान। मोर कोन जनम के करनी के फल ल देवत हव प्रभु जी। सुरूज नारायण ल पूछय-मोर जिनगी म कब बिहनिया होही देवता? जब ले ससुरार आये हवं सुख के अंजोरी पाख ल जानबेच्च नइ करंव। मोर बर तो रोज अंधियारी पाख आय देवता।

हंसा ह चिंता म रात भर जागे रिहिसे। आंखी ह उसवाय उसवाय कस दिखत रिहिसे। तन ह सुस्ती-सुस्ती लागत रिहिसे तभो ले घर दुआर के बूता म लग गे। काबर कि जतने जल्दी काम बूता होही ताहन ओतके जल्दी मइके जाय बर तइयारी करना रिहिस हे। नाश्ता करके लाली वाले सूटकेस म सब सामान ल जोर के अपन सास-ससुर अउ बुधारू के पांव परके अपन पापा के फटफटी म बइठ गे। सब झिन ल हंसा ह टाटा करिस। रद्दा म जावत जावत हंसा ह सोचत रिहिसे, ए लाल बैग ह अपशगुन तो नो हे। कतनो किसम के उथल-पुथल मन म होवत राहय फेर गुनय दीदी अउ दाई ह पूछही त का बताहूं। रामनाथ ह हेलमेट पहिरे रिहिसे तिही पाय के हंसा संग जादा नइ गोठियावत रिहिसे। बस ओकर धियान तो सड़क म रिहिसे। काहे कि आजकाल के लइका मन आयं-बायं गाड़ी मोटर चलाथे।

केकती घलो आज संजकेरहे ले उठगे रिहिसे। बस आज तो बेटी के चेहरा ह आंखिच्च-आंखी म झूलत हे। मोबाइल म कतनो गोठिया ले फेर सउंहत गोठियाये के अलगे आनंद हवय। केकती ह फोन करके पूछिस-कतेक बेर पहुंचहू बेटी? त हंसा ह बता दे रिहिसे, मंझनिया कना पहुंचबो। उही हिसाब ले केकती ह खाना बना डरे रिहिसे। देखते देखत रामनाथ ह घर करा फटफटी ल रोकिस। फटफटी के आवाज ल सुन के जान डरिस, इमन पहुंच गे। केकती ह गोड़ धोये बर लोटा म पानी दिस। हंसा ह अपन मम्मी के पांव परिस। बेग ल धर के अपन कुरिया म रख दिस ताहन केकती किहिस-चलव

खाना खा लव, मय पोरसत हंव। हंसा किहिस–नही मम्मी आज मय ह खाना पोरसहूं। केकती किहिस–ले बेटी तिंही पोरस, हम्मन खाय बर बइठ जथन। हंसा ह अपन मम्मी–पापा ल दुसरइया दे के बाद अपनो ह उंकर मन के तीर म खाय बर बइठ गे। केकती ल बिक्कट आनंद आवत रिहिसे, बेटी के पोरसे भात–साग खावत।

बहू के तीजा जाय के बाद एती घर दुआर ह बिसाखा ल सुन्ना–सुन्ना लागय। संगे संग बूता घलो बाढ़ गे। बहू के राहत ले बिक्कट सुख पाय रिहिसे। बहू ह बिहनिया ले उठ के घर के सबो काम–बूता ल निपटा डरय। बिसाखा ह उठ के रेंगान अउ डेरौठी डहार ल बाहर बटोर के छरा छिटका देवय। बिसाखा कभू–कभू बरतन भाड़ा घलो मांजे बर धरे के कोशिश करय फेर हंसा ह अपन सास ल मना कर देवय। बिसाखा घलो बहू के राहत ले भाजी–पाला के पसरा ल लगा के तेल पानी के पुरतीन कमा लेवत रिहिसे। हंसा ह काम बूता ले फूरसद हो के समय–समय म अपन देवर ल घलो पढ़ावय। देवर ल पढ़ावत–लिखावत अपन समय ल काटत रिहिसे फेर कोनो ल अहसास नइ होवन दिस कि बुधारू अउ हंसा के अभी तक गृहस्थ जीवन के शुरूआत नइ होय हवय। हंसा ह पढ़े–लिखे अउ संस्कारिक रिहिसे संझा बिहनिया घर के देवी–देवता मन के पूजा पाठ करके अपन सास–ससुर अउ पति देवता के पांव परय।

ओइसे तो नामे भर पति देवता रिहिसे बुधारू ह। आदत आचरण ले राक्षस रिहिसे। समय मिलय त हंसा ह धार्मिक किताब पढ़य। हंसा के इच्छा रिहिस कि ओह पढ़–लिख के मास्टरीन बने फेर वाह रे बुधारू सुन्दर रंग रूप, शिक्षा अउ संस्कारी हंसा ल समझे नइ पइस। हंसा ह अपन मइके म घलो सियानी करत रिहिस हवय तिही पाय के अपन धीरज ल नइ खोइस। काबर कि अपन मइके म बिक्कट उतार–चढ़ाव देखे रिहिसे। दरूहा मन के गृहस्थी ल टूटत सउंहत अपन आंखी ले देखे रिहिसे। तिही पाय के हंसा ह मने मन किरिया खाय रिहिसे कि एक दिन यहू घर ल स्वर्ग ले सुन्दर बनाना हवय। कतनो बहू के डेरौठी म पांव रखते भार घर के उजाड़ होय बर धर लेथे फेर कतनो बहू के घर म आय ले सुख, शांति अउ समृद्धि आ जथे। अभी तो बुधारू ल अपन संगवारी मन संग गांजा भांग अउ दारू पियई ले फूरसद नइ रिहिसे। बुधारू ह नशा कर–कर के अपन शरीर ल खराब करत रिहिसे।

संगे संग लफूट हो गे रिहिसे। बुधारू के चाल चलन ले मनराखन ह हलाकान राहय।

मनराखन मने मन गुनय, बेटा-बहू के योग ह अच्छा नइ बनत हे तइसे लागथे। अब करे तो करे का जाय? मनराखन ह ए विषय म समझाए बर बुधारू संग बइठना चाहत रिहिसे। एक दिन बाप-बेटा ह गोठियाय बर बइठिन। मनराखन किहिस-कइसे बुधारू तुंहर दुनो झिन के मन ह एक-दुसर ले मिलत हे कि नही? बुधारू किहिस-हां सब ठीक हे। मनराखन पूछिस-त कइसे दुनो झिन के चेहरा म खुशी दिखय नही। बुधारू कथे-सब ठीक हे, तुमन कोनो किसम के चिन्ता फिकर झन करव। मनराखन किहिस-त मय निश्चिंत हो जवं? बुधारू किहिस-हव निश्चिंत हो जा। अब बुधारू ह अऊ उदास दिखे बर धर लिस, अब बिसाखा ह अपन बेटा ल पूछिस-काबर उदास हवस बेटा? बहू तोला पसंद हे ते नही? त बुधारू ह रोवत-रोवत गाना गा देवय-"कोन जनी काय पापा करे रेहेंव, ठगड़ी कस जिनगी म सुख ल मय नइ जानेव।" बिसाखा के आंखी ले घलो आंसू निकल गे। आंसू पोंछत-पोंछत किहिस, बेटा तिंही ह तो पसंद करे हवस तभे संबंध ल जोड़े हवन। बुधारू किहिस-सुन दाई मय तुंहर मन ल नइ तोड़ना चाहत रेहेंव। तुमन "बहू हाथ के पानी" पीबोन केहेव त मय बिहाव कर लेंव। अब तुमन पियव बहू हाथ के पानी ल, तुमन तो खुश हव न। बिसाखा किहिस-बेटा हम्मन ल देख के बहू नइ राहय। पत्नी ह हमेशा पति ल देख के रहिथे। पत्नी बर पति देवता होथे। बुधारू खिसिया के किहिस-मोला देवता ऊ नइ बनना हवय। मोर मन बिहाव करे के नइ रिहिसे तभो ले मय दाई-ददा मन सुख पाही कहिके बिहाव करे हवं। बिसाखा किहिस-जब अइसन बात रिहिसे त तोला मना कर देना रिहिसे, बिहाव नइ करंव कहिके। बुधारू किहिस-का मना करतेंव, तुंहर तो मुड़ी म मोर बिहाव के भूत चघे रिहिसे। तुमन जानव, तुंहर काम जानय।

अब तो मनराखन ह घलो ओतके बेर आ गे। बिसाखा ल रोवत देख के मनराखन ह पूछिस-का हो गे तेमा रोवत हवस। बिसाखा कथे-देख न बुधारू काहत हवय-तुमन ल बहू हाथ के पानी पियाय बर बिहाव करे हवं। मय अपन बर बिहाव नइ करे हवं। मनराखन बुधारू ल किहिस-जब बिहाव करे के मन नइ रिहिसे त मना काबर नइ करेस, तेला बता। बुधारू किहिस-मय काला बतावंव, तुंहर तंग करई के मारे हव कहि देंव अउ जेकर संग बिहाव

करहू ओकरे संग कर लुहू कहिके मन बना लेंव। लड़की देखे के बाद सब झिन मोटी हे मोटी हे किहिन फेर तुंहर रूझान ल देख के मना नइ कर पायेंव अउ मने मन अपन खुशी ल पचो के महतारी-बाप के खुशी के धियान रखेंव। बिहाव के समे देखेव त ए रिश्ता ले कोनो खुश नइ रिहिसे। इहां तक ले कका के बेटी मन घलो काहय-का रे बुधारू अपन ले दुहरी देंह वाली संग बिहाव करत हस। मय तुंहर खुशी के आगू म काकरो नइ सुनेंव अउ बिहाव बर हव कहि देंव। देखेव न बिहाव के समे परिवार के मन कोनो ह साथ दिस हे। हम्मन उंकर कारज म आगू-आगू ले भीड़े राहन फेर हमर कारज म बड़े ददा के बेटी दमांद मन कतना साथ दिस ? दीदी-भाटो मन तो बिहाव के बात चलत रिहिस हे तब ले खुश नइ रिहिन हे। अब मय काला-काला देखंव। संगी संगवारी के बात ल सुनव कि कका के बेटा-बहू के बात ल सुनव कि दीदी-भांटो के, सब खिलाफ रिहिन बिहाव के।

बिसाखा ह बुधारू ल समझावत किहिस, ओइसन नो हे बेटा। कतनो मन दुसर के खुशी ल नइ देखना चाहय। परिवारे ह परिवार के खुशी ल नइ देखना चाहय। कतनो मन दुसर के काम ल बिगाड़े बर बइगई-गुनियई घलो करे रहिथे। सब धीरे-धीरे ठीक हो जही। सियान मन कथे-कभू-कभू ग्रह नक्षत्र के प्रभाव घलो रहिथे। बुधारू कथे-फेर मोर जिनगी के तो ग्रह नक्षत्र ह बिगड़ गे, अब तुहीं मन बतावव मय का करंव ? बुधारू तो अपन ददा ल खिसिया के किहिस-"तहूं ददा मोर ले जादा काली घर म अइस तेला जादा मया करथस। मोला तो कोनो मया नइ करव। बस मोर इही गलती हे, मय पढ़ नइ पायेंव, दारू पीथंव।" अब तुहीं मन बतावव एमा मोर का गलती हे ? तुमन तो ननपन ले मोर पढ़ई-लिखई उपर धियान नइ दे हव। ददा ह दिन-रात धंधा पानी म लगे राहय अउ तहूं दाई कभू मोला पढ़े-लिखे बर नइ बरजेस। मोर संगति घलो बिगड़त गिस तभो ले तंय कभू नइ टोके, बेटा तंय गलत रद्दा म जावत हवस कहिके। अब तो मोर जिनगी सत्यानाश हो गे, तब काहत हव। अब मय का करंव तुहीं मन बतावव। सुन ददा! मोला तुंहर मन के प्रतिष्ठा के धियान रखना हवय। अब अपन बहू ल तुमन टेकल करव या फेर मोला टेकल करन दव। अब तो मय जिनगी ले हार गे हवं, अब जिये के मन नइ हे। बुधारू ह सुसक-सुसक के रोये बर धर लिस। बिसाखा समझाथे-झन रो बेटा, झन रो, समय के संग सब ठीक हो जही।

हमर मन बर तो तोर खुशी ह हमर खुशी आय। रोवत-रोवत बुधारू ह बाहिर निकल गे। बिसाखा ह रोकत रहिगे फेर नइ रूकिस।

बुधारू के जाय के बाद मनराखन अउ बिसाखा ह फफक-फफक के रोए बर धर लिन। एक-दुसर के आंसू ल पोछिक के पोछा होइन। सुसकत-सुसकत दुनो झिन चुप होइन। बिसाखा ह घबरा के मनराखन ल किहिस-आरो लगा तो, कुछु कर तो नइ लिही। मनराखन ह फोन लगावय त बुधारू के फोन ल स्वीच आफ बतावय। बिसाखा ह मनराखन ल किहिस-मोला तो अइसे लागथे लगिन पूजा बारात के दिन कोनो जादू मंतर कर देहे का ? लगिन धराये के बाद ही बुधारू के टेंशन बाढ़े हे। मनराखन घलो कथे-महूं ल ओइसने लागथे। फेर करे का जाय ? समय के संग सब ठीक हो जही। मनराखन ह किहिस-दुर्ग म एक झिन शुक्ला महराज हे, जउन ह अच्छा बिचारथे। एकाद दिन ओकरे करा जाबोन। बिसाखा कथे-मय काहत रेहेंव पहिली बइगा करा जातेन, हो सकथे कोनो जलकुकड़ी ह हमर बेटा-बहू मन ल टोरे बर कुछु करम करे होही। आज के समय म काकर भरोसा करबे, जेला अपनेच्च जानबे उही ह कब का कर दिही तेकर ठीकाना नइ हे। वइसे भी परिवारे के मन हम्मन ल सुखी नइ देखना चाहत हवय। मय तो जब ले सुसरार आये हवं तब ले देखत हवं, हम्मन ल कोनो भाबे नइ करिन। अब काकर-काकर नाव ल फोर के बताबे। मनराखन कथे-बने काहत हवस बिसाखा। आज के समय म कोनो अपन नइ होवय।

मनराखन बिसाखा ल कथे-चल पहिली तोरे हिसाब ले बोरसी वाले बइगा करा चल देथन। अब जुग जोड़ी बुधारू के घर-गृहस्थी ल बसाय बर कोशिश करत रिहिन। कइसनो करके बहू-बेटा के मन ह मिल जय कहिके। रात-दिन भगवान ले बिनती करय कि हे भगवान, ए बुधारू ह दारू ल छोड़ दे अउ अपन परिवार उपर धियान देवय। बिसाखा कथे-मोला तो अइसे लागथे कि हम्मन बिहाव के समय बहुत पहिली ले लगन ल धरा दे रेहेन। लगिन धराय के बाद वर-वधू ल घूमना नइ चाही फेर बुधारू ह अपन बिहाव के जोरा ल अकेल्ला घूम-घूम के करे हे। हो सकथे उही दरी बाहरी हवा लगे होही। मनराखन कथे-मोला तो अइसे लागथे, बुधारू के संगवारी मन एला बिगाड़े बर दारू म मिला के कुछु कांही पिया दे होही।

किसम-किसम के बात ह समुंदर के लहरा कस मन म उठत रहय। दुनो जुग जोड़ी घलो बुधारू के तन, मन अउ व्यवहार ल देख-देख के फिकर म दुबराये बर धर लिन। अब तो शरीर म कमजोरी घलो आय बर धर लिस। अब तो संतु के पढ़ई डहार घलो इमन धियान नइ दे पावत हवय। बिसाखा ह काहय-हे भगवान, ए का परीक्षा लेवत हवस ? कोन जनम के करम के सजा ल देवत हस ? बड़े बेटा के घर बसाय के चक्कर म संतु ह घलो बेहड़वा झन हो जाय ? फेर भगवान के लीला ल कोन जानथे। बिधाता तो जनम के बखत जनम पत्री लिख दे रहिथे।

बिहान दिन मनराखन अउ बिसाखा बोरसी वाले बइगा करा गिन। इतवार के दिन ही बइगा ह आसन म बइठे तिही पाय के बिक्कट भीड़ रिहिसे। दूरिहा-दूरिहा ले दुखी मनखे मन अपन समस्या के निवारण खातिर बइगा करा आवय। घंटा भर बाद मनराखन अउ बिसाखा के नम्बर अइस। बइगा करा अपन समस्या ल मनराखन ह बतइस। सुन के बइगा ह आश्वासन दिस। ए समस्या ह ठीक हो जही फेर खरचा जादा हवय। मनराखन पूछिस-कतेक खरचा आ जही बइगा महराज ? बइगा किहिस-पांच हजार रूपिया के खरचा हे अउ मय बतावत हवं ते सामान मन ल बिसा के लाने बर परही। पांच हजार ल सुन के मनराखन किहिस-एकमुश्त तो रूपिया के बेवस्था नइ हो पाही बइगा महराज। किश्त म दुहूं त चल जही का ? ताहन बइगा किहिस-तुंहरो समस्या ह किश्त म हल होही। एह तुंहर उपर हे। अपन समस्या के निदान एकमुश्त म करवाहू कि किश्त म करवाहू। मनराखन अउ बिसाखा घर पहुंचिन। मनराखन ल चिन्ता म देख के बिसाखा ह किहिस-तंय ह काबर फिकर करथस मोर राहत ले। मनराखन कथे-कइसे चिन्ता नइ करहूं। पांच हजार रूपिया कहां ले जुगाड़ करहूं ?

बिसाखा-हो जही जुगाड़।

मनराखन-कइसे ?

बिसाखा-मोर जेवर ल गिरवी रख देबोन ताहन बइगा के पुरतीन हो जही।

मनराखन-तंय कइसे गोठियाथस बिसाखा। मय तोला गहना पहिराये हवं, ओला कइसे गिरवी रखंव ?

बिसाखा-कइसे गिरवी रखंव का ? गिरवी रख के रूपिया के जुगाड़ करके एके घांव म समस्या के निदान कर लेथन अउ फेर गहना गुरिया ह

वक्त म काम नइ आही त कब आही ? तिही पाय के सियान मन काहय, घर म गाहना गुरिया रथे ओह विषम परिस्थिति म काम आथे।

मनराखन–तोरो बिक्कट बड़ करेजा हवय बिसाखा।

बिसाखा–मोर गहना के गिरवी धरे ले, मोर करेजा के टुकड़ा के जिनगी ह संवर जही त एकर ले बड़े बात अऊ का हो सकथे।

मनराखन–तिंही तो मोर हिम्मत अस बिसाखा, तभे तो सियान मन कथे–पति–पत्नी गृहस्थी के दु ठन चक्का आय। दुनो चक्का के सहयोग ले गृहस्थी के गाड़ी ह सुग्घर दउड़थे। कहूं एको चक्का ह ऊंच–नीच होइस ताहन गृहस्थी के गाड़ी ह घलो ऊंच–नीच हो जथे। मोर बड़ भाग अ बिसाखा कि तोर असन मोला गोसइन मिलिस।

बिसाखा–महूं बड़ भागमानी अवं बुधारू के ददा, मोला तोर असन जोड़ी मिलिस।

मनराखन–जादा बड़ई झन कर बिसाखा। मय तोला का सुख दे पाय हवं, दुख के अलावा। अब लइका के सुख के खातिर बइगा करा जाबोन। उही दिन साहूकार करा जा के, तोर गहना ल गिरवी रखके पइसा धर के बइगा करा जाबोन। सामान ल एक दिन पहिली बिसा लेबोन।

बिसाखा–बने काहत हस। ओइसने करबोन। इतवार के दिन मनराखन अउ बिसाखा ह अपन सबो गहना गुरिया ल धर के दुर्ग म सेठ करा गिन। गहना ल गिरवी रख के पांच हजार रूपिया ल धर के बोरसी गांव वाले बइगा करा गिन। बइगा के भारी सोर उड़े रिहिसे। भीड़ तो हर इतवार के रथे। यहू इतवार के भारी भीड़ रिहिसे। तीन घंटा बाद इंकर नम्बर अइस। बइगा करा गिन त बइगा किहिस–हो गे बेवस्था ?

मनराखन–हव हो गे बइगा महराज।

बइगा–पूरा रूपिया के हो गे ?

मनराखन–हव बइगा महराज।

बइगा–सबले पहिली पांच हजार रूपिया ल दव।

मनराखन ह पांच हजार रूपिया ल बइगा ल दिस। बइगा ह सबले पहिली रूपिया ल गिन के अपन देवता के आगू म चढ़इस ताहन पूजा पाठ शुरू करिस। मनराखन अउ बिसाखा ल सबले पहिली भभूत दे के उमन ल खाय बर किहिस। दुनो झिन भभूत ल खइन ताहन बइगई विधि विधान ले

पूजा करके ताबीज बना के दिस। ए ताबीज ल बुधारू ल पहिरा दुहू। एकर बाद एक-दुसर के प्रति मया बाढ़ही। मनराखन कथे-त बहू ह अभी तो मइके गे हवय अउ बुधारू ह ए ताबीज वाबीज ल पहिरे नही। अब कइसे करबो। बइगा कथे-एक काम करहू, ए भभूत ल भात म डार के बुधारू ल खवा दुहू। मनराखन किहिस-सुनत हवस न बिसाखा। बिसाखा कथे-हव ओइसने करिंगे। मनराखन ह बइगा ल पूछिस-ए भभूत के परिणाम ह कब तक आ जही महराज। बइगा किहिस-बस भभूत खाही ताहन अपन प्रभाव देखाय के शुरू कर दिही। बुधारू ह खुदे बहू ल फोन लगाना शुरू कर दिही।

पूजा पाठ निपटे के बाद मनराखन अउ बिसाखा घर लहूटिन। रात कन बिसाखा ह भात म भभूत ल मिला के बुधारू ल दिस। भात ल खाय के बाद उल्टा बुधारू के तबियत खराब हो गे। काहे कि भभूत ह राख के रिहिसे। बिहनिया डॉक्टर करा लेगे बर परगे। ले दे के बुधारू ह बने होइस। अब धीरे-धीरे मनराखन अउ बिसाखा समय के इंतजार करे लगिन। अब तो बुधारू के मन ह बहू डाहर लगही कहिके।

एक हप्ता के बाद मनराखन ह बिसाखा ल किहिस-बुधारू ल पूछबे तो बहू के हालचाल पूछे हस का? बिसाखा ह समय देख के बुधारू ल पूछिस-कइसे बहू ल फोन करे रेहसे का? बुधारू-मय काबर फोन करहूं। जब ओला चिंता नइ हे, त मय ओकर चिंता काबर करहूं? बेटा, जब बहू ह फोन नइ करे हे त तिंही ह फोन कर लेते। घर के लक्ष्मी आय। जउन घर म लक्ष्मी के इज्जत रहिथे ओ घर म सुख, शांति अउ समृद्धि होथे बेटा। बुधारू कथे-जब अतेक तोला अपन लक्ष्मी के फिकर रिहिसे त भेजेस काबर? बिसाखा कथे-ए तो समाज के नियम आय बेटा, पहिली तीजा म जल्दी मइके भेजे बर परथे। बुधारू तो नशा म रिहिसे "जब लक्ष्मी ल भेज डरे हवस त ओकर फिकर काबर करत हवस?" मोला तो बढ़िया निश्चिंत जीयन दे। बिसाखा पूछथे-त का बहू रथे त निश्चिंत नइ राहस? बुधारू आंसू पोछत गाना गा देथे-"कोन जनी काय पापा करे रेहेंव, ठगड़ी कस जिनगी म सुख ल मय नइ जानेंव।" कहिके फफक-फफक के रोय बर धर लेथे। बिसाखा चुप करावत कथे-बेटा, जब तोला बिहाव नइ करना रिहिसे त पहिली ले बता देना रिहिसे। हम्मन तो बिहाव ल तोर चेहरा म फूल कस हांसी देखे बर करे रेहे हवन, आंखी म आंसू देखे बर थोरे करे हवन। तंय नही कहिते त का धर

पकड़ के तोर बिहाव थोरे करे रहितेन। अब महतारी-बेटा दुनो झिन रोए बर धरिन। बिसाखा घलो बुधारू के दुख ल देखके-"कोन जनी हमर मन संग का गलती हो गे, कहिके उदास राहय।"

मनराखन ह बाजार ले धन्धा पानी करके लहूटिस। रात कुन खाना खा के दुनो झिन, सुख-दुख गोठियावत रिहिन।

मनराखन-कइसे बिसाखा, बुधारू उपर बइगा के कुछु असर दिखत हवय?

बिसाखा-काला बताबे?

मनराखन-बता न बिसाखा।

बिसाखा-बइगा के भभूत के थोरको असर नइ दिखत हवय।

मनराखन-मोला तो अइसे लागथे, बइगा ह हम्मन ल बेवफूक बना दे हे। हमर रूपिया ह तो बेकार हो गे हे तइसे लागथे।

बिसाखा-हम्मन तो बर्बाद हो गेन तइसे लागथे।

मनराखन-कइसे कहिथस बिसाखा, तंय मोला ताकत देवइया अस अउ आज तिंही कमजोर होवत हस। जब तक सांस हे तब तक आस हे।

बिसाखा-अभी आसा बाचे हे?

मनराखन-हव।

बिसाखा-ओ कइसे?

मनराखन-मय दुर्ग वाले शुक्ला महराज ल बताय रेहेंव न।

बिसाखा-हव।

मनराखन-वहू बिक्कट बढ़िया बिचारथे अउ बड़े-बड़े समस्या के निदान करथे।

बिसाखा-अब तो मोला ए बइगा गुनिया मन ले भरोसा उठ गे हवय।

मनराखन-मोरो मन ह उठ गे हवय फेर बुधारू खातिर मय तोर बात ल मानेंव, अब एक घांव तंय मोरो बात ल मान के देख ताहन सब ल भगवान उपर छोड़ देबोन।

बिसाखा-महराज ह उपाय बर पइसा कउड़ी मांगही तेला कहां ले लाबोन?

मनराखन-भगवान ओकरो बेवस्था करही।

बिसाखा-कइसे?

मनराखन-देखबो कोनों करा ले ब्याज म ले के रूपिया के बेवस्था करबोन। लइका बर तो करेच्च बर परही।

बिसाखा-मोर मन तो नइ हे बुधारू के ददा फेर आपके बात ल राखे बर चल दुहूं।

इतवार के दिन मनराखन अउ बिसाखा ह ब्याज म रूपिया उधार ले के शुक्ला महराज करा गिन। अपन समस्या ल बतइन। शुक्ला महराज किहिस कि अभी इंकर मया के योग नइ बनत हवय। इंकर दुनो के बीच ग्रह मन टकरावत हवय। अच्छा करेव समय म पहुंच गेव नही ते दुनो के जोड़ी टूटना तय रिहिसे। सुन के मनराखन अउ बिसाखा डर्राय बर धर लिन। दुनो के तन ले पछीना छूटे बर धर लिस। महराज कथे चिंता झन करव, मय सब ठीक कर दुहूं। इंकर मन बर मुंदरी बनाय बर परही ताहन बुधारू अउ बहू के मन ह मिले बर धर लिही। मनराखन कथे-फेर बुधारू ह तो ए सब मुंदरी-उंदरी ल पसंद नइ करय।

महराज-अइसे करव, मय एक ठन उपाय आप ल बतावत हवं। ए नरियर ल भण्डार मुंहु कर के गुलाल लगा के नदिया म ठंडा कर दुहू ताहन बुधारू ह मुंदरी ल जरूर पहिरही।

मनराखन-त एकर बर कतेक खरचा आ जाही?

महराज उही करीब दस हजार के खरचा आही। काहे कि मुंगा मोती माहंगी आथे न।

मनराखन-ठीक हे महराज, मुंदरी कब तक बन जही?

महराज-आठ दिन म बन जही।

मनराखन-त बनवा के रख दुहू महराज, मय इतवार के आके लेग जहूं।

महराज-त आधा रूपिया ल जमा करबे त तो आर्डर दुहूं।

मनराखन-ठीक हे, इतवार के आ जहूं। ए नरियर ल आजे सुरूज डूबे के बाद शिवनाथ नदिया म ठंडा कर दुहूं।

बिसाखा अउ मनराखन हव कहिके नरियर ल धर के सीधा शिवनाथ नदिया गिन अउ शंकर भगवान के सुमिरन करके, बेटा-बहू के घर गृहस्थी ह चलय कहिके बिनती करत नरियर ल ठंडा करिन। ओकर बाद घर लहूटिन।

अब तक ले बुधारू के हरकत म थोरको कमी नही आय रिहिसे फेर अब तो बस शुक्ला महराज ले भरोसा रिहिसे। दुनो परानी फेर रूपिया जुगाड़

करके इतवार के शुक्ला महराज करा मुंदरी लाय बर गिन। पांच हजार रूपिया ल मनराखन ह खीसा ले निकाल के दिस ताहन महराज ह मीठ-मीठ गोठिया के रूपिया ल झोंकिस ताहन मुंदरी ल दिस। घर आ के बिसाखा ह मुंदरी ल दूध म डूबो के पूजा पाठ करके बुधारू ल पहिरे बर दिस। बुधारू ल बिसाखा किहिस-बेटा ए मुंदरी ल पहिर ले। तोर बर बनवा के लाय हवन। बुधारू अपन महतारी ल किहिस-देख दाई मोला मुंदरी-उंदरी पहिरे के सउंख नइ हे अउ मय सब जानत हवं, ए सब तुमन काबर करत हव। जब मोर मन ह तुंहर बहू बर लगबे नइ करय त ए मुंदरी-उंदरी ले कुछु नइ होवय। तभो ले तुमन ल खुश करे बर मय ए मुंदरी ल पहिर लेथंव। बिसाखा खुश हो गे चलो कम से कम मुंदरी ल पहिरे बर बुधारू ह राजी तो हो गे। अब इंकर दाम्पत्य जीवन ह बढ़िया गुजरही।

सबो बात ल बिसाखा ह मनराखन ल बता दिस कि बुधारू ह मुंदरी ल पहिर लिस। ईश्वर के कृपा ले बेटा-बहू के मन ह मिल जही। मनराखन घलो खुश हो गे। चलो शुक्ला महराज के बताय के मुताबिक नरियर ठण्डा करे के बाद बुधारू के दिमाक घलो ठण्डा हो जही। मनराखन नइ जानत रिहिसे कि इंकर किस्मत ह बूड़त हवय कहिके।

अब आठ-पंदरा दिन गुजरे के बाद, मनराखन ह बिसाखा ल पूछथे-कस वो! बुधारू ल पूछते नही, बहू ल फोन करे हे कि नही? बिसाखा कथे-ले आज मय पूछहूं। बुधारू घर अइस ताहन खाना ऊ खा के पूछिस-कस बेटा बहू ल फोन करे रेहे। बुधारू कथे-जब वोला फिकर नइ हे त मोला का करना हे। बिसाखा कथे-तभो ले बेटा, हमर धन आय। एकाद घांव फोन करके हालचाल ल नइ पूछ लेते ग।

बुधारू-देख दाई, मोला जादा तंगा झन नही ते मय...

बिसाखा-नही ते का?

बुधारू-घर ले भाग जहूं।

बिसाखा-ए तंय का गोठियाथस बुधारू। हम्मन तोला देख के जीयत हवन अउ तंय।

बुधारू-(रोवत रोवत गाना गाथे) ''कोन जनी काय पाप करे रेहेंव, ठगड़ी कस जिनगी म कुछु सुख नइ जानेंव।''

ओतके बेर मनराखन आथे ताहन बुधारू ह अपन खोली म चल देथे।

बिसाखा ह मनराखन ल खाना ऊ खवा के अपन खोली म सुख-दुख गोठियाय बर धरिन। बिसाखा के चेहरा ह ओथरे राहय। बिसाखा के ओथरे चेहरा ल देख के मनराखन ह पूछथे-कइसे बिसाखा उदास काबर दिखत हवस, बुधारू संग गोठियाय हवस का?

बिसाखा-हव।

मनराखन-का किहिसे, बहू ल फोन करे रिहिसे का?

बिसाखा-काला फोन करही, ओ तो अउ उदण्ड हो गे हे। बस एके ठन गाना ल गावत रथे-"कोन जनी काय पाप करे रेहेंव...।"

मनराखन-हम्मन काय पाप करे हवन बिसाखा तेमा ए दिन देखे के मौका मिलत हवय।

बिसाखा-पहिली जनम म भले कुछु पाप होय रिहिस होही बुधारू के ददा फेर ए जमन म तो कुछु पाप नइ करे हवन।

मनराखन-जब ए जनम म पाप नइ करे हवन त एक ठन पुण्य के काम कर डर।

बिसाखा-का पुण्य के काम आय। अब मोला बइगा-गुनिया के ताबीज अउ पंडित करके मुंगा मोती के मुंदरी बर कभू झन कहिबे। इंकर मन ले मोर भरोसा उठ गे हवय।

मनराखन-तोला बइगा के ताबीज अउ महाराज के मुंगा मोती बर नइ काहत हवं। बल्कि अपन घर के मुंगा-मोती बर काहत हवं।

बिसाखा-कइसन मुंगा मोती?

मनराखन-अपन बहू कस मुंगा मोती बर काहत हवं।

बिसाखा-त का करंव?

मनराखन-बहू करा तिहीं फोन लगा के देख तो।

बिसाखा-मय नइ लगावंव, तिहीं बहू करा फोन लगा के देख।

मनराखन-ले समय देख के मिहीं ह काली फोन लगाहूं।

बिहान दिन मनराखन ह अपन बहू हंसा ल फोन लगइस। अपन ससुर के फोन नम्बर ल देख के तुरते उठइस।

हंसा-चरण छू के प्रणाम पापा जी।

मनराखन-खुशी राह बेटी, खुशी राह, कइसे हवस?

हंसा-खुश हवं पापा जी, मम्मी कइसे हे?

मनराखन–वहू बढ़िया हे।

हंसा–अऊ ओह?

मनराखन–बुधारू करा तंय फोन करके ओकर हालचाल ल पूछ ले।

हंसा–मय तो फोन लगा लगा के थक गे हवं पापा जी, फेर ओह तो फोन ल उठाबे नइ करय।

मनराखन–त ए बात ल मोला पहिली ले काबर नइ बताय।

हंसा–मोर हिम्मत नइ होइस पापा, लागथे ओह मोर ले नाराज हवय।

मनराखन–त अपन सास ल बता नइ देते, बुधारू ह फोन नइ उठावय कहिके।

हंसा–काला–काला बताबे पापा जी। (सुसके बर धर लेथे)

मनराखन–बता बेटी, मोला अपन बाप समझ के बता। मय तोर जीवन ल खराब नइ होवन दवं।

हंसा–मय आप ल कइसे बतावंव। तीन महीना हम्मन जुग जोड़ी अपन कुरिया म रेहेन फेर सिरिफ देखाय के रिहिसे। मय आप ल अउ सास ल बतातेंव त आप मन दुखी होतेव अउ अपन मम्मी–पापा ल बतातेंव त उमन दुखी होतिस।

मनराखन–काबर दुखी होतेन बेटी। जब तक तुमन अपन तकलीफ ल नइ बताहू त महतारी–बाप मन तुंहर समस्या ल हल कइसे करही, तिहीं बता।

हंसा–तिहीं बता पापा मय तो धरम संकट म हवं। मय तो तीन महीना ले इही गुनत रहिगेंव कि आखिर मोला काबर लाय हे! का नौकरानी बना के लाने हे? नौकरानी तो उहें पंचशील नगर म मिल जतिस फेर मोला बिहा के काबर लेगे हवय? जब ओला मय पसंद नइ रेहेंव त मोर संग बिहाव काबर करिस होही?

मनराखन–बोल बेटी बोल, मय तोर बाप बरोबर अवं। पहिली मोला बताय रेहे फेर ओतेक सिरियस नइ ले रेहेंव।

हंसा–बस पापा कतेक ल बतावंव, रोवत–रोवत आंसू ह सूखा गे हवय। (रोये बर धर लेथे।)

मनराखन–चुप बेटी चुप। भगवान अभी तोर परीक्षा लेवत हवय। आज अंधियार हे त काली अंजोरी जरूर आही। तोर नेम व्रत पूजा पाठ ले भगवान जरूर खुश होही। समय के संग सब ठीक हो जही, सब ठीक हो जही।

मनराखन–तंय जउन बात ल मुंहु ले बोलत हस ओला हमर पाके चूंदी ह समझ गे रिहिसे। तभे तो फोन करे हवं। ले तीजा मना के आबे ताहन सब ठीक हो जही।

हंसा–जी, पापा जी।(कहिके रोए बर धर लिस)

मनराखन–चुप राह बेटी, चुप राह। अपन धीरज ल झन खो। मय फोन रखत हवं। अभी तंय ए सब बात ल अपन मइके म झन बताय रहिबे।

हंसा–जी, पापा जी।

मनराखन–मय फोन रखत हवं।

हंसा–जी पापा जी, अपन तबियत के खियाल रखबे। चरण छू के प्रणाम!

मनराखन–खुशी राह बेटी, खुशी राह। (कहिके फोन ल बंद करथे)

तीजा के दिन लकठागे। अब केकती ह रामनाथ ल किहिस–तीजा लकठावत हे, सरला अउ दुलारी ल घलो फोन करते। कब आवन तीजा ले बर कहिके। केकती के आगू म फोन ल निकाल के रामनाथ ह दुलारी ल फोन लगइस–कब आवं बेटी तीजा लेगे बर कहिके। दुलारी कथे–कभू भी आ जा पापा। रामनाथ कथे–सरला दीदी ल पूछ ले, उही ह नौकरी वाले आय। एकर बाद सरला ल फोन लगाथे। सरला अपन पापा ल कथे–मोला तो जादा दिन के छुट्टी नइ मिलय, मय करू भात के दिन आहूं। दुलारी ल पहिली लेग जा। रामनाथ ह कथे–मय सोचत रेहेंव कि एके संघरा दुनो झिन ल लान लेतेंव कहिके। सरला कथे–अइसे कोनो बात नइ हे, पापा! दुलारी ह पहिली जाही ते ओला पहिली लेग जा। मय करू भात के दिन बस म आ जहूं। रामनाथ कथे–ठीक हे बेटी, दुलारी ल पूछ लेथंव, ओह काय कथे। रामनाथ ह अपन मंझली बेटी दुलारी ल फोन लगाथे। मय तोला तीजा लेगे बर आठे मान के आहूं। पहिली सरला घर जाहूं ताहन तुंहर घर आहूं। दुलारी कथे–त दीदी घलो संग म जाही का? रामनाथ–नही बेटी, ओह करू भात के दिन बस म आहूं कथे। तोला मय आठे मान के लेगे बर आहूं। दुलारी कथे–ठीक के पापा, आप ल जइसन सुविधा होवय।

दुलारी ल रामनाथ ह तीजा लेवा के लेग जथे। हंसा ह दुलारी ल देख के बिक्कट खुश हो जथे। सरला ह करू भात के दिन संझा कन मइके पहुंचथे। सरला दीदी ल देख के हंसा अउ दुलारी दुनो झिन खुश हो जथे। केकती आज तीनो बेटी ल देख के बिक्कट खुश राहय। आज तो सब झिन कुलकत रिहिन।

रामनाथ घलो आज तीनो बेटी ल देख के मने मन खुश राहय। करेला अउ तीजा के रोटी पीठा, पूजा पाठ बर तइयारी म भिड़े रिहिन हवय।

कतनो जोरा करबे तभो ले कुछु न कुछु कमती रहि जथे। रात कन केकती ह तीनो बेटी संग अपन कका ससुर घर करू भात खाय बर गिन। ओकर बाद अपन कका ससुर के बेटी मन ल घलो करू भात खवाय बर काकी सास संग लइस। तीजा के आनंद तो बेटी मन बर अइलगेच्च रथे। केकती के भइया घलो तीजा लेवाय बर आय रिहिसे फेर केकती अपन भइया ल किहिस-तंय तो जानतेच्च हवस भइया, जब ले बेटी मन ला तीजा लाथंव तब ले कहा जाथंव। केकती के भाई ह तीजा के लुगरा बर रूपिया छोड़ के गे रिहिसे। केकती उही पइसा के अपन बर लुगरा बिसाय रिहिसे। एती रामलाल ल घलो अपन बेटी मन के संगे संग केकती बर घलो तिजाही लुगरा बिसाय रिहिसे फेर फरहार के दिन केकती ह अपन भइया के दे पइसा ले बिसाय लुगरा ल ही पहिरे पर पहिली ले मन बनाय रिहिसे। करू भात खाय के बाद तीजा के दिन रोटी पीठा बनावत-बनावत अपन अपन ससुरार के बात ल गोठियाय बर धरिन। सब झिन कुछु न कुछु बात एक-दुसर ल बतावत अउ सुनत रिहिन हे। एक-दुसर संग सुख-दुख ल बांटत रिहिन हे।

गोठ बात के शुरूआत ल सरला ह शुरू करिस सरला कथे-कइसे हंसा बहिनी का चाल हे, तोर ससुरार के? मय जब ले आय हवं तब ले देखत हवं तोर चेहरा ह उदास दिखत हे। कइसे तंय अपन ससुरार म ख़ुश हवस ते नही? दमांद के बात बेवहार ह बने हे ते नही? हंसा कथे-सब बने-बने हे दीदी। दुलारी कथे-दीदी बने काहत हे हंसा तंय अपन ससुरार म खुश नइ हस तइसे लागथे। हंसा कथे-खुश हवं दीदी। ले ना आज तिहार ल बढ़िया मना लेथन ताहन काली फरहारी के बाद घर परिवार के बात ल गोठियाबोन। ओतके बेर केकती आ गे। अपन मम्मी ल आवत देख के चुप रहिगे। केकती ह अपन बेटी मन ल किहिस-का खुसुर-फुसर चलत रिहिसे। काबर बंद कर देव। सरला कथे-कुछु नही मम्मी, हम्मन अपन-अपन घर दुआर के बात ल गोठियावत रेहेन।

हंसा ह अपन मामी करा फोन म सब सुख-दुख गोठियावत राहय। तेकरे सेती हंसा के सबो बात ह ओकर मामी ल मालूम रिहिसे फेर हंसा ह अपन मामी ल किरिया खवा दे रिहिसे कि ए बात ल घर म कोनो ल झन बताबे कहिके।

मइके वाले मन जानत रिहिन हे कि एह भले कोनो ल नइ बताही फेर मामी ल जरूर बताय होही। सरला ह समय देख के रतिहा अपन मामी करा फोन लगइस। हंसा ह तोला कुछु बताय हवय का मामी ? मय ह जब ले देखत हवं, हांसत कुलकत हंसा के चेहरा ह अइलाये कस दिखत हवय। मामी ह बात ल सम्हालत किहिस-अइसे कोनो बात नइ हे, हंसा के एसो पहिली तीजा आय तिही पाय के उपास धास के सेती चेहरा-मुहरा ह अइलाये कस दिखत होही। एसो मामी ह घलो तीजा नइ गे रिहिसे काबर कि वहू ह अपन बेटी मन ल तीजा लाय रिहिसे। मामी ह सरला ल किहिस-फरहार के बाद दु-चार दिन बर हमरो घर हंसा ल छोड़े बर कहिबे तोर पापा ल भाची। सरला ल किहिस-हव मामी मय पापा ल तुंहर घर हंसा ल छोड़े बर कहि दुहूं।

हंसा बहुत समझदार लड़की रिहिसे। ओह उपास के दिन सोचथे कि तीजा उपास पति के दीर्घायु बर रहिथे कहिके त महूं ह शंकर भगवान ले बिनती करहूं कि मोर पति ल दीर्घायु दे अउ ओह नशा पानी ल तियाग के अपन जिम्मेदारी ल सम्हालय। चतुर्थी के दिन भगवान के पूजा पाठ करत हंसा ह शंकर भगवान ले इही वरदान मांगिस अउ किरिया खइस कि कइसनो करके अपन घर गृहस्थी ल सम्हालहूं कहिके।

फरहार के बाद रामनाथ ह सरला अउ दुलारी ल पहिली उंकर ससुरार छोड़िस ताहन हंसा ल अपन सारा घर छोड़िस। कानो कान उमन ल चेता के छोड़िस कि हंसा ल जादा दिन झन राखहू, हंसा ल जल्दी ओकर ससुरार पहुंचा दुहू। रामनाथ ह हंसा ल छोड़ के अपन गांव लहूट गे। हंसा अउ ओकर मामी रात म सुते के बखत सुख-दुख गोठियाना शुरू करिन। सबले पहिली मामी ह पूछिस-मन ह तोर ससुरार म माढ़त हवय ते नही ? अतना ल सुनिस ताहन हंसा ह गोहार पार के रो डरिस। हंसा के रोवई ल देख के ओकर मामी ह फफक-फफक के रोवत-रोवत चुप करइस। हंसा के मामी किहिस-तोर सबो बात ल तो मय फोन म जान डरे रेहेंव। हम्मन तो आंजत-आंजत तोर जिनगी ल कानी कर डरेन भाची। मय सोचत रेहेंव दमांद के कलेक्ट्रेट ऑफिस म परमानेंट नौकरी होही कहिके फेर बाद म पता चलिस कि ओह कलेक्टर रेट म गार्ड के काम करत रिहिसे। वहू ह बने ढंग से ड्यूटी नइ करत रिहिसे ताहन ओला नौकरी ले निकाल दिस।

नौकरी रहितिस अउ दरूवाहा हे कहिके जानत रहितेन तभो ले तोला ओ घर म नइ देतेन। हंसा कथे- एमा तुंहर दोष हे न मम्मी पापा के। एमा तो मोर करम के दोष हे। मोर भाग म इही लिखाय हवय तेला मय का करंव। एला तो मुहिच्च ल भोगे बर परही। हंसा किहिस-एक दिन बाद मोला मोर ससुरार पहुंचाय बर ममा ल कहि देबे। मामी ह कथे-त का अइसने अपन जिनगी ल काट डरबे। हंसा कथे-हव मामी। सबो दिन ह एके बरोबर नइ राहय। आज अंधियार हे त काली अंजोर आबे करही। मामी ह कथे-तहूं ह कोन माटी के बने हस हंसा। जिंहे तन के सुख न मन के सुख उहां अपन जिनगी ल काट लुहूं कहिथस। हंसा कहिथे-मोला परन दिन ससुरार जाना हे नही ते तुंहर दमांद ह खिसियाही, बड़ टिरटिरहा हवय।

हंसा के ममा चार जघा उठने-बइठने वाला रिहिसे। थोर बहुत सामाजिक बइठक म घलो आवय-जावय। राजनीति म घलो दखल रिहिसे। दुनिया देखे रिहिसे। कलाकार रिहिसे। कइसे नाटक करना हे तेला बखूबी जानत रिहिसे। अपन गोसइन ल समझा दिस। हम्मन नइ अमरावन भाची ल, उमन खुदे लेगे बर आही ताहन उंकर मजा बताबोन। मय ह कुछु नइ बोलंव, तंय समधीन ल चमकाबे। हंसा के मामी ह घलो लड़न्तीन तो रिहिसे, हव कहि दिस। तीजा मनाय के तीन-चार दिन बाद बुधारू ह हंसा ल फोन लगइस, कब आवत हस? हंसा किहिस-काली ममा ह अमराहूं काहत हवय। बुधारू कथे-ठीक हे। जेन दिन हंसा ह अमराए बर केहे रिहिसे ओ दिन जानबूझ के ओकर ममा ह दुसर गांव चल दिस। एती हंसा ह अपन ससुरार जाय बर तइयार रिहिसे फेर ममा ह रात कना अइस। ए नाटक ल मामी जानत रिहिसे। जानबूझ के खिसियइस-कइसे एती भाची ल अमराहूं केहे रेहे अउ अतेक रात कन आवत हवस। ममा ह किहिस-कामे ह अइसे आ गे कि देरी हो गे। मामी ह किहिस-अउ तोर मोबाइल घलो नइ लगत रिहिसे। ममा ह कथे-मोबाइल के बैटरी डाउन हो गे रिहिसे। एती बुधारू ह हंसा ल फोन कर-कर के पूछत-पूछत थक गे रिहिसे, कब आबे कहिके? हंसा अब बताय ते बताय काला। आज अमराही कहि दिस। बुधारू, मनराखन अउ बिसाखा ह रद्दा देखत रहिगे फेर रात दस बजे तक उंकर दउव्हा नइ रिहिसे।

मनराखन ह हंसा के ममा ल फोन लगइस-आज बहू ल अमरइया रेहेव फेर पहुंचाय नइ हव। हंसा के ममा किहिस-असल म मय जरूरी बूता म फंस

गे रेहेंव, तिही पाय के अमराए बर नइ आ पायेंव अउ मोर मोबाइल के बैटरी ह उतर गे रिहिसे तिही पाय के मय फोन घलो नइ लगा पायेंव। लेव न मय काली आ जहूं भाची ल अमराये बर। बिहान दिन सोसाइटी जाथंव कहिके बहाना मार के दुसर गांव चल दिस। बुधारू ह फेर सांझ कना हंसा ल फोऩ लगइस। आज कतेक बेर पहुंचत हव ? हंसा कथे–देख न ममा ह सोसायटी गेहे तेह अभी तक आय नइ हे, आही ताहन आबोन। आजो घलो ओकर ममा ह हंसा ल ससुरार नइ पहुंचइस। अब मनराखन ल समझे म समय नइ लगिस कि ओकर ममा ह बहू ल नइ अमराना चाहत हे। मनराखन बिसाखा अउ बुधारू ल कथे–उमन नइ अमराने वाला हे, बहू ल लाय बर हमीच्च मन ल जाय बर परही। काली मय टेम्पो बुक कर देथंव, बिहनिया ले जाबोन अउ खाना खाय के बेरा ले आ जाबोन।

बिहनिया ले उठीन, जल्दी–जल्दी तइयार होके मनराखन बिसाखा अउ बुधारू ह हंसा के ममा गांव पहुंच गे। हंसा ह अपन ममा ल काहत रिहिसे, आज मोला पहुंचा दे। तुंहर दमांद ह नाराज होही। ममा के मन तो पहुंचाये के रहिबे नइ करे रिहिसे। आजो काहत रिहिसे–ठीक के भाची आज थोकिन बैंक के काम हे। तंय तइयार रहिबे, मय आहूं ताहन पहुंचा दुहूं। हंसा के ममा ठउंका निकले बर फटफटी चालू करत रिहिसे, ओइसने म मनराखन, बिसाखा अउ बुधारू ह हंसा ल लेगे बर पहुंच गे। ममा ह फटफटी ल बंद करिस ताहन सगा मन के अपन घर म स्वागत करिस। ममा ह हंसा अउ अपन गोसइन ल किहिस–सगा आय हे वो, पानी देव। हंसा ह लोटा म पानी धर के निकल के गोड़ धोये बर पानी दिस अउ पांव पलागी करिस। चाहा पानी पिये के बाद मनराखन कथे–चल हंसा तइयारी कर, जल्दी निकलबो। अतका ल सुनते भार हंसा के ममा ह कथे–चल न थोकिन खेत डहार ले आबोन ताहन खाना खा के जाहू। हंसा के ममा ह मनराखन ल खेत डहार लेग के मेड़ म बइठ के बातचीत शुरू करिन–

मनराखन–कइसे बहू ल पहुंचावत नइ हव समधी महराज।

आज आबो, काली आबो कहिके काहत रहिगेव। आप मन के रद्दा देखत हमर आंखी मन थकगे ताहन हमी मन लेगे बर आय हवन।

ममा–ओ तो बने बात आय समधी महराज फेर ए बता उहां हंसा जा के का करही ? जउन सुख के खातिर हंसा के बिहाव करे हवन ओला उही सुख नइ मिलही त का मतलब बतावव ?

मनराखन–मय सब ल समझत हवं समधी महराज फेर समय के संग सब ठीक हो जही। हमला मउंका तो दव।

ममा–काला मउका देबे? हम्मन तो तुंहर संग रिश्ता जोड़ के धोखा खा गे हवन। कतेक उछाह के संग बेटी ल हम्मन बिदा करे रेहेन फेर ओकर जिनगी ह मटिया मेट हो गे हवय तइसे लागथे। एक घांव नौकरी चाकरी नइ रहितिस तभो चलतिस फेर दरूवाहा के संग हंसा के बिदा नइ करतेन। अब तो सब पता चल गे हवय। बुधारू ह कलेक्टर रेट म कलेक्टर कार्यालय म गार्ड के नौकरी करत रिहिसे। उहों ठीक से ड्यूटी नइ करे के सेती छोड़ा दे हे। हम्मन तो धोखा खा गे हवन धोखा।

मनराखन ह अतेक सुनइया नोहे फेर बुधारू के नाव ले के मुड़ी गड़ियाये बइठे सुनत रहिगे। ओकर ममा किहिस–अब हंसा ल कोनो हालत म तुंहर घर नइ भेजन।

मनराखन बहुत हाथ पैर जोड़िस। अइसे झन करव समधी महराज। समाज म, घर म हमर बदनामी होही। ममा किहिस–अउ भाची के जिनगी बिगड़ही तेला कोन सम्हालही? ओ तो अंतराम गुरूजी उपर भरोसा करके दे परेन। अंतराम ह घलो हम्मन ल अंधियार म रखिस। कोन जनी वहू ह जानत रिहिस कि नइ जानत रिहिसे।

मनराखन ह अपन समधी ले बिक्कट बिनती करिस फेर समधी ह हंसा ल पठोय बर राजी नइ होइस। गोठ बात खतम होय के बाद ममा ह मनराखन ल बइठार के घर लानिस। घर म बिसाखा किहिस–चल हंसा बैग ल निकाल घर जाबोन, टेम्पो वाले ल देरी होवत हे ओकर एक ठन अउ बुकिंग हवय। अतना ल सुनिस ताहन हंसा के मामी के तरूवा गरम हो गे। मामी ह खिसिया के किहिस–अई जउन सुख बर भाची ल बिदा करे हवन उही सुख ओला नइ मिलही त उहां काय करे बर जाही? नौकरानी के जरूरत रिहिस होही ल उही डहार लगा लेतेव। मामी के बात ल मनराखन, बिसाखा अउ बुधारू ह मुड़ी गड़िया के सुनत रिहिसे। मामी किहिस–हम्मन हंसा ल नइ भेजन। बात ल जादा बाढ़त दिखिस ताहन हंसा ह अपन मामी ल किहिस–तुहीं मन तो मोला समझाये रेहेव मामी, ससुरार ले मर के निकलबे फेर जियत-जियत झन निकलबे कहिके। मामी मय आप ले हाथ जोड़ के बिनती करत हवं, मोर सास, ससुर अउ पति ल कुछु झन काह। मय अपन ससुरार जाहूं।

मय मोर परिवार के अपमान नइ सहि सकंव। हंसा अपन सास ल कथे-चल मम्मी चलबोन अपन घर। मय तो ममा ल तीन दिन पहिलिच्च के काहत रेहेंव फेर ममा ह टरकावत रिहिसे। मय नइ जानत रेहेंव कि तुमन ओखी करत रेहेव कहिके। हंसा के बात ल सुन के मामी अउ ममा ह दंग रहिगे। मनराखन, बिसाखा अउ बुधारू के शान बढ़गे। ममा बहुत मनइस, खाना खा के जाहू कहिके फेर मनराखन ह किहिस-खाय के बेरा ले तो पंचशील नगर पहुंच जबो कहिके। चारो झिन टेम्पो म बइठ के पंचशील नगर पहुंच जथे।

चारो झिन घर म आए के बाद खाना खा-खुवा के आराम करिन। सबके मुंहु ह फूले रिहिसे। हंसा ह अंदरे-अंदर समझत रिहिसे फेर हंसा तो तीजा के दिन शंकर भगवान करा अपन घर ल सुधारे खातिर बरदान मांगे रिहिसे। सब सोच के रखे रिहिसे कि अपन ससुरार के वातावरण ल कइसे बदलना हे कहिके। हंसा ह पहिली ले ठान ले रिहिसे कि सास-ससुर अउ पति ह कतनो कुछु भी बोलही ओला मुड़ी गड़िया के सुनना हे कहिके। अब मनराखन, बिसाखा, बुधारू अउ हंसा ह बिहान दिन गोठ बात करे बर बइठिन। ओतका बेर संतु ह स्कूल गे रिहिसे। अब मनराखन किहिस-बता बहू घर के बात ल बाहिर बताय के का जरूरत रिहिस? मोला तोर ममा बिक्कट सुनाय हे। बिसाखा कथे-बेटी वाले हो के तोर मामी ह महूं ल बिक्कट सुनाय हे। बुधारू कथे-तंय लबारी काबर गारत रेहेंस-आज आवत हवं, काली आवत हवं कहिके। हम्मन ल सोज-सोज बता दे रहिते ते पहिलिच्च दिन तोला लेगे बर आ जय रहितेन अउ तोला लेगे बर आयेन त उपराहा म तोर मामी-ममा ह हमर मन के घोर बेज्जती करे हवय, का हम्मन उंकर आगू म दु कौड़ी के आदमी नइ हन। घर म ए सब ल बताय रहिते कि तोर इहें रेहे के मन नइ रिहिस ते तोला उही दरी तोर मइके पहुंचा देतेन। यदि मय तोला पसंद नइ आए रेहेंव त मोर संग काबर बिहाव करे होबे? हंसा सब जानत रिहिसे कि एमा न मोर गलती हे न ममा मामी के। सबो गलती इंकरे आय।

हंसा ह मने मन सोचिस मान ले कुछु काहत हवं त विवाद ह बाढ़ही कहिके कलेचूप सब झिन ल माफी मांगिस। मोला माफी दे देव पापा जी, मोर ले गलती हो गे। मय किरिया खावत हवं, अब घर के बात बाहिर नइ जावय। मय मामी ल कानो कान चेताए रेहेंव कि तंय कोनो ल झन बताबे कहिके तभो ले ममा ल बता दे रिहिसे। मय उंकरो डाहर ले माफी मांगत हवं।

मय तो उमन ल तीन दिन पहिली के अमराए बर काहत रेहेंव फेर मय नइ जानत रेहेंव कि उंकर मन ह अमराए के नइ हे कहिके। मोर पति कुछु राहय फेर मोर बर तो परमेश्वर आय। आप मन मोर मम्मी-पापा अव। मोला माफी दे दव माफी। मनराखन ह बुधारू ल कथे-एमा गलती सिरिफ बहू भर के नइ हे एमा सबले जादा गलती तोर हवय। अतेक सब सुने बर मिलिस एह सब तोर सेती आय। अतका ल सुनिस ताहन बिसाखा कथे-कइसे बुधारू, हम्मन सब सियान हो गे हवन। कब तक ले तोर लड़कमति रही। अब बर बिहाव हो गे हे, अपन जिम्मेदारी ह तोला उठाए बर परही। मनराखन कथे-अब एती सबो झिन सुंता सलाह ले रहिबोन। बुधारू घलो कथे-अब एती मोर ले गलती नइ होवय कहिके माफी मांगथे। हंसा ह अपन सास-ससुर अउ पति के पांव परथे अउ बुधारू ह अपन दाई-ददा के पांव पर के माफी मांगथे।

छत्तीसगढ़ म एक ठन कहावत हे कुकुर के पूछी टेड़गा रथे तेह कभू सोज होबे नइ करय। बुधारू फेर रात कना दारू पी के आ गे फेर उही पुराना बेवहार पीना खाना। आज रात तो हंसा ह चुप रिहिस। कुछ दिन बुधारू के बेवहार ल देखत रिहिस। मिटिंग म जउन वादा करे रिहिसे कि सब झिन बढ़िया रहिबोन कहिके। ओकर थोरको असर नइ दिखत रिहिसे।

अब हंसा ह अपन मिशन के शुरूआत करिस। रोवत रोवत अपन पति के नाम चिट्ठी लिखिस-सादर प्रणाम! आप मोर बर परमेश्वर अव। इहां सास-ससुर देवी-देवता कस हवय फेर मंय सास-ससुर ल ही देख के कइसे अपन जिनगी काट पाहूं। बिहाव के बाद मय मइके भी नइ जा सकंव। मय न आप बर गरू बनना चाहत हवं, न सास-ससुर बर न अपन मम्मी-पापा बर। यदि आप नइ सुधरहू त मय अइसे जघा तीरथ धाम करे बर चल दुहूं जिहां आप मन मोला नइ खोज सकहूं। ए निर्णय आपके उपर हे। आप दारू पियई ल छोड़ के व्यवहारिक जिनगी जीहूं तब तो मय आपके संग रहूं नही ते मय तीरथ यात्रा करे बर दु दिन बाद चल दुहूं। आपके निर्णय मोला एक दिन म चाही नही ते मोला अपन निर्णय ले बर परही। चिट्ठी ल पढ़ के बुधारू हड़बड़ा गे। अइसन कहूं हो जही त बहुत गड़बड़ हो जही। महतारी-बाप मन तो अइसने चिंता फिकर म कमजोर होवत जावत हे अउ ओतके धूमधाम ले बिहाव करे हे। घर, परिवार अउ समाज म हमर का होही?

अब बुधारू ह अपन आप ल बदले बर निर्णय लिस। बुधारू ह हंसा के मुड ल देख के किहिस–मय तोर चिट्ठी ल पढ़ डरे हवं। मय अब तक ले तोला बहुत तकलीफ दे हवं फेर अब तंय जइसन कहिंबे ओइसने करहूं। हंसा किहिस–मोला अभी घलो तोर उपर भरोसा नइ हे? बुधारू किहिस–तोला भरोसा देवाय बर मोला काय करे बर परही? हंसा कथे–मोर मुड़ी म हाथ रख के किरिया खा अब मय गलत रद्दा म नइ जांव अउ छोटे–मोटे नौकरी करहूं कहिके। काहे कि पत्नी ल तब गर्व होथे जब ओकर पति ह कमा के लानथे भले तन्खा कम राहय। अब एती हम दुनो झिन मिलके घर के जिम्मेदारी ल उठाबो। बुधारू ह हंसा के शर्त ल मान के नशा पानी ल छोड़ के अपन पुराना प्राइवेट नौकरी ल ज्वाइन कर लेथे। अब मनराखन अउ बिसाखा, बुधारू के जीवन परिवर्तन ल देख के दंग रहिगे। अब मनराखन घलो काम धन्धा म लग गे। हंसा ह घर के काम बूता के संगे संग अपन पढ़ई ल घलो जारी रखिस। बुधारू ल घलो पोस्ट ग्रेजुएट करवइस। एती संतु ल घलो हंसा ह मार्गदर्शन दे के धीरे–धीरे ओकर पढ़ई ल जारी रखिस। अब धीरे–धीरे घर ह पटरी म आय बर धर लिस। उही समय शिक्षक खातिर विज्ञापन निकलिस। ओमे हंसा के नियुक्ति हो गे। अब तो मालिक के किरपा बरसे बर धर लिस। हंसा ल सोलह शुक्रवार के वैभव लक्ष्मी के व्रत करिस। घर म माता के किरपा ले लक्ष्मी के बरसात होना शुरू हो गे। हंसा के पोस्टिंग मोहलई गांव म होइस। हंसा ह पंचशील नगर ले मोहलई अप–डाउन करके अपन गृहस्थी ल सम्हाले बर धरिस। अब तो हंसा ह बुधारू के पूरा जीवन शैली ल बदल चुके रिहिसे। छुट्टी के दिन बुधारू ह संझा कन सब झिन ल सकेल के रामायण सुनावय। त भगवान श्रीराम के किरपा घलो होय पर धर लिस। बुधारू ह कंप्यूटर कोर्स कर डरे रिहिसे। उही समय पटवारी के विज्ञापन निकलिस। हंसा ह बुधारू ल जोरदार तइयारी करवइस। बुधारू के सलेक्शन पटवारी म हो गे। बुधारू के पोस्टिंग बघेरा म होइस। बुधारू घलो पंचशील नगर ले आना–जाना शुरू करिस।

अब मनराखन अउ बिसाखा ह इंकर खुशी ल देख के खुश राहय। एक दिन मनराखन ह किहिस–हम्मन बिक्कट भागमानी अन बिसाखा कि अइसन सौभाग्यवती ''बहू हाथ के पानी'' पिये बर मिलिस। जउन ह हमर घर ल स्वर्ग बना दिस। बिसाखा कथे–अतना दुख तकलीफ म दुसर बहू होतिस

ते भगा जतिस। मनराखन कथे-हव बिसाखा, अब तो संतु घलो बने पढ़त-लिखत हे। हंसा अउ बुधारू ह अपन मेहनत के बदौलत महमरा गांव म दु एकड़ जमीन घलो बिसा डरिन। धीरे-धीरे करके घर बनाय खातिर पंचशील नगर म जमीन बिसइन अउ कुछ दिन बाद संतु बर बघेरा म जमीन लिन।

हंसा ह बढ़िया सियानी करत रिहिसे। घर के जिम्मेदारी ल बुधारू अउ हंसा दुनो बढ़िया सम्हाल ले रिहिन हे। अब संतु ल पढ़ा-लिखा के नगर निगम दुर्ग म क्लर्क के नौकरी लगइन। संतु के नौकरी लगे के बाद अब तो सबो झिन मिलके पंचशील नगर दुर्ग के प्लाट म घर बनइन। बुधारू ह अब तक ले दु लइका के बाप बन गे रिहिसे। एक झिन नोनी अउ एक झिन बाबू रिहिसे। हंसा, बुधारू अउ संतु के ड्यूटी के सेती अब घर म लइका अउ सियान मन ल देखइया कोनो नइ रही जाय। वोइसे भी संतु ह अब बिहाव के लइक हो गे रिहिसे अउ बिसाखा ह हंसा अउ बुधारू ल किहिस-"अब मन ह करथे, संतु के माथ म घलो दु बीजा चांउर टीक लेतेन कहिके। बुधारू अउ हंसा तो पहिली ले संतु के बिहाव के तइयारी म लगे रिहिन हे।"

हंसा ह बुधारू ल कथे-मय तो घर बनाय बर लोन ले डरे हवं अब तंय ह देवर के बिहाव बर लोन ले लेबे। अब तो घर म तीन झिन कमइया हो गे हवन, कइसनो करके घर ह चल जही। बुधारू ह हंसा ल हामी भर देथे। हंसा ह अपन देवर ल कथे-एसो हमन तोर बिहाव करबोन कहिके सोचत हवन, बने बने बता तोला कोनो लड़की पसंद हे का? यदि होही त बताबे नही ते तोर भइया ल कहूं तोर बर लड़की देखे बर। संतु ह कथे-अइसे कोनो बात नइ हे भउजी फेर अभी ले मोर टोटा म घंटी काबर बांधना चाहत हव? हंसा मजाक म कथे-अच्छा त का मय तोर भइया के घंटी अंव का? नही भउजी मय तो अइसने मजाक करत रेहेंव। हंसा कथे-मय जानत रेहेंव। तंय मजाक करत हवस। त का लड़की खोजे बर कहि दवं तोर भइया अउ सियान मन ल? संतु लजावत कथे-जइसे तुमन उचित समझव। मय आप मन के बात ल मना कर सकथंव का? आज मय जउन भी हवं तुंहरे परसादे हवं। ए एहसान ल मय कभू नइ भुलावंव भउजी। हंसा कथे-हमन तोर उपर कोनो एहसान नइ करे हवन समझे। पढ़ा-लिखा के तोला अपन पांव म खड़ा करना हमर जिम्मेदारी रिहिसे। अब तोर घर ल बसा देबोन ताहन हमर जिम्मेदारी पूरा हो जही। तोर जिम्मेदारी लेवइया सुन्दर असन देरानी आ जही ताहन हम्मन फुरसद हो जबोन।

हंसा बुधारू ल किहिस-मोर सहेली बतावत रिहिसे गिरधारी नगर दुर्ग म संतु के लइक बढ़िया लड़की हवय। दाई-ददा ल पूछ के बात चलावव अउ लड़की के नाव घलो बढ़िया हवय। परिवार घलो बने हे काहत रिहिसे। बुधारू कथे-नोनी के का नाम हे ? हंसा कथे-नोनी के नाम हेमलता हे ? नाम तो बढ़िया हे। हंसा कथे-मय तो राशि-बरग घलो मिलान कर डरे हवं। गुन घलो बढ़िया मिलत हे। सबो झिन सुन्ता सलाह होके संतु के रिश्ता ल हेमलता संग पक्का कर देथे। अब तो मनराखन अउ बिसाखा ह छोटे बेटा संतु के "बहू हाथ के पानी" घलो पिये बर मिलगे कहिके भारी खुश हो गे। अब तो घर ह स्वर्ग कस लागे बर धर लिस। हेमलता ह घर के काम बूता ल सम्हाल लिस।

नवा सत्र म शिक्षा विभाग डाहर ले शिक्षक अउ शिक्षिका मन के प्रमोशन लिस्ट निकल गे। लिस्ट म हंसा के घलो प्रमोशन हो गे रिहिसे। हंसा ल हेड मास्टरीन के रूप म बेरला ज्वाइन करना रिहिसे। अब इमन असमंजस म रहिगे फेर आखिर म बुधारू अउ हंसा मिलके फैसला लिन कि प्रमोशन ल नइ छोड़न। बेरला म हंसा ह हेड मास्टरीन के पद ल ज्वाइन करथे। कुछ दिन बाद बुधारू घलो भीड़ भाड़ के अपन ट्रान्सफर बेरला म करवा लिस। अब घर म सास-ससुर ल हंसा पूछिस तुमन कतिंहा रहूं ? मनराखन अउ बिसाखा कथे-हम्मन इहें संतु संग रहिबो काबर कि इहें जिनगी ल काटे हवन। इहें सब जान-पहिचान हवय। तिही पाय के हम्मन छोटे बेटा-बहू संग रहिबोन। कभू कभू तुंहरो घर आ जबोन। बुधारू कथे-ठीक हे जब तुंहर जिंहा मन लगे उहें रइहव। बस मां-बाप के खुशी ले बढ़ के हमर मन बर अउ का हे ?

अब बुधारू अउ हंसा ह बेरला म अपन लइका मन ल पढ़ावत-लिखावत सुखी से जीवन काटत रिहिन हवय। एती संतु अउ हेमलता घलो अपन संग सुग्घर जिनगी बितावन लगिस। अब एती मनराखन अउ बिसाखा मन घलो जादा सियान हो गे रिहिन हे। साल भर म संतु घलो बाप बनगे। अब संतु के जिम्मेदारी बाढ़ गे। अब सियान मन के तबियत जादा खराब होय ले इलाज पानी म जादा खरचा आय लगिस। अब सेवा जतन घलो हेमलता ल जादा करे बर परत रिहिसे। हेमलता ल अब धीरे-धीरे अपन सास-ससुर के सेवा जतन ह जियाने बर धरत रिहिसे। सियान मन बर हेमलता के बेवहार बदलत रिहिसे। एला सियान मन घलो समझत रिहिसे। अब हम्मन इंकर मन बर गरू होवत हवन कहिके। हेमलता के बेवहार ह संतु बर घलो बदले बर धर लिस।

बात-बात म चिड़चिड़ाना, बात-बात म लड़ई-झगरा करना। संतु ल समझ तो आवत रिहिसे कि हेमलता ह काबर अतेक चिड़चिड़ावत हे तेह। एक दिन हेमलता ह संतु ल साफ-साफ सुना दिस-का तोर दाई-ददा के सेवा करे के ठेका हमी मन लेहन। अब ए मोर से नइ हो सकय। मय मोर लइका के सेवा जतन ल देखंव कि सियान मन के सेवा जतन ल। जेठानी कइसे अपन लइका ल पढ़ावत-लिखावत बेरला म मस्त हवय। संतु कथे-ले न मय भइया संग बात करहूं। हेमलता कथे-बात करके बताबे अपन भइया ल कि हमर वेतन ह कम हवय। उपर ले बहुत अकन रूपिया ह सियान मन के इलाज पानी म चल देथे। इहां घर चलाना मुश्किल होवत हे त हम्मन अपन लइका बर कब रूपिया सकेलबोन। संतु ह हेमलता ल समझाथे-अइसन झन काह हेमलता। आज जउन भी हवन भइया-भउजी के परसादे हवन। मोला भउजी ह पढ़इस-लिखइस अउ नौकरी घलो लगइस। हेमलता ह कथे-त तोर महतारी-बाप ह तो घलो बड़े ल पढ़इस-लिखइस होही। ए सब तो बड़े मन के फर्ज आय। संतु कथे-त हम्मन महतारी-बाप के सेवा करके अपन फर्ज ल काबर निभा नइ सकन। हेमलता खिसिया के कथे-''त का फर्ज ल निभाए बर अकेल्ला ठेका ले हवन का?''

संतु ह हेमलता ल समझाथे-तंय अइसन झन सोच हेमलता-तंय नइ जानस, हमर घर के हालत बहुत खराब रिहिसे। भइया ह दरूवाहा हो गे रिहिसे। महतारी-बाप ह भाजी पाला बेच के ले दे के घर ल चलावत रिहिन हे। घर म जब ले भउजी अइस तभे ए घर के दिशा ह बदलिस। ए सब नौकरी-चाकरी पक्का घर दुआर दिखत हे एक सब भउजी के देन आय। हेमलता खिसिया के कथे-तोला अपन भउजी के गुन ल गाना हे त मय ए घर म नइ राहंव। तंय जान अउ तोर भइया-भउजी जानय अउ तोर महतारी-बाप जानय। संतु अब तो धरम संकट म परगे रिहिसे। आखिर करे ते करे का जाय? अब अपन गोसइन ल देखे कि महतारी-बाप ल कि भइया-भउजी के सम्मान ल। संतु ह हेमलता ल समझइस कि घर ल छोड़े ले समस्या के निदान नइ होवय हेमलता, तोर का बिचार हे तेला बता? हेमलता कथे-हमला बांटा चाही, बांटा। जब बांटा हो जही त हमु मन अपन लोग लइका बर पूंजी पसरा बना लेबोन अउ सेवा जतन बर सियान मन के घलो बांटा कर लेबोन। छै महीना उमन राखही अउ छै महीना हम्मन राखबोन। संतु ह हेमलता ल

बहुत समझइस फेर हेमलता समझे के नामे नइ लिस। संतु किहिस-ठीक हे, एसो भइया-भउजी मन देवारी म आही। उही समय तिहार माने के बाद बांटा के बात ल कर लुहूं अउ बांटा करवा लेबोन। हेमलता सुन के खुश हो गे।

सियान मन के प्रति बेवहार ह तो जस के तस रिहिसे फेर संतु के बेवहार बर काफी बदलाव आ गे। अब तो हेमलता ह संतु ल बिक्कट मया करे बर धर लिस। संतु ल खुश करे बर ओकर आगू म अपन सास-ससुर मन संग घलो मीठ-मीठ गोठियाये बर धर लिस। मनराखन अउ बिसाखा दुनो झिन बिक्कट खुश रिहिन हे कि भगवान ह अपन दुनो बेटा बर सुग्घर बहू दे हे। धन भाग हम्मन ल "दुनो बहू हाथ के पानी" पिये बर मिलिस, अइसने बहू सब ल मिलय फेर मनराखन अउ बिसाखा नइ जानत रिहिन हे कि छोटे बहू के मीठा बचन के पीछु म कतना छलकपट लुकाय रिहिसे।

देवारी तिहार मनाय बर बुधारू ह परिवार सहित चार दिन पहिली अइस। आये के बाद सब झिन बर कपड़ा लत्था लिन। सब झिन खुशी-खुशी देवारी तिहार मनइन। एसो के देवारी तो घर म जगमग अंजोर करत रिहिसे। हंसी खुशी देवारी ल मनइन फेर पता नही घर ल काकर नजर लग गे ते। घर के अच्छा बढ़ोत्तरी होथे ओइसने वो घर के विकास ल गरहन लगे बर घर लेथे। बस अइसने गरहन मनराखन अउ बिसाखा के बनाय सुग्घर घरघुंदिया म घलो लग गे। अब तो अतेक सुग्घर घरघुंदिया के उजरे के समे आ गे रिहिसे। तिहार मनाय के बाद अब बुधारू ह अपन महतारी-बाप ल किहिस कि काली हम्मन बेरला जाबोन। मनराखन कथे-ठीक हे बेटा। ले काली चल दुहू फेर हम्मन ल देखे-सुने बर बीच-बीच म आवत-जावत रहू। बुधारू कथे-ठीक हे पिताजी। संतु कथे-काली जाबोन कहिथव त बिहनिया आपके संग थोकिन गोठियाना रिहिसे। बुधारू किहिस-ठीक हे संतु काली नाश्ता करे के बाद बइठ जबोन का होही। बुधारू रात कन सोचत रथे कि आखिर संतु ह का गोठियाना चाहत हवय। हंसा ह बुधारू ल गुनत देख के कथे-का हो गे, भारी उदास दिखत हवस? बुधारू ह हंसा ल कथे-तंय तो सुने हवस न, संतु ह काली का गोठियाना हे काहत रिहिसे। हंसा समझाथे-ठीक हे न, ओमे जादा गुने के का बात हे? एती संतु अउ हेमलता ह रात भर योजना बनाथे कि काली का कहना हवय। संतु के मन तो नइ रिहिसे कि अपन भइया-भउजी अउ महतारी-बाप के आत्मा ल दुखाय के फेर "होइहैं वही जो राम रचि राखा।"

बिहनिया नहा धो के हंसा ह बेरला लहूटे बर तइयारी म भीड़ गे। हेमलता नाश्ता के तइयारी म लग गे। सब झिन नाश्ता करे बर धर लिन। नाश्ता करे के बाद बुधारू ह संतु ल किहिस–काय गोठियाहूं काहत रेहे त ले गोठिया डर ताहन हमु मन ल जाना हे। नाश्ता करे के बाद संतु किहिस–बोले के हिम्मत तो नइ हे भइया फेर बोले बर परत हवय।

बुधारू–एमा हिम्मत के का बात हे, बता न भाई जउन भी तोर मन म होही?

मनराखन–बता न संतु कोनो भी किसम के ऊंच–नीच होही तेला निपटाबो।

बुधारू–पिता जी ह बने काहत हे संतु, अतेक बढ़िया घर चलत हे। विकास बर तोर अऊ कुछु योजना हे त बता।

संतु–हव भइया एक ठन योजना हवय।

बुधारू–का योजना? बने फोर के बता।

संतु–मोला बांटा चाही।

(सब झिन बांटा के नाम ल सुन के सन्न रहि जथे।)

बुधारू–अइसे का बात आ गे तेमा, बांटा बर सोच डरे।

संतु–बात आ गे हे भइया।

बुधारू–बताबे का बात आगे हे तेला?

संतु–भइया एक तो मोर तनख्वाह कम अउ फेर महूं बाप बन गे हवं। उपराहा म दाई–ददा के इलाज म कतनो रूपिया चल देथे। हम्मन हलाकान हो गे हवन।

मनराखन–अरे, अब हमर सेती तुमन हलाकान होवत हव। हम्मन तुंहर बर गरू हो गे हवन। एला पहिली ले बताय रहिते ते हम्मन तुंहर खुशी के खातिर खुदे कोनो जघा अपन बेवस्था कर लेतेन।

बुधारू–अइसे कइसे गोठियाथस ददा। तुमन अतेक मेहनत करके हम्मन ल पढ़ाय–लिखायेव। ओकर बाद हमर मन के नौकरी लगा के घर बसायेव। त का हम्मन तुंहर बेवस्था नइ कर सकन?

संतु–उही बेवस्था खातिर तो मय बांटा के प्रस्ताव रखे हवं भइया जी।

(सब झिन ल समझे म जादा समय नइ लगिस कि ए सब छोटे बहू हेमलता के चाल आय कहिके। एती हंसा ह अब हेमलता ल समझाए के कोशिश करिस।)

हंसा-ए का काहत हे देवर बाबू ह हेमलता?

हेमलता-बने तो काहत हवय। तुमन तो दु-दु झिन नौकरी वाला हव अउ तनख्वाह (वेतन) घलो जादा हे। उपराहा म हम्मन ल सियान मन के खरचा उठाय बर परत हवय।

हंसा-त हम्मन ल बता दे करव कतना खरचा आथे तेला हम्मन दे दे करबो।

हेमलता-ए सब ल मय नइ जानव, तुंहर देवर जानय।

संतु-हमला बांटा चाही मने बांटा चाही।

बुधारू-जब महतारी-बाप ह हम्मन दुनो भाई ल पोस पाल के बड़े करिस, त का हम्मन दुनो भाई मिल के महतारी-बाप के सेवा नइ कर सकन?

संतु-उही बात ल तो महूं काहत हवं भइया। मिही एके झिन ल थोरे पढ़ाय-लिखाय हवय? दुनो भाई ल पढ़ा-लिखा के बड़े करे हे। त दुनो भाई के जिम्मेदारी बनथे, दाई-ददा के सेवा करई ह।

बुधारू-मतलब?

संतु-मतलब स्पष्ट हे भइया? दाई-ददा के सेवा करे बर दाई-ददा घलो छै-छै महीना बर बांटबोन। नही ते दाई-ददा ल अलग-अलग बांट लेथन। दाई ल मय रख लेथंव अउ ददा ल आप रख लव।

मनराखन-(रोवत-रोवत) जीयत जीयत दुनो परानी ल अलग-अलग झन करव बेटा।

संतु-एकर अलावा अउ कोनो उपाय तो नइ हे ददा।

बुधारू-ए का काहत हवस संतु?

संतु-मय बने काहत हवं भइया।

बुधारू-तंय बने काहत हस न कि महतारी-बाप के सेवा करई ह तोला भारी परत के फेर हमर मन बर भारी नइ हे। मोर बर तो महतारी-बाप ह भगवान आय भगवान।

संतु-त अपन भगवान ल लेग जवव।

बुधारू-इही बात ल प्यार से पहिली ले कहि दे रहिते ते हम्मन उही दरी लेग जय रहितेन। दाई-ददा के बांटा के बात आबे नइ करतिस अउ उंकर आत्मा ल दुख घलो नइ होय रहितिस।

संतु-त लेग जवव, हमर मन ले मुक्ति देवाव।

बुधारू–ठीक हे संतु जेमा तुमन खुश राहव, ओइसने करबोन।

संतु–त दाई–ददा भर के लेगे ले काम नइ बनय भइया।

बुधारू–त अऊ का बांचे हे संतु?

संतु–घर दुवार अउ खेत खार के घलो बांटा चाही।

(अब हंसा ले रहि नइ गिस)

हंसा–अइसे करव, तुंहर खुशी हमर खुशी आय। पंचशील नगर के घर, बघेरा के प्लाट अउ महमरा के दु एकड़ जमीन ल तुंहर बर छोड़त हवन।

संतु–त तुंहर मन बर?

हंसा–हमर मन बर दाई–ददा हे न।

बुधारू–बने काहत हवस हंसा। संतु ल बांटा चाही न, मय इमन ल बांटा देवत हवं।

संतु–हां त तिंही बता न भइया। काला–काला कइसे–कइसे बांटबे तेला।

बुधारू–तंय काला काला लेबे तेला बताबे, छोटे भाई अस। बांच जही तेला मय राखहूं।

संतु–तंय बता भइया।

बुधारू–त सुन, एक डहार पूरा सम्पत्ति हे अउ दुसर डहार दाई–ददा हे। काला लेबे तेला बता।

संतु–मय पूरा सम्पत्ति लुहूं।

बुधारू–ठीक हे भाई हम्मन महतारी–बाप ल बांटा म पाय हवन संतु।

संतु–भइया फेर सियान मन कथे–छोटे भाई ह बड़े भाई ल जेठासी देथे कहिके।

बुधारू–सुन भाई, मय तोला दुखाना नइ चाहत हवं। मोर बर तो दाई–ददा के असीस ह जेठासी आय।

संतु–नही भइया मोर मन ह नइ माड़े।

बुधारू–त तोर मन ह कामे माड़ही?

संतु–मय काहत रेहेंव, महमरा म जउन दु एकड़ जमीन हवय ओमा ले एक एकड़ जमीन ल आप ल जेठासी के रूप म देना चाहत हवं।

बुधारू–तंय जेमा खुश राह भाई, मोला सब मंजूर हवय।

पूरा घर गमगीन हो गे। सब झिन रोवत बिलखत रिहिन। अब बुधारू ह अपन महतारी–बाप अउ हंसा ल तइयार होय बर किहिस। सब झिन ल

टेम्पो म बइठार के बेरला भेज दिस ताहन अपनो ह फटफटी म बेरला जाय बर निकल गे।

(इंकर सब झिन के जाय के बाद हेमलता ह फेर संतु बर बिफड़ गे। जेठासी देनच्च रिहिस त बघेरा के प्लाट ल नइ दे देते। महमरा के एक एकड़ ल काबर दे दे?)

संतु-अरे महूं ल अतना समझ हे कि दु एकड़ जमीन के बांटा म एक एकड़ बड़े भइया ल मिलना चाही कहिके फेर सबो ल हम्मन रखतेन त दुनिया वाले मन ल का मुख देखातेन।

हेमलता-बने करे जोड़ी। अब ए दे बांटा होय के बार निश्चिंत जिबोन।

(हेमलता ह संतु के टूप-टूप पांव परिस। संतु ह बांटा होय के बाद पूरा परिवार के बिछड़े ले बोम फार के रो डरिस।)

ग्यारह

रामनाथ ह अब सियाना होगे रिहिसे। धार्मिक कार्यक्रम म जाय बर पहिली कस हिम्मत नइ राहय। केकती के घलो चूंदी पाक गे रिहिसे। कुबेर के इंतकाल के बाद सम्हले बर बहुत समय लगिस। धीरे-धीरे अपन आप ल दुनो झिन सम्हाल ले रिहिन हे। रामनाथ के तीनो बेटी मन के नाती-नतरा आ गे रिहिसे। मन करे त दुनो परानी कभू सरला घर कभू दुलारी घर अउ कभू हंसा घर चल देवय। अब रामनाथ ह रूपिया कौड़ी सकेले के मोह ल छोड़ दे रिहिसे। बस अब आखिरी इच्छा रिहिसे कि तीरथ यात्रा करे जाय। एक दिन रामनाथ ह केकती ल कथे-मय सोचत हवं तोला भारत भ्रमण करवा देतेंव कहिके। केकती खुश हो के कथे-वाह ए तो बढ़िया हे फेर मय सोचथंव कि संगे संग तीनो बेटी दमांद मन ल घुमा देतेंव कहिके। रामनाथ कथे-वाह, एह तो बहुत बढ़िया बात आय फेर रेलगाड़ी अउ बस म लइका मन ह हलाकान हो जही। तेकर ले अच्छा एक ठन बारा सीटर महेन्द्रा मैक्स बिसा लेथन आखिर जउन भी धन दउलत हवय ओह तो तीनो बेटी मन के आय। रामनाथ केकती ल कथे-फोन लगा के तीनो बेटी ल पूछ ले। उंकर मन के का विचार हवय ते। केकती ह तीनो बेटी मन करा फोन लगा के पूछथे-तोर पापा ह तुमन ल घुमाय बर कार लुहूं काहत हवय बने रही ते नइ रही तेला बतावव।

महतारी के अइसन सुग्घर बिचार ल सुन के तीनो बेटी मन हामी भर देथे। तीनो बहिनी मन घलो खुश हो जथे। जब-जब लइका मन के लम्बा छुट्टी रिही ताहन मम्मी-पापा मन संग घूमे बर निकल जबोन। एक-एक घांव म एक-एक दिशा म घूमे बर जाबोन कथे। रामनाथ ह तीनो बेटी के सुन्ता सलाह ले कुंआर नवरात्रि म महेन्द्रा मैक्स लिस। तीनो बेटी अपन मइके आय रिहिन हे। अब सब झिन बढ़िया नवा गाड़ी के पूजा करिन।

माता जी के मंदिर म गाड़ी के पूजा पाठ करवाय बर लेगिन। माता जी के दर्शन करके सब झिन सुख शान्ति अउ समृद्धि बर माता जी ले बिनती करिन। तीनो बहिनी योजना बनइन कि एसो देवारी छुट्टी म नरसिंगनाथ घूमे बर जाबोन। रामनाथ ह बड़हर मनखे रिहिसे तिही पाय के नवागांव के घर तो बढ़िया बनायेच्च रिहिसे फेर कभू कभू रायपुर जाय बर परथे कहिके शंकर नगर म घलो मकान बनवाय रिहिसे। भिलाई आना-जाना लगे राहय त भिलाई के नेहरू नगर म घलो प्लाट ले ले रिहिसे। रामनाथ अउ केकती सुन्ता सलाह हो के अपन बेटी मन ल पहिलिच्च ले बता दे रिहिसे कि रायपुर के घर ह सरला के, गांव के घर ह दुलारी के अउ भिलाई के नेहरू नगर के प्लाट जउन माहंगी रिहिसे ओह छोटे बेटी हंसा के आय। सबो बेटी मन खुश राहय। एसो के देवारी छुट्टी म नरसिंगनाथ के दर्शन करे के योजना बनिस। रामनाथ अउ केकती के मन तो तीनो बेटी दमांद ल घुमाये के इच्छा रिहिसे फेर बड़े दमांद खुमान अउ छोटे दमांद बुधारू ह छुट्टी नइ मिलत हे कहिके जाय बर मना कर दिन। अब जाय के तारीख तय हो गे। रामनाथ अउ केकती ह गाड़ी चलाए बर गांव के ड्राइवर शेखचंद ल राखिस। बड़ा सीधा लड़का रिहिसे। नशा पानी ले दूर रिहिसे। केकती ह ड्राइवर ल बेटा बरोबर मानय। बिक्कट भरोसा करय। ड्राइवर ह परिवार के सदस्य बरोबर हो गे। ड्राइवरी के संगे-संग घर के छोटे मोटे बूता ल घलो करय।

रामनाथ अउ केकती ड्राइवर उपर आंखी मूंद के भरोसा करय। अब रामनाथ अउ केकती ह पूजा पाठ करके नवागांव ले महेन्द्रा मैक्स म बइठ के शेखचंद संग भिलाई अइस। हंसा ल बुधारू ह पहिली ले सरला घर छोड़ दे रिहिसे। अब सब ले पहिली रामनाथ ह हाउसिंग बोर्ड भिलाई पहुंचिस उहें दुलारी अउ खूबचंद ल बइठार के सरला घर पहुंचिन। उहें सरला अउ नाती-नतरा मन ल बइठार के नरसिंगनाथ भगवान के दर्शन करे बर यात्रा म निकल गे।

बढ़िया हांसत कुलकत पिकनिक मनावत घुमत-फिरत नरसिंगनाथ के ठउर पहुंच गे। सब झिन माई पिल्ला भगवान के दरसन करिन। रामनाथ ह मने मन खुश रिहिसे, आज मोर तीनो बेटी के संग तीरथ बरत करत हवं। केकती ह बेटी मन संग भुलाय रिहिसे त खूबचंद ह अपन ससुर के संगे संग रिहिसे। भगवान के दरसन करत ले सुरूज नरायेन ह बूड़ गे रिहिसे।

अब आमापाड़ा के होटल म रात रहिबो कहिके उहां ले महेन्द्रा मैक्स म बइठ के निकल गे। होनी ल कोन जानथे। रात हो गे रिहिसे। ड्राइवर शेखचंद ह सरलग गाड़ी चलावत-चलावत थक गे रिहिसे। आमापाड़ा ले चार-पांच किलोमीटर पहिली ड्राइवर ल झपकी आ गे। गाड़ी ह पेड़ म टकरा गे। रामनाथ आगू डाहर बइठे रिहिसे। ओकर मुड़ी म भारी चोट अइस। बाकी मन ल थोर बहुत खरोच भर अइस। गांव वाले मन पुलिस ल फोन लगइन। तुरते पुलिस गाड़ी पहुंचिस अउ सबले पहिली सबो झिन ल पुलिस गाड़ी म बइठार के आमापाड़ा के अस्पताल म लेग के भर्ती कर दिस। रामनाथ के मुड़ी म अट्ठारा टांका लगे रिहिसे। ओकर बाद पुलिस वाले मन महेन्द्रा मैक्स ल थाना म लान के रखिन। ओकर बाद ड्राइवर ले पूछताछ शुरू करिस। ड्राइवर ह बड़ सीधा सादा रिहिसे। नशा उ नइ करय। बस थकासी के सेती झपकी आ गे तिही पाय के ए घटना हो गे। पुलिस मन घलो समझदार रिहिसे। जादा तंग नइ करिन बल्कि भरपूर सहयोग करिन। पूछताछ के बाद इंस्पेक्टर ह ड्राइवर ल किहिस कि इंकर रिश्तेदार मन ल घटना के जानकारी दे दे।

शेखचंद ड्राइवर ह रामनाथ के बड़े दमांद खुमान ल फोन करके बतइस कि आमापाड़ा ले चार-पांच किलोमीटर पहिली गाड़ी ह पेड़ ले टकरा गे हे। आपके ससुर के मुड़ी म थोकिन चोट आय हवय। गाड़ी के सामने वाले हिस्सा ह डेमेज हो गे हवय। सुमो धर के आबे त ओला टोचन लगा के रायपुर लाय बर परही। गाड़ी के अभी फर्स्ट पार्टी बीमा हवय ओला टाटीबंध करा महेन्द्रा कम्पनी के गैरेज म ले गे बर परही। खुमान ह बुधारू ल फोन लगइस। खुमान अउ बुधारू ह सुमो गाड़ी किराया करके गिन। आमापाड़ा जा के सब झिन के आय के बेवस्था करिन। उहें ले एक ठन गाड़ी किराया करके सब झिन ल भिलाई भेजिन। खुमान अउ बुधारू पुलिस थाना के काम बूता ल निपटाके दुर्घटनाग्रस्त महेन्द्रा मैक्स बर सुमो लेगे रिहिन तेमा-टोचन लगा के धीरे-धीरे लान के रायपुर के महेन्द्र कम्पनी के शो रूम म लेगिन। गाड़ी के कागजात ल देखे के बाद ओला गैरेज म भेज दिस। गैरेज के मैनेजर ह खुमान अउ बुधारू ल आठ दिन बाद पता लगा लुहू कहिके आश्वासन दिस। ओकर बाद खुमान अउ बुधारू दुनो झिन भिलाई पहुंच गे।

भिलाई म सबो झिन सरला घर रिहिन हे। बिहान दिन दुलारी अउ हंसा अपन-अपन घर जाय के बेवस्था म लग गे। इमन दुनो झिन अपन-अपन घर चल दिन।

महतारी-बाप ल इलाज पानी करवाए बर सरला ह अपन घर रखिस। रामनाथ के मुड़ी म अट्ठारा टांका लगे रिहिसे। ओमा रोज के रोज पट्टी बंधवाए बर देवांगन डॉक्टर कर लेगय। घाव ह तो सूखा गे। अब रामनाथ अउ केकती ल अपन गांव के सुरता आय बर धर लिस। रामनाथ अपन बेटी दमांद करा घर जाय बर छुट्टी मांगिस। खुमान अपन ससुर ल किहिस-अभी झन जावव। पूरा इलाज करवाय के बाद जातेव। रामनाथ कथे-अब तो घाव सूखा गे हवय। जादा होही त उही डाहर इलाज पानी करवा लुहूं। खुमान कथे-मय सोचत रेहेंव-मुड़ी के कारोबार आय एक घांव सीटी स्कैन करवा लेतेव कहिके। रामनाथ किहिस-सीटी स्कैन करवाय के जरूरत नइ हे। फोकट खरचा करे के का मतलब। सरला घलो घेरी बेरी अपन पापा ल कथे-''सरिता के पापा बने काहत हवय, मुड़ी के कारोबार आय थोर बहुत खून उ जमे होही ते ह सीटी स्कैन ले पता चल जही ताहन निश्चिंत हो जबोन। केकती घलो किहिस-बेटी दमांद के बात ल मान ले न। उमन काहत हे ते ह तोरे बर तो आय फेर रामनाथ ह काकरो नइ सुनिस। नवागांव जाय बर जिद्द कर दिस। इंकर जिद्द के आगू बेटी दमांद के एको नइ चलिस। खुमान ह सुमो गाड़ी किराया करके अपन सास-ससुर ल नवागांव अमरा दिस।''

कांकेर म दीपक के ईंटा भट्ठा के कारोबार ह बढ़िया चले बर धर ले रिहिसे। बैसाखिन ह सुख म अब तो मोठ डांट सेठियइन मन बरोबर दिखे बर धर ले रिहिसे। अब धीरे-धीरे बैसाखिन के पावर घलो बाढ़त गिस। दीपक ह अब चिमनी ईंटा भट्ठा के भरोसा ट्रक, जेसीबी खरीद डरे रिहिसे। अब तो कार घलो खरीद डरिन। अब तो दीपक के कांकेर ले लेके प्रदेश स्तर तक बड़े-बड़े नेता मन ले चिन्ह-पहिचान हो गे रिहिसे। अब तो दीपक ह कांकेर विधानसभा क्षेत्र ले चुनाव लड़े के सपना देखे बर धर ले रिहिसे। ए पइत कांकेर विधानसभा क्षेत्र ह महिला सीट बर रिजर्व हो गे। दीपक ह जउन राष्ट्रीय पार्टी ले टिकिट मांगत रिहिसे ओ पार्टी ले टिकिट नइ मिलिस। अब तो दीपक ल राजनैतिक कीरा ह चाबे बर धर ले रिहिसे। दीपक ह बैसाखिन ल कांकेर विधानसभा क्षेत्र ले चुनाव लड़े बर निर्दलीय प्रत्याशी के रूप म फारम भरवा दिस। कतनो मन समझाए के कोशिश करिन फेर दीपक मानय कहां? ओकर उपर तो विधायक पति के भूत सवार रिहिसे।

अब तो दीपक अउ बैसाखिन ह चुनाव प्रचार शुरू कर दिन। कतनो सियान मन गोठियावय घलो ए का नशा चढ़ गे हवय दीपक अउ बैसाखिन उपर। एक तो अभीन अभीन पनके बर धरे रिहिन हे। कतनो कार्यकर्ता तो बस दीपक ल उभराये के बूता करत रिहिन हे। हम्मन जीतत हवन दीपक भइया, हम्मन जीतत हवन, कहिके नारा लगा देवत रिहिन हे-''कांकेर के नेता कइसन हो, बैसाखिन भौजी जइसन हो। दीपक ल ए मालूम नइ रिहिसे कि जतना झन दीपक के सपोर्टर रिहिन हे उमन म कतनो झन विरोधी पार्टी के खुफिया घलो रिहिन हे। जिंहा-जिंहा दीपक जावय उंकर रिपोर्ट विरोधी पार्टी डाहर देवत जावय। दीपक जेमन ल खास सपोर्टर समझे उही मन खुफिया के बूता करत रिहिन। खुफिया मन तो दुनो डाहर ले नोट पिटत रिहिन हे अउ दुनो डाहर ले फायदच्च-फायदा चाहे जीतय कोनो।'' विधायक के खास तो इही खुफिया मन रहितिन।

चुनाव अब जोर पकड़े बर धर लिस। चुनाव जीतत हवन कहिके दीपक ह हाथ खोल के रूपिया खरचा करे बर धर लिस। करजा बोड़ी ले के बिक्कट खरचा करिस। जेती देखते उही डाहर दीपक अउ बैसाखिन के फ्लैक्स टंगे राहय। दीपक ल तो अब चैन नइ रिहिसे। जउन ह जतने रूपिया मांगय उमन ल ओतने रूपिया दे देवत रिहिसे। अब मतदान के दिन नजदीक आ गे। मतदान होइस। रिजल्ट के पहिली रात तो दीपक अउ बैसाखिन रात भर नइ सूते रिहिन। पहिली राउण्ड म बैसाखिन ह दु सौ वोट ले लीड करिस। बैसाखिन भउजी के जिन्दाबाद के नारा लगे बर धर लेवय, एटम बम फूटे बर धर लेवय। सबो राउण्ड म आगू पीछु होवत आखिरी राउण्ड तक तीन हजार एक सौ पन्चानबे वोट ले बैसाखिन हार जथे। पूरा खुशी गम म बदल गे। हारे के बाद तो दीपक के जी बगिया गे। हारे जुआड़ी अउ हारे नेता के हाल ह एके जइसे रथे। चुनाव लड़े के पहिली बड़े भइया-भउजी अउ महतारी-बाप ह बिक्कट मना करे रिहिन हे कि चुनाव झन लड़वा दीपक बहू ल। ए सब रूपिया पइसा वाले मन के काम आय। हम्मन तो अभी-अभी पनपे बर धरे रेहेन। आखिर म भइया-भउजी अउ महतारी-बाप के बात ह सही निकलिस। जोसे जोस म चुनाव म दीपक ह बिक्कट अकन खरचा कर डरे रिहिन हे। लागा (करजा) छूटे बर कुछ जमीन बेचे पर पर गे। अब भुवन अउ निर्मला सोच म पर गे। दीपक ह घर म अंजोर करही कहिके गुने रेहेन फेर एह तो

अंधियार कर दिस। अब तो फेर सम्हले म समय लगही। धीरे-धीरे दीपक ह अपन धन्धा डाहर धियान देना शुरू करिस।

नवागांव ले खुमान करा खभर अइस कि ओकर ससुर के तबियत खराब हे कहिके। खुमान अउ सरला ह गाड़ी करके नवागांव गिन अउ ओला कार म बइठार के रायपुर के गायत्री अस्पताल म भर्ती करइन। अस्पताल म डॉक्टर ह मुड़ी के सीटी स्कैन करके बतइस कि मुड़ी म खून जमे हे। उही समे सीटी स्कैन करवा के दवई खाय रहितिस ते ठीक हो जय रहितिस। डॉक्टर जानत रिहिसे कि रामनाथ के बीमारी ह बाढ़ गे हे, ठीक नइ होवय कहिके तभो ले रामनाथ के परिवार ल आश्वासन देथे कि फिकर झन करव, सब ठीक हो जही। ओकर बाद डॉक्टर ह दवई-बूटी दे के छुट्टी कर देथे। रामनाथ ल नवागांव लेग जथे। केकती बड़ा धार्मिक प्रवृत्ति के रिहिसे। पति ल परमेश्वर मानय। अपन परमेश्वर के जतन म कोनो किसम के कमी नइ करिस।

महीना दिन बाद रामनाथ के हालत बिगड़े बर धर लिस। अस्पताल लेगे के सबो तइयारी कर डरे रिहिसे। ड्राइवर ह गाड़ी ल मुहाटी के आगू म लान के खड़ा करिस। रामनाथ ल चिंगी चांगा उठा के कार म बइठारतेच्च रिहिन हे ओइसने म रामनाथ ल हार्ट अटैक आ गे। अस्पताल म डॉक्टर ह बता दिस कि अब रामनाथ ह नइ हे। ओकर इंतकाल हो गे हे। सुनते भार रोहा राही शुरू हो गे। नवागांव के आवत ले रात हो गे रिहिसे। केकती ह अपन देवर ल किहिस-सबो रिश्तेदार मन ल फोन लगा के खबर कर दे कहिके। सरला जब सुनिस ते रात भर रोवत रहिगे। दुलारी अउ हंसा घलो अपन बाप के दुखद घटना ल सुने के बाद उंकरो आंखी ले आंसू ह रूकबे नइ करत रिहिसे। तीनो बेटी-दमांद बिहनिया ले नवागांव जाय बर निकल गे। उहां सब गांव वाले मन रामनाथ के अंतिम बिदाई के तइयारी करत रिहिन। रोवत बिलखत रामनाथ ल संसार ले बिदा करत रिहिन। केकती के पूरा जिनगी ह दुख-दुख म पहा गे। पहिली अपन जवान बेटा ल गंवइस ओकर बाद ओकर जोड़ी ल ले गे। दुख के पहाड़ टूट गे। कुछ दिन केकती के ससुर ह बहुत कोशिश करिस कि अपन छोटे बेटा के लड़का ल गोद ले लेवय कहिके फेर केकती ह साफ सुना दिस कि मय ह काकरो लइका ल गोद नइ लेवंव। मोर तीन झिन बेटी हे उही मन मोर बेटा बरोबर आय। अब घर के सबो जिम्मेदारी ह केकती उपर आ गे। काम निपटे के बाद तीनो बेटी मन किहिन कि इहां घर म अकेल्ला कइसे रहिबे?

चल हमर मन घर रहिबे कहिके फेर केकती मना कर दिस। केकती के भाई ह अपन दीदी ल किहिस "मय ह तोला अपन घर लेगहूं।" हम घर चल। केकती ह मइके जाय बार तइयार हो जथे। मइके म आठ दिन बीते के बाद धियान ह नवागांव डाहर तीरे बर धर लिस।

अब केकती ह नवागांव आ गे। ओकर बड़े दमांद खुमान ल जइसने पता चलिस कि सास ह नवागांव आ गे हे कहिके ताहन अपन करा लाने बर ससुरार चल दिस। तीनो बेटी करा आठ-आठ दिन रेहे के बाद बेटी मन ल कहि दिस मय ह गांव म रइहंव बेटी। जादा जरूरत परही त फोन कर दुहूं, नही ते मिही ह आ जहूं। गाड़ी ल सुधरवा के शेखचंद ड्राइवर ह घर लानिस। कुछ दिन बुकिंग म चलइस। गाड़ी के कोनो देखइया नइ हे कहिके ओकर नजर ह गाड़ी उपर पर गे फेर बड़े दमांद चाहत रिहिसे कि अपन सास ल ड्राइवर ह कार म घुमावय-फिरावय अउ बाकि समय म बुकिंग म चलावय। शेखचंद ह केकती के मन ल सेवा करके जीत डरे रिहिसे। ड्राइवर ल अपन बेटा कस माने बर धर ले रिहिसे। केकती घलो अब गाड़ी ल शेखचंद ल दे बर मन बना डरिस। तीनो बेटी सुन्ता सलाह होके अपन महतारी के निर्णय ल मान के ड्राइवर ल गाड़ी दे दिन। अब केकती ल कहूं जाना राहय त इही गाड़ी ल बुक कर लेवय। ड्राइवर के राहत ले बेटी दमांद मन ल घलो थोरको चिंता फिकर नइ राहय। तीनो बहिनी ल शेखचंद कस भाई मिल गे। अब तो इंकर राखी बांधे के सउंख ह घलो पूरा हो गे। शेखचंद ल राखी बांधे के शुरू कर दिन।

अब धीरे-धीरे केकती ह सम्हले बर धर लिस। खेत खार ल रेगहा दे दिस। अपन जिनगी ल अब भगवान के मरजी आय कहिके काटे बर धरिस। रेगहा के रूपिया मिलय ओला तीनो बेटी ल बराबर बांट देवत रिहिसे। अपनो खुश अउ बेटी मन घलो खुश।

भुवन अउ निर्मला ह अपन छोटे बेटा करा राहत रिहिसे। चिमनी ईंटा भट्ठा ह भुवन के नाम म रिहिसे। ओह अपने नाम म रखे रिहिसे। अब बैसाखिन ह दीपक ल किहिस कि सरिता ह बिहाव के लइक हो गे। एकाद साल म कहूं सगा उतर जही त हम्मन ल घलो खरचा करे बर परही। इही पाय के मय काहत हवं कि ससुर ल बोल अब दुनो भाई के बंटवारा कर देवय। दीपक ह बंटवारा वाले बात ल अपन पिताजी करा रखिस "अब बड़े भइया

ल अलग कर देते ताहन बने होतिस। भुवन ल दीपक संग रहना रिहिसे। भिलाई म ओकर मन ह माड़े नही। दीपक के बंटवारा वाले बात ल भुवन ह गुने बर धर लिस। भुवन घलो अपन छोटे बेटा बर जादा सोचे बर धर लिस।''

बड़े बेटा बहू तो नौकरी-चाकरी वाले आय अउ बहू सरला घलो बहिनी-बहिनी हवय। खुमान ल तो अपन ससुराल ले घलो धन मिलही। भुवन ह ए बात ल निर्मला करा गोठियाइस। निर्मला किहिस-नतनीन ह बिहाव करे के लइक हो गे हवय। ओकर बिहाव ल जुरमिल के धूमधाम ले कर देथन ताहन बंटवारा ल देवत रहिबे। भुवन ह निर्मला ल समझाए म सफल हो गे कि बड़े बेटा बहू मन दुनो झिन नौकरी म हावे उपराहा म बहू ल ओकर मइके ले घलो पूंजी मिलही। अब तो दीपक के चिन्ता हवय। ओला ईंटा भट्ठा ह मिल जही ताहन दुनो बेटा सुख के जिनगी काटही। निर्मला किहिस-त हमर सम्पत्ति म तो दुनो बेटा के अधिकार हवय। भुवन ह निर्मला ल खिसिया के कहि देथे कि तंय ए सब मामला म झन पर, ओ सब ल हम्मन सम्हाल लेबोन। भुवन ह दीपक ल कथे-अब बता बांटा-बांटा कहिथस त का करना हे तेला। दीपक कथे-आप बंटवारा के प्रस्ताव ल लेके बड़े भइया करा भिलाई जा, ओह का कथे तेह समझ म आ जाही ताहन उही हिसाब ले प्लानिंग करबोन।

भुवन ह बंटवारा के प्रस्ताव ल लेके खुमान करा पहुंचिस। छुट्टी के दिन के सेती खुमान ह आज घरे म रिहिसे। भुवन ल रिक्शा ले उतरत देखिस ताहन सरिता ह खुश हो गे, खुशी म चिल्ला चिल्ला के किहिस मम्मी दादा आ हे। सरला घलो खुश होके लोटा म पानी धर के हाथ गोड़ धोये बर पानी देके पाय लागी करिस। खुमान घलो पाय लागी करके अपन पिता जी ल खुर्सी म बइठारिस, चाहा पानी पिये के बाद खाना खइन ताहन खुमान ह घर डाहर के हालचाल पूछिस। खाना खा के आराम करे के बाद भुवन ह खुमान ल किहिस-''थोकिन घरेलू गोठ गोठियाना रिहिस बेटा, अकेल्ला म गोठियातेन। खुमान कथे-अइसे कुछु बात नइ हे ददा जउन भी बात हे तेला सब झिन के आगू म गोठिया किहिस फेर भुवन के हिम्मत नइ होइस, बहू के आगू म गोठियाय के। भुवन कथे-कुछ खास बात आय, अकेल्ला म गोठियाबोन। चल न मैत्री गार्डन म चल उहें बइठ के गोठिया लेबोन। खुमान ह अपन पिता जी ल फटफटी म बइठार के मैत्री बाग लेगिस। उहें बाप-बेटा बेंच म बइठ के गोठियाना शुरू करिन। खुमान ह कथे-दाई तो बने हे न? भुवन कथे-हव

बेटा, तोर दाई बने हवय। खुमान पूछथे-दीपक अउ बहू बने हवय? भुवन कथे-हव, वहू मन बने हवय। खुमान कथे-अइसे का बात आय तेमा अकेल्ला गोठियाय के जरूरत पर गे। भुवन कथे-जरूरत पर गे बेटा, बात करे के।

खुमान-काय बात आय पिता जी?

भुवन-दीपक काहत रिहिसे।

खुमान-काय काहत रिहिसे?

भुवन-बंटवारा।

खुमान-का, बंटवारा!

भुवन-हव बेटा।

खुमान-अइसे का बात हो गे ददा तेमा बंटवारा के जरूरत पर गे।

भुवन-मोर जीयत-जीयत, मय दुनो भाई के बंटवारा कर देतेंव कहिके गुनत रेहेंव।

खुमान-अपन जीयत-जीयत बंटवारा झन कर ददा। मोर उपर भरोसा कर। दीपक ल जउन चाही मय दे दुहूं। अभी सब झिन मिलजुल के रहिथन अउ घर के विकास ल आगू बढ़ाथन।

भुवन-फेर दीपक ह तो बंटवारा बर अड़ देहे, अब कइसे करंव तेला बता?

खुमान-दीपक के बात ल छोड़ ददा, तंय का चाहत हस। का बंटवारा दे के तंय खुश रहिबे?

भुवन-हव बेटा मय खुश रहूं।

खुमान-बंटवारा करे ले महतारी-बाप खुश रहू त मोर बर एकर ले बड़े पुन्न अउ का हो सकथे।

खुमान के तबियत खराब चलत रिहिसे। खुमान ह अपन ददा ल समझाए के बहुत कोशिश करिस फेर भुवन ह नइ मानिस। खुमान ह किहिस-एकाद साल रूक जा ददा ताहन बंटवारा कर देबे। भुवन कथे-जब बंटवारा करनच हे त अभी निपटा देथन। खुमान कथे-ले त अवइया इतवार के दीपक संग आ जहूं। भुवन ह कलाकार रिहिसे। चेहरा-मोहरा ल तो ओथार दे रिहिसे फेर मने मन खुश रिहिसे। चलो खुमान ह राजी तो हो गे। गोठ बात पूरा होय के बाद क्वार्टर पहुंचिन ताहन बिहान दिन बिहनिया ले कांकेर जाय बर बस बइठ गे।

कांकेर जाय के बाद भुवन ल दीपक ह पूछिस-बंटवारा संबंधी कुछु गोठ बात होइस ?

भुवन-हव।

दीपक-का काहत रिहिस भइया ह ?

भुवन-ओह तो बंटवारा बर राजी नइ होवत रिहिसे फेर मय ह ओला मना ले हवं।

दीपक-त कब बइठबो केहे हे ?

भुवन-इतवार के बताय हे।

दीपक-त कइसे करना हे तेला बता।

भुवन-मंय काला बतावंव, मोला तो तोरे करा रहना हे। अब तिही बता तोला का चाही तेला, त ओकरे हिसाब ले रणनीति बनाबोन।

दीपक-बड़े भइया-भउजी ह तो भिलाई म घर बना डरे हे।

भुवन-त तहू तो ओकर ले बड़े घर बना डरे हवस। घर के बात ल छोड़। तोला का-का चाही, तेला बता कहिथंव।

दीपक-भइया-भउजी तो नौकरी म हवय। उंकर तो बेवस्था हो गे हे फेर मोर बर बेवस्था ईंटा भट्ठा ह दिखत हे। ईंटा भट्ठा ह मोला मिल जतिस त बढ़िया हो जतिस।

भुवन-त ओतेक बड़े पूंजी ह तोर अकेल्ला के कइसे हो जही दीपक ?

दीपक-हो जही न ददा।

भुवन-वो कइसे ?

दीपक-ईंटा भट्ठा बर हकन के करजा निकाल देबोन। जउन ह करजा ल छूटही ओह ईंटा भट्ठा ल राखही कहि देबोन।

भुवन-त कतेक अकन के करजा निकालबो ?

दीपक-करजा ल जानबूझ के अतेक जादा बता देथन कि भइया-भउजी ह करजा ल छूटे बर मना कर देवय।

भुवन-तभो ले कुछु तो सोचे होबे, फोकटे फोकट कतना के करजा बता देवन।

दीपक-सोचे हवं न।

भुवन-कतेक ?

दीपक-चालीस लाख के करजा बताबो ताहन भइया-भउजी खुदे ईंटा भट्ठा ल छोड़ दिही।

भुवन-ठीक काहत हस फेर सिरिफ करजा बताये भर म काम नइ चलय। खुमान ल हमर बात ल मनवाय बर बइगा करा घलो कुछु उपाय करवाय बर परही।

दीपक-त बंटवारा बर भइया ह कब बलाय हवय?

भुवन-अवइया इतवार के बलाय हवय।

दीपक-त बइगा करा कब जाबोन?

भुवन-बइगा ह शनिच्चर के बइठथे। उही दिन ओकर करा जाबोन। ओह जइसन बताही ओइसने करबोन।

(एती सरला ह खुमान ल पूछिस-काली ददा संग मैत्री बाग गे रेहेव का बात रिहिसे तेमा ददा ल तोर संग अकेल्ला गोठियाय के जरूरत पर गे?)

खुमान-ददा ह काहत रिहिसे अपन जीयत जीयत दुनो भाई ल बंटवारा दे देतेंव कहिके।

सरला-त आप का केहेव?

खुमान-मय केहेंव अपन जीयत जीयत बंटवारा झन दे कहिके। हमर मन उपर भरोसा कर, दीपक जउन चाही ओला दे देबोन अभी तीज तिहार बर आवत-जावत हवन वहू ह छूट जही। गांव घर आय के रद्दा ल काबर टोरत हवस ददा!

सरला-बने तो केहे।

खुमान-बने तो केहेंव सरला फेर नइ मानिस। बंटवारा देबर उमन इतवार के अवइया हे।

सरला-अतेक हड़बड़ी काबर हो गे हे?

खुमान-दीपक के चालाकी आय, भट्ठा म कमई जादा हे। अब ओह सोचत हवय कि मय ह मेहनत करके पूंजी बनाहूं अउ फोकट म बड़े भइया ल अपन बनाय पूंजी के बांटा देबर परही कहिके। ओह ददा उपर दबाव बनावत हवय।

सरला-ददा का कथे, का ददा ह बंटवारा दे के बाद खुश रहूं काहत हे?

खुमान-हव, खुश रहिबोन काहत हे।

सरला-त बंटवारा दे ले दाई-ददा खुश रही त उंकर खुशी के सेती उमन जइसन काहत हवय उही ल मान जथन। (बंटवारा के नाम ल सुन के सरला ह सुसक सुसक के रोए बर धर लिस।)

खुमान-(सरला ल चुप करावत) ए समय ह रोए के नोहे सरला बल्कि हिम्मत के आय। हम्मन ल हिम्मत ले काम ले बर परही।

सरला-अब तिंही बता सरिता के पापा, सरिता ह बिहाव के योग्य हो गे हे। कतेक सुग्घर सपना देखे रेहेन। सब झिन मिल के सरिता बेटी के बिहाव ल बड़ धूमधाम ले करबोन कहिके।

खुमान-मोला इंकर सब चाल ह समझ आवत हवय। सरिता के बिहाव म खरचा करे बर परही कहिके डर के मारे बंटवारा देवत हवय।

सरला-त सास-ससुर ल तो सोचना चाही।

खुमान-उंकरो मजबूरी हे सरला, उमन ल उंकरे करा रहना हवय। दीपक के दबाव म दाई-ददा आ गे हे। उपराहा म भाई-बहू ह आगी म नून डारे के बूता करत होही। एह न दीपक के दिमाक आय न दाई-ददा के ए सबो दिमाक ह भाई-बहू के आय।

सरला-महूं ल ओइसने लगथे सरिता के पापा।

ख़ुमान-त हमु मन सुन्ता सलाह कर लेथन। बांटा म काला काला हम्मन रखबोन अउ काला दीपक ल देबोन।

सरला-उमन तोर बात ल मानही त उमन तो खुदे योजना बना के आही।

खुमान-त ईंटा भट्ठा ल कइसे करबोन ?

सरला-आप बतावव।

खुमान-मय सोचत हवं ईंटा भट्ठा ल आधा-आधा बांट लेथन कहिथंव।

सरला ए बंटवारा कोनो जमीन अउ घर द्वार बर थोरे आय, ईंटा भट्ठा के आय।

खुमान-अब तिंही बता, हम्मन ल का करना चाही ?

सरला-अब मय काला बतावंव। सास-ससुर यदि ईंटा भट्ठा ल देवर बाबू ल देना चाहत हवय त सबो ल उही ल दे दे। वइसे भी अपने ह मेहनत करत हे। जउन भी दिही ओला लक्ष्मी के परसाद समझ के झोंक लेबे। काहे कि सास-ससुर के असीस ह हम्मन ल पुरही।

खुमान-(सरला के बात ल सुन के दंग रहि जथे।) ए का काहत हस सरला? लोगन ह नान नान चीज के बंटवारा कर डरथे। हंसिया और टंगिया ल आधा बांट डरथे। जमीन ल घलो कुटका कुटका करके बांटा कर डरथे अउ तंय सबो ल दीपक ल दे बर काहत हस।

सरला-मय बने काहत हवं। हमला दुसर घर के बांटा हिस्सा म नइ जाना हे। हमला अपन सास-ससुर के सुख ल देखना हे। उंकरे असीस ह हम्मन ल पुरही।

खुमान-दीपक ह दाई-ददा के बंटवारा करहूं कहि त का करना हे?

सरला-दीपक ल बोलबे दाई-ददा के बंटवारा नइ करन उमन ल जिंहा बने लागही उमन उहें रहि सकत हे। मान ले दीपक ह दाई-ददा ल नइ राखंव कही त हम्मन राखबो। उंकर सेवा करबोन फेर दाई-ददा ल नइ बांटन।

खुमान-मय तो धन्य हो गेंव सरला तोर सही गोसइन पा के, मोर जिनगी म अंजोर आ गे।

सरला-मोरो जिनगी म अंजोरी आ हे सरिता के पापा फेर एके ठन दुख हे।

खुमान-का के दुख हवय?

सरला-बांटा होय के बाद हमर गांव, हमार माटी, हमर तिहार बार बिरान हो जही सरिता के पापा।

खुमान-तिहार बर भाई घर जाबोन सरला।

सरला-बांटा के बाद तो सबो बंटा जथे। भाई के मया बंटा जथे। महतारी-बाप के दुलार बंटा जथे अउ तिहार बार ल एके म रहिके मनाय के आनंद ह अलग होय के बाद नइ मिलय। बांटा के बाद तो भाई घलो बांटे भाई परोसी हो जथे।

खुमान-फेर का करबे सरला, हमर भाग म तो अइसने लिखाय हवय फेर बांटा तो पैदा होतेच्च ही लिखा जय रहिथे। भाई मन के मया भले बंटा जही सरला फेर लइका मन बर महतारी-बाप के मया ह नइ बंटावय। महतारी-बाप ल तो सबो लइका के फिकर रथे। महतारी-बाप मन ह तो चाहथे लइका मन दूधे खाय, दूधे अचोवय। चार गांव के गउंटिया बनय।

सरला-हम्मन ल तो हमरे गांव ले अलग करइया हे सरिता के पापा त चार गांव के गउंटिया कहां ले बनबे?

खुमान–अइसे बात नोहे सरला, हमर भाई ह गांव के गउंटिया रिही ते हमु मन गउंटिया कहाबोन।

सरला–गउंटिया होवई अउ कहवई म बहुत अन्तर हे सरिता के पापा।

खुमान–तंय कइसे गोठियाथस सरला, समय के संग सब ठीक हो जही।

सरला–बने काहत हस। इतवार के बंटवारा देबर आही त उमन जइसन–जइसन चाही ओइसन–ओइसन कर देबे। हम्मन हमर मेहनत ले कमा लेबोन। अरे जब उमन घर म ईंटा रही के एक ठन ईंटा नइ दिन त हमर बर तो ईंटा भट्ठा ह माटी आय माटी। ओइसने सरिता के बिहाव ल घलो कर लेबोन।

खुमान–ए होइस न बात। सरला तिही मोर हिम्मत अस। आज मय जउन भी हवं ओह, तोर परसादे आय। आज पूरा परिवार ह तोरे परसादे अतेक उन्नति करे हवन। जब ले तोर पांव ह हमर घर म परे हे तब ले सरस्वती अउ लक्ष्मी दुनो के किरपा बरसे हे। आजो घलो जउन दीपक बर सोचत हस एह बहुत बड़े बात आय। सरला नाम हे ओइसने सरल हवस।

सरला–बस बस मोला सरस्वती अउ लक्ष्मी झन बना। हमर मन बर तो दाई–ददा ह भगवान आय। दाई–ददा मन के खुशी के कारण हम्मन अपन खुशी के बलिदान कर देबोन।

खुमान–बने काहत हवस सरला। दाई–ददा ले बड़े ए दुनिया म कोनो नइ हे। इंकर सेवा ही हमर पूजा आय।

भुवन अब छोटे बेटा दीपक के मोह म ओला कइसनो करके ईंटा भट्ठा ह मिलना चाही कहिके बोड़ेगांव वाले बइगा घर शनिच्चर के नरियर धर के गिस। बइगा घर आना–जाना भुवन के पहिलिच्च ले रिहिस। भुवन ह नरियर अगरबत्ती ल बइगा ल देके अपन सबो बात ल बतइस। काली बड़े बेटा खुमान करा बंटवारा बर जाना हे तिही पाय के छोटे बेटा ल धर के आपके दरबार म आय हवं। बइगा कथे–तुमन का चाहत हव ? भुवन कथे–मय चाहत हवं, कइसनो करके चिमनी ईंटा भट्ठा ह दीपक ल मिलना चाही। बइगा कथे–बूता हो जही। सुन के भुवन ह पूछथे–त खरचा कतेक आ जही बइगा महराज ? बइगा कथे–कुछु खरचा नइ हे। काम होही ताहन जउन दान करना होही कर दुहू। भुवन पूछथे–त अभी का करना हे ? बइगा कथे–अभी कुछ नइ करना हे ए ढोलकी देवत हवं तेला पहिन लव अउ भभूत देवत हवं तेला अपन माथ म लगा के जाहू ताहन खुमान ह हव के सिवाय कुछ नइ काहय।

खुमान के आगू म तुमन बइठहू। मय तुंहर हाथ म करिया धागा बांध देथंव। इही धागा के परताप ले खुमान तुंहर गोठ म बंधा जही ताहन तुमन ल कुछ केहे बर नइ लागय एकर बाद खुमान ह अपने आप तुमन ल ईंटा भट्ठा ल दे बर हामी भर दिही। बइगा महराज करा भुवन अउ दीपक ह हाथ म करिया धागा बंधवा के घर लहुट गे।

इतवार के दिन भुवन अउ दीपक ह बइगा के दे भभूत ल माथ म लगा के भिलाई जय बर निकलिन। भिलाई पहुंचे के बाद खाना ऊ खा के बंटवारा के गोठ बात बर बइठिन। भुवन सियान होके अपन दुनो बेटा ल कथे-त बात ल शुरू करे जाय। बात ल टोक के खुमान अपन ददा अउ भाई ल एक घांव अऊ समझाथे तंय ददा मोर उपर भरोसा रख दीपक ल जउन जउन चाही मय ओला बाद म दे देहूं फेर अपन जीयत ले बांटा के बात झन कर। भुवन कथे-नही बेटा मय ह मन बना डरे हवं कि मय दुनो भाई ल बंटवारा देके अलग कर देना चाहत हवं। खुमान कथे-कइसे दीपक का तहूं ह हमर मन ले अलग होना चाहत हस? दीपक कथे-हव भइया महूं ह अलग होना चाहत हवं। इंकर बात ल सुन के खुमान कथे-देख लव भई यदि बंटवारा करके तुमन ल खुशी मिलत हे त एकर ले बड़े बात अउ का हो सकथे। खुमान कथे-ले त तुही मन बतावव का चाहत हव ते। भुवन कथे-ईंटा भट्ठा के तो चालीस लाख करजा हवय। जउन ह ओ करजा ल छूटही ओह ह ईंटा भट्ठा ल राखही अउ नदिया करार के कछार जमीन ह चार एकड़ हवय तेला दुनो भाई ल दु-दु एकड़ दे देथंव। खुमान ह दीपक ल पूछथे-तंय बता दीपक तोर का बिचार हे? दीपक कथे-ईंटा भट्ठा ल मय राखहूं अउ करजा ल छूटहूं। खुमान ह किहिस-तुमन हमला करजा वरजा झन बतावव दीपक। चिमनी ईंटा भट्ठा ल तंय मेहनत करके चलावत हस। हम्मन तो तोर भउजी संग पहिली ले सुंता सलाह होगे हवन कि चिमनी ईंटा भट्ठा ल तोला देना हे कहिके। रहिस बात नदिया तीर के दु-दु एकड़ जमीन के बात त वहू म तोला अऊ चाही त देबर राजी हवन। अब तो भुवन अउ दीपक के चेहरा म खुशी झलकत रिहिसे। दीपक ह टूप-टूप अपन बाप अउ भाई के पांव परिस ताहन घर जाबो कहिके जाय बर धरिस। सरला घलो जाय के बखत इंकर मन के पांव परिस।

भुवन अउ दीपक के जाय के बाद खुमान, सरला अउ सरिता तीनो झन फफक-फफक के रोय बर धर लिन। खुमान ह रोवत-रोवत सरला ल काहत

रिहिसे–हमर सिर ले बाप के हाथ तो ओकर जीते जी हट गे। सरला घलो रोवत–रोवत कथे–अब तो हम्मन ल अपन ले बिरान बना दिन। अब तो गांव के तीज तिहार ह घलो हमर मन बर दुरिहागे। सरिता ह अपन मम्मी–पापा ल चुप करइस। चुप हो जव इही हमर भाग म लिखाय हवय, एला तो स्वीकारे बर परही।

खुमान घर दुख के पहाड़ टूट गे ओती भुवन अउ दीपक खुशी मनावत रिहिन। भुवन अउ दीपक खुमान घर ले निकल के मिठई अउ चढ़ौतरी धर के सबले पहिली बइगा घर गिस। इमन ल लागत रिहिसे कि ए सब बइगा के योजना के मुताबिक होय हे फेर अइसे कोनो बात नइ रिहिसे। चिमनी ईंटा भट्ठा ल दीपक ल देबर खुमान अउ सरला ह पहिली ले सुन्ता सलाह हो गे रिहिन हे। बल्कि भुवन घलो जानत रिहिसे कि जउन चालीस लाख के करजा बतावत हवन ओह सब लबारी आय कहिके। खुमान घलो जानत रिहिसे कि ईंटा भट्ठा ल हड़पे बर जानबूझ के चालीस लाख के करजा बतावत हे कहिके।

भुवन ह जउन चाहत रिहिसे दुनो बेटा के बंटवारा करके उंकर घर ल बसाय बर ओह सफल हो गे। बैसाखिन ह बिक्कट खुश रिहिसे। अब तो सरबस पूंजी के मालकिन हो गे रिहिसे। घर म बैसाखिन के चलय जतेक नता रिश्ता वाले मन दीपक घर आवय त बैसाखिन बिक्कट मया करय। एक दिन के रहवइया सगा–सोदर मन अठोरिया–पंदरही दिन राहय। सबके आय–जाय बर खरचा करय, सगा–सोदर मन दीपक के घर आवय–जावय सब खुश राहय। भुवन अउ निर्मला ह घलो बिक्कट खुश राहय। दीपक अउ बैसाखिन बर सबके मया पलपलावय ओतके खुमान अउ सरला ह परिवार के मया बर तरसे ल धर लिन। सरिता ह तो दादी–दादा के मया बने ढंग ले पायेच्च नइ रिहिसे। देखते देखत देवारी आ गे। पहिली तो आठ–दस दिन पहिलिच्च देवारी मनाय बर कांकेर जाय के तइयारी करत रिहिन। पहिली गांव जाय बर बिक्कट खुश राहय। एसो बांटा होय के बाद तिहार बार बर गांव जाय के रद्दा बंद हो गे रिहिसे। पहिली तो पूरा परिवार बर कपड़ा लत्था ले के घर जावय।

एसो तो अपन तीनो झिन भर बर कपड़ा ले रिहिन हवय फेर मन म उमंग नइ रिहिसे। पहिली सब झिन मिलके कांकेर म लक्ष्मी पूजा करय, देवारी अउ मातर मनावय, कांकेर के सब झांकी ह आंखी–आंखी म झूलत रिहिसे। खुमान ह एसो फटाका, सुरसुरी घलो ले रिहिसे फेर उदसहा मन ले

तीर तार घर वाले मन सब अपन अपन गांव देवारी मनाय बर जावत गिन। अब तो आस परोस घलो सुन्ना हो गे। लक्ष्मी पूजा के दिन भुवन ह दीपक ल किहिस-तोर बड़े भइया ल फोन कर दे, देवारी मनाय बर आहू कहिके। दीपक ह अपन बड़े भइया ल देवारी मनाय बर आहू कहिके फोन करिस। खुमान घलो देवारी तिहार के बधई देवत हव कहि दिस। फोन बंद करे के बाद आंखी ले बोहावत आंसू ल रूमाल म पोंछिस।

लक्ष्मी पूजा के दिन ल तो भिलाई म कइसनो करके सरला अउ सरिता ह काटिन। तभो ले खुमान ल सुरता आवय कि जब गांव जावय त लक्ष्मी पूजा करे के बाद ईसर गौरा समिति वाले मन के सहयोग करे बर रात भर जागय। नींद तो आबे नइ करय। पहाती कन सरला अउ सरिता घलो परिवार के संग गउरा चंवरा म ईसर गौरा के बिहाव देखे बर जावय। आज सब सिरिफ सुरता भर रहिगे। देवारी के दिन तो अरोसी-परोसी मन गांव चल दे रिहिन हे। शहर ह सुनसान लागय। गांव भर के म गोवर्धन पूजा के तइयारी म लगे राहय। गोवर्धन पूजा के बाद गाय गरूवा ल खिचरी खवाय ताहन गाय गरूवा मन ल सोहई बंधवावय, नवा-नवा कपड़ा पहिरे। राउत मन बाजा गाजा के संग नाचत-कुदत, दोहा पारत मालिक परघाये बर आवय। संगे संग मड़ई निकाल के ठाकुर देव करा गोवर्धन खुंदाय बर गांव भर के मन सकलावय। दनादन एटम बम, मिरची फटाका अउ अनारदाना के सुरता आवत रिहिसे। खुमान, सरला अउ सरिता ह देवारी के दिन ल अभागा मन कस गुमसुम बितइन। खुमान मने मन गुनय बैरी मन ल घलो ए दिन देखे बर झन मिलय। बिना उछाह मंगल के जीवन के का आनंद।

एती भुवन सरला अउ सरिता ह गांव बर तरसत रिहिसे ओती भुवन अउ निर्मला ह अपन बड़े बेटा-बहू बर तरसत रिहिन हे। भुवन ह अंदरे अंदर पछतावत रिहिसे। मोला दीपक के बुध म नइ आना रिहिसे। जीयत-जीयत बंटवारा नइ देना रिहिसे। बंटवारा के संगे संग मया घलो बटा गे। एसो के देवारी ह भुवन अउ निर्मला बर घलो दुखदायी रिहिसे फेर दीपक अउ बैसाखिन बर तो एसो के देवारी ह भारी खुशी ले के आय रिहिसे। देवारी तिहार के संग म बंटवारा म चिमनी ईंटा भट्ठा के पोगरी मालिक होय के खुशी म एसो दीपक ह जादा फटाका फोरे रिहिसे। बैसाखिन ह गहना म लदाय रिहिसे। घर के आगू म ट्रक, ट्रेक्टर अउ जेसीबी धोवा मंजा के खड़े रिहिसे।

दस गांव के गउंटिया कस दीपक ह कुरता पायजामा पहिरे रिहिसे। एसो लागत रिहिस हवय दीपक ह दाऊ कस। ओकर पूंजी पसरा ल देख के सब ओला पहिली ले राम राम काहय। सम्मान देवय।

तिहार के बाद धीरे-धीरे खुमान, सरला अउ सरिता मन अपन-अपन काम बूता म लग गे। अब धीरे-धीरे मन ह हल्का होय बर धर लिस। खुमान के मन ह अब भारी दुखी हो गे। घर-परिवार ले भरोसा उठ गे। खुमान ह हमेशा घर-परिवार के कार्यक्रम म बढ़ चढ़ के भाग लेवय उही परिवार अलग कर दिस। मने मन गुने रिहिसे सरिता के बिहाव ल सब झिन हंसी खुशी करबोन कहिके। दुलौरिन सरिता बेटी ल सब झिन खुशी-खुशी बिदा करबोन कहिके सोचे रिहिसे फेर सरिता के बिहाव के पहिली ओकर बाप ह बांटा दे दिस तेकर ले भारी दुखी रिहिसे। अब तो लोगन मन ले भरोसा उठे बर धर लिस। घर-परिवार कस संगी-संगवारी मन घलो उधारी म रूपिया ले के लहुटाबे नइ करिन। खुमान ह सबके काम म खड़ा होवय फेर खुमान के काम के समय सब झिन मुंहु ल मटका दिन। खुमान किरिया खा लिस आज के समे म काकरो उपर भरोसा करना ठीक नइ हे। अपने उपर भरोसा करना ठीक हे। बस खुमान अउ सरला के एके कथन राहय कि दुनिया वाले मन रूठे ते रूठे फेर भगवान झन रूठे। यदि हम्मन काकरो नइ बिगाड़े हवन त हमरो नइ बिगड़े।

खुमान सोचे रिहिसे पिताजी सामाजिक नेता आय, चार जघा के बइठइया-उठइया आय त सरिता बर सगा खोजे म ओतेक परेशानी नइ होही फेर वक्त म ओकर बाप ह घलो काम नइ अइस। खुमान अउ सरला गुनिन अब काकरो भरोसा करना ठीक नइ हे कहिके। छत्तीसगढ़ स्तरीय युवक-युवती परिचय सम्मेलन महादेव घाट रायपुर म सरिता ल खुमान अउ सरला ह लेगे रिहिसे। भगवान के किरपा ले उहें एक झिन छत्तीसगढ़ विद्युत मण्डल म डाटा आपरेटर के नौकरी करइया लड़का ह पसंद कर लिस। ओ लड़का ह खुमान के मोबाईल नम्बर लिस अउ अपन घर-परिवार वाले मन संग भिलाई पहुंच गे। लड़का के नाम रिहिसे सहदेव। सहदेव अउ सरिता के जोड़ी बढ़िया जमत रिहिसे। गोठ बात होय के बाद रिश्ता तय हो गे। खुमान अउ सरला ह भिलाई के आशीर्वाद भवन ल बुक करिन अउ बड़ा धूमधाम ले सरिता के बिहाव करिन। परिवार वाले मन ले पहिली ले कोनो आसरा नइ रखे रिहिन हे

तिही पाय के पार्टी ल बफर सिस्टम म रखे रिहिसे। भुवन अउ दीपक देखते रहिगे। इमन गुनत रहिगे कि आखिर हम्मन ल थोरको पूछबे नइ करिस। आज भुवन अउ दीपक ल एहसास होवत रिहिसे कि हमर बिना इमन अतेक धूमधाम ले सरिता के बिहाव ल कर डरिन। भुवन बार-बार पछतावय कि मोला नतनीत के बिहाव के पहिली बंटवारा नइ करना रिहिसे। एके म रहितेन तेकर आनंद कुछ अउ रहितिस।

बेटी बिदा करे के बाद सब सगा-सोदर एक-दु दिन म झर गे। ईश्वर के किरपा ले बिहाव ह बढ़िया निपट गे। खुमान अउ सरला ह बेटी बिदा करे के बाद भारी दुखी होवत रिहिन हे फेर सरिता के घर बसे ले खुश होवत रिहिन हे। सरिता के बिहाव म खरचा करे बर परही कहिके भुवन अउ दीपक ह खुमान ल बांटा दे दे रिहिन हे फेर काकरो रोके ले काम रूकय नही। ईश्वर के किरपा ले सबो काम बूता निपट गे। अब दीपक के धन्धा ह जोर पकड़े बर धर लिस। घर म अवइया-जवइया मन के मारे चहल-पहल राहय। बैसाखिन ह अपन मइके के घर-कुरिया ल घलो दीपक ल बोल के पक्का बनवा डरे रिहिसे। दीपक के घर म ओकर साढू सखा मन के आना जाना बाढ़ गे। दीपक घलो अब अपन ससुरार वाले मन बर हाथ खोल के खरचा करे बर धर ले रिहिसे। ए सब ल देख के भुवन के मन ह भारी कचोटे फेर कुछ कहि नइ सकय। एक दिन भुवन ह निर्मला ल किहिस-देख न दीपक ह सबो रूपिया ल अपन ससुरारे डाहर लुटावत हे। आय दिन ओकर ससुरार वाले मन महीना-महीना भर ले डेरा डारे रहिथे। देख के मोर मन ह चूर जथे। मोर मन करथे खुमान घर जा के दु-चार दिन रहितेंव कहिके सोचथंव। निर्मला कथे-इही पाय के केहे रेहेंव अभी बंटवारा झन कर कहिके फेर माने नही। अब कोन मुंहु ल ले के बड़े बेटा घर जाबे। भुवन कथे-हव निर्मला, दीपक के मोह म आ के ए सब कर परेंव। निर्मला कथे-अभी तो शुरू होय हे येती देखत जा अउ का-का होही तेला।

चिमनी ईंटा भट्ठा ह अब तक ले भुवन के नाम रिहिसे। दीपक के मन म ए बात के डर हमेशा बने राहय कि कहूं चिमनी ईंटा भट्ठा के बांटा आगू चल के भइया ह झन ले लेवय कहिके। अब दीपक ह चिमनी ईंटा भट्ठा ल अपन नाम म करे बर ठान लिस। दीपक के खास संगवारी प्रहलाद रिहिस। दीपक के हिम्मत नइ होवत रिहिसे कि अपन पिता जी ल बोले के कि चिमनी

ईंटा भट्ठा ल अपन नाम कर देवय। तिही पाय के प्रहलाद वकील के माध्यम ले कहवाय। प्रहलाद के बोली गुरतुर हे। मीठ-मीठ गोठिया गोठिया के बहुत अकन केस ल सकेल डरे रिहिसे। पहिली रेटही सईकिल म घुमय फेर अब तो कार ले डरे रिहिसे। प्रहलाद ह एक दिन भुवन करा गिस। भुवन के पांव परि ताहन भुवन ह तीर म बइठे बर किहिस। भुवन ह पूछिस-कते डाहर ले आवत हवस प्रहलाद?

प्रहलाद किहिस-कछेरी डाहर ले आवत हवं। एक ठन केस के बहस म टाईम लग गे।

भुवन-का केस आय?

वकील-दु भाई के झगरा रिहिसे।

भुवन-कइसन झगरा?

वकील-सम्पत्ति बर बंटवारा के।

भुवन-का होगे हे तेमा ?

वकील-दुनो भाई के पिता जी ह मुंह अखरा दुनो भाई ल बांट दे रिहिसे। लिखा-पढ़ी नइ होय रिहिसे। बाद म बड़े भाई ह अपन पिता जी के बात ल नइ मानत हे। ददा के दे बंटवारा ल मुकरत हवय। बहुत कोशिश करत हवंव दुनो झिन समझौता कर लेवय कहिके।

भुवन-दुनो भाई बइठ के हल कर लेतिन।

वकील-हल हो जय रहि जतिस त कोर्ट कछेरी के चक्कर काबर काटतिन।

भुवन-त दुनो भाई बंटवारा के बखत स्टांप पेपर म लिखा-पढ़ी नइ करवा ले रहितिस?

वकील-हां, इहीच्च बात ल तो महूं काहत हवं। बंटवारा के बखत लिखा-पढ़ी हो जय रहितिस ते ए सब झगरा नइ माततिस।

भुवन-त हमु मन तो बंटवारा के लिखा-पढ़ी नइ करे हवन।

वकील-लिखा-पढ़ी के जरूरत हे कका। दुनो भाई के हिस्सा ल उंकर नाम कर दे।

भुवन-काहत तो बने हवस बेटा। मय खेत के ल तो दुनो के हिस्सा कर दुहू फेर ईंटा भट्ठा ल जीयत जीयत दीपक के नाम नइ करना चाहत हवं।

वकील-अइसे कर कका जमीन के ल दुनो भाई के नाम कर दे अउ चिमनी ईंटा भट्ठा ल दीपक के नाम नइ करना हे त मत कर फेर मरे के बाद ईंटा भट्ठा दीपक के होही कहिके ओकर नाम म पावर आफ अटर्नी लिख दे ताहन झंझट ले मुक्त हो जबे।

भुवन-त ए बात ल कभू दीपक मोला बोलबे नइ करिस।

वकील-महूं ल केहे बर नइ बोले हे फेर बात उठिस त कहि परे हवं।

भुवन-ले त ठीक हे, तंय कागजात ल तइयार कर ले। पावर आफ अटर्नी के पेपर ल तइयार करके लानबे।

वकील-हव कका मय कालिच्च पावर आफ अटर्नी के कागजात बना के स्टांप पेपर म लान लुहूं।

भुवन-ले ठीक हे।

वकील ह अपन मकसद म पूरा होय के बाद भुवन ले बिदा मांग के चल देथे। दीपक ह सकल म सीधा दिखे फेर शातिर दिमाक के रिहिसे। ओती दीपक ह पान ठेला म वकील के अगोरा करत रिहिसे। वकील ह खुशी-खुशी भुवन करा ले गोठिया के निकले के बाद दीपक ल इशारा करिस ताहन दुनो झिन वकील घर गिन।

दीपक-का होइस ?

वकील-सब ठीक हे।

दीपक-ईंटा भट्ठा ल मोर नाम म करे बर तइयार हो गे का ?

वकील-नही।

दीपक-त का करे बर तइयार हे ?

वकील-चिमनी ईंटा भट्ठा ल अपन मरे के बाद तोर नाम म पावर आफ अटर्नी देबर तइयार हो गे हे।

दीपक-पावर आफ अटर्नी के बाद बड़े भइया हक नइ जमा सकय ?

वकील-हव, कम से कम पावर आफ अटर्नी देबर तो तइयार हो गे हे।

दीपक-अउ खेत के ?

वकील-ओकर दुनो के नाम म खाता फोरवा दुहूं किहिसे।

दीपक-त पावर आफ अटर्नी वाले काम ल कब करवाबे ?

वकील-वो ह तो कागजात बनवाय बर कहि देहे ताहन दस्तखत कर दुहूं केहे हे। तभो ले तहूं ह अउ भउजी ह कका-काकी मन ले बेवहार ल बने रखहू।

दीपक–वो तो सब ठीक हे। मय ददा करा काली बिहनिया बइठहूं।

वकील–ठीक हे, महूं ह काली पावर आफ अटर्नी के कागजात तइयार कर लेथंव ताहन सहुलियत के हिसाब ले दस्तखत करा लेबोन।

दीपक–ठीक हे, अच्छा त मय जाथंव।

वकील–चाहा पी के जाबे भइया, काली के खरचा बर रूपिया छोड़ दे राह।

दीपक–कतेक?

वकील–देख ले, जतेक जम जय।

दीपक–ए दे अभी पांच हजार रूपिया रख। उंच–नीच ल बाद म देख लेबोन।

वकील–ठीक हे।

बिहनिया चाहा पियत–पियत भुवन ह दीपक ल कथे–मय सोचत हवं कि तुंहर दुनो भाई के खाता ल फोरवा देथंव।

दीपक–ठीक हे न ददा।

भुवन–एक ठन अउ बात सोचे हवं।

दीपक–का सोचे हस?

भुवन–मय सोचत हवं बाद म दुनो भाई म लड़ई–झगरा झन होवय कहिके चिमनी ईंटा भट्ठा ल मोर मरे के बाद तोर नाम म पावर आफ अटर्नी दे देथंव। आखिर हम्मन ल तो तुंहरे करा रहना हे।

दीपक–आप जइसन काहव, आपके खुशी हमर खुशी आय।

भुवन–मय वकील ल कहि दे हवं पावर आफ अटर्नी के कागजात बना डर कहिके। वकील ह हव किहिसे। बल्कि मय तो सोचत रेहेंव वकील के संग म कछेरी जा के पावर आफ अटर्नी के बूता ल पूरा कर लेतेंव कहिके।

दीपक–आप जइसन काहव, मय वकील ल आजे बोल देथंव। संगे म कछेरी चल देबोन।

भुवन–ठीक हे।

दीपक अउ वकील पूरा योजना बना के पावर आफ अटर्नी म भुवन ले दस्तखत करवाय म सफल हो गे। वो दिन तो दीपक ह खुशी के मारे भारी खरचा करे रिहिस। अपन घर बर मिठई लइस। वकील घर बर घलो एक किलो कलाकंद लिस, खुशी–खुशी सब घर अइन। वकील ह आज के खाना अपन घर म रखे रिहिसे। दीपक ह वकील के सलाह के बिना एक पांव आगू नइ बढ़य।

तिही पाय के दुनो झिन के भारी दोस्ती राहय। इंकर दुनो के दोस्ती ल देखके गांव वाले अउ परिवार वाले मन घलो जलय। वकील ह अपन घर कुकरा बनवाय रिहिसे। वकील ह खाय म मास्टर रिहिसे फेर दीपक ह मछरी कुकरा खा भले लेवय फेर बीड़ी, सिगरेट अउ दारू ल हाथ नइ लगावय। बिहान दिन दीपक ह वकील ल अपन घर खाना म बलइस। बैसाखिन ह खुशी-खुशी कुकरा रांधे रिहिसे। भुवन अउ निर्मला तो शाकाहारी रिहिसे। अपने मन बताथे-पहिली मांस, मछरी खावत रेहेन फेर धार्मिक लाइन म आय के बाद मांस, मछरी ल तियाग के शाकाहारी हो गे हवन।

अब धीरे-धीरे दीपक के राजनैतिक प्रभाव बाढ़े बर धर लिस। अब दीपक अउ बैसाखिन ह जन सेवा पार्टी ज्वाइन कर लिस। बैसाखिन ह तो पहिली ले तेज रिहिसे। अब तो चिमनी ईंटा भट्ठा के मालकिन हो गे रिहिसे। रूपिया के कमी नइ रिहिसे। दीपक ए बात ल जानत रिहिसे कि यदि धन्धा पानी करना हे त राजनीति म सक्रिय रहना जरूरी हे। दीपक ह जनसेवा पार्टी के जिला अध्यक्ष पर बिक्कट कोशिश करिस। ओह सफल नइ हो पाइस फेर बैसाखिन ल जनसेवा पार्टी कांकेर जिला के अध्यक्ष बनाय म सफल हो गे। अब तो दीपक ह मोबाइल म ही लाइनअप करे बर धर लिस। ईंटा भट्ठा ल बड़े मुंसी सम्हालय। एती बैसाखिन के घलो व्यस्तता ह बाढ़े बर धर लिस। पार्टी काम से दीपक अउ बैसाखिन ह बिहनिया ले निकलय ते रात तक वापिस आवय। कभू-कभू दीपक ह बैसाखिन संग नइ जा सकय त कार्यकर्ता मन संग अकेल्ला पठो देवत रिहिस हे। अब तो बैसाखिन ह मंच म भाषण घलो देबर सीख गे। बड़े-बड़े नेता मन संग उठना-बइठना बाढ़ गे। घर म घलो लोगन मन के आना-जाना बाढ़ गे। घर म दीपक नइ राहय तभो ले जनसेवा पार्टी के कार्यकर्ता मन, घर म आके बइठे राहय। चाहा पानी बर एक झिन नौकर रखे रिहिन।

लोगन मन के आना-जाना अउ खरचा के चकल चउदस ह भुवन अउ निर्मला ल नइ सुहावत रिहिसे। कोनो मन दारू पीके आवय त कोनो रूपिया मांगे बर आवय त कतनो मन चाहा पिये बर आवय त कुछ मन समय काटे बर आवय। घर के हालत ल देख के भुवन अउ निर्मला हलाकान हो गे रिहिसे। एक दिन भुवन ह दीपक ल किहिस-ए मिलइया-जुलइया मन के घर म आना-जाना बाढ़ गे हे बेटा। बहू-बेटी के घर आय। इंकर अवई-जवई ल

मय मना नइ करत हवं फेर इंकर मिले जुले बर घर के बाहिर आफिस बना डरते ते बने होतिस। ए सबो बात ल मुहाटी ले सपट के बैसाखिन ह सुनत रिहिसे। ससुर के बात ल सुन के बैसाखिन के तन बदन म आगी लग गे। गोठ बात पूरा होय के बाद भुवन ह अपन खोली म गिस त बैसाखिन ह अटियाय कस दीपक ल पूछिस-का काहत रिहिसे सियान ह? का कार्यकर्ता मन के अवई-जवई ल रोक देवन बड़ा सिखोय बर आय हे। दीपक ह बैसाखिन ल शांत करइस चुप राह, सब ठीक हो जही। दीपक ह सम्हाले के कोशिश करिस फेर अब तो बैसाखिन ह मुंहफट हो गे रिहिसे। दीपक बैसाखिन के आगू म कुछू बोल नइ सकय। बैसाखिन ह पता नही का मोहनी खवा दे रिहिसे ते दीपक ह मुड़गड़ा हो गे रिहिसे। ओकर आगू म कुछु हुंके न भूंके।

जब ले अपन ससुर के गोठ ल सपट के सुने रिहिसे तब ले बैसाखिन के बेवहार म बदलाव आगे। बिहान दिन नहाय बर गरम पानी मांगिस त ले दे के मुंहु ल फूलो के गरम पानी दिस। खाय के बेरा थारी ल पटक के भात दिस। बैसाखिन ह अपन सास संग घलो करू-करू गोठियाय बर धर लिस। दीपक घलो पहिली कस मीठ बोली देबर छोड़ दिस। अठोरिया-पंदरही तक इंकर बेवहार ले हलाकान हो के भुवन ह निर्मला ल कथे-ए का होवथे वो। सुख के दिन दुख पाय के नौबत आवत हे। निर्मला ह कथे-हम्मन तो "बहू हाथ के पानी" पियत रहिबोन कहिके गुनत रेहेन फेर ए चण्डालीन ह तो जहर पियावत हे जहर। बहू ल कुछ कही कहि दे हस का? भुवन कथे-बहू ल कुछ नइ केहेंव फेर दीपक ल बरजे रेहेंव कि बहू-बेटी के घर आय, बाहिरी वाले मन के आना-जाना ल बाहिर तक रख। घर अन्दर तक झन रख फेर एला बहू ह सपट के सुन डरिस तइसे लागथे। पहिली तो अइसन गलत बेवहार हमर संग नइ करय। निर्मला कथे- ओकर कारण रिहिसे।

भुवन-का कारण?

निर्मला-ओ दरी चिमनी ईंटा भट्ठा ह तोर नाम म रिहिसे। ते पाय के हमर मन के सेवा जतन ल आगू आगू ले करय। जब ले ईंटा भट्ठा ल दीपक के नाम म पावर आफ अटर्नी दे हवस तब ले इंकर बेवहार म बदलाव आगे हे।

भुवन-ठउंका काहत हस निर्मला, ए बात सच आय। तिही पाय के सियान मन काहय जीयत ले अपन धन दउलत ल अपन बेटा मन के नाम नइ करना चाही फेर मय तो आंजत-आंजत कानी कर डरेंव निर्मला। अब का करे जाय।

दीपक ह बने गोठियावय नही, बहू ह मुंहु ल फुलोय रहिथे। अब तो इलाज पानी म घलो धियान नइ देवत हवय। अब का करे जाय ? निर्मला कथे-एकाद दिन बड़े बेटा खुमान करा जाते नही। खुमान ह दीपक ल समझातिस। भुवन कथे-मय कोन मुंहु ले के जावंव बड़े बेटा करा। निर्मला कथे-मय जानत हवं ओकर स्वभाव ल, खुमान ह देवता आय देवता। ओह तोर बात जरूर सुनही। भुवन ह निर्मला के बात मान के कांकेर ले भिलाई जाय बर दीपक ल बस बइठारे बर किहिस। भुवन ह सांझ के होवत ले खुमान घर भिलाई पहुंच गे। भुवन ल देख के खुमान अउ सरला खुश हो गे।

इतवार के दिन रिहिसे। खुमान अउ सरला के छुट्टी के दिन रिहिसे। नाश्ता करत-करत भुवन ह खुमान ल किहिस-जब ले चिमनी ईंटा भट्ठा ल दीपक के नाम म पावर आफ अटर्नी लिख के दे हवं ओकर बाद उंकर बेवहार बदल गे हे। उपर से नेतागिरी जब ले शुरू करे हवय, बाहिर के मनखे मन के घर म आना-जाना जादा बाढ़ गे हवय। मय केहेंव ए मिलइया-जुलइया मन बर घर के बाहिर ऑफिस रखते ताहन मोर बर बगियागे। आज कल तो छोटे बहू घलो गुरेरे-गुरेरे कस बेवहार करथे। दीपक ल थोकिन समझा देते बेटा। खुमान किहिस-मय जानत रेहेंव बंटवारा के बाद सियान मन उपर ए तकलीफ आथे। तिही पाय के आप ले घेरी बेरी बिनती करेंव, अपन जीयत-जीयत बंटवारा झन कर कहिके फेर नइ माने अउ फेर मय तुंहर खुशी खातिर तुमन जइसन चाहत रेहेंव ओ सबो पूंजी ल दे देंव। आप चाहत रेहेव कि हम्मन तो नौकरी वाला अन। चिमनी ईंटा भट्ठा दीपक ल मिलना चाही कहिके। मय तोर अउ दीपक के मंशा ल पहिली ले भांप डरे रेहेंव कि तुमन मोला काबर अलग करना चाहत हव ? ताकि दीपक ह स्वतंत्र हो के अपन बर पूंजी बनावय नही ते पूंजी बनाही दीपक अउ हिस्सा दे ल परही खुमान ल। इही सब बात आय न ददा।

भुवन किहिस-वाह बेटा तंय तो सब ल भांप डरे रेहे। खुमान किहिस-वो ईंटा भट्ठा बर करजा देखावत रेहेव वहू लबारी रिहिसे। मनगढ़ंत रिहिसे। ए सही आय ते नोहे ददा ? भुवन किहिस-ए सब सही आय बेटा मोला थोरको अंदाजा नइ रिहिसे कि ए सब तंय जानत होबे। ए सब तोर अउ दीपक के खेल रिहिसे। मय यहू जानत हवं पावर आफ अटर्नी बर वकील ल दीपक ह बोलवइस होही अउ तंय भावना म बहिके तइयार होके दस्तखत कर देस।

खैर अब ए सब बात करना बेकार हे। अब मोला का करना हे तेला बता। भुवन खुमान ल कथे-तोर से मोर इही बिनती हे कि दीपक ल थोकिन समझा देते। खुमान ह किहिस-ठीक हे ददा मय दीपक ल समझाय के कोशिश करहूं। खुमान ह अपन ददा ल किहिस-तुंहर मन ह कांकेर म नइ माढ़त हे त भिलाई म आ के राहव। हम्मन सेवा करबोन। भुवन कथे-नही बेटा, पूरा जिनगी ल कांकेर म काटे हवन त भिलाई म हम्मन नइ रहि सकन। मय जानत हवं, तुमन मोर उपर पूरा धियान दुहू फेर मय संगी संगवारी बिना बंबा जहूं। इहां मोर समय नइ कटही। भुवन ह खुमान ल कथे-मोला कांकेर वाले बस म दुर्ग बस स्टेशन म चढ़ा दे ताहन सांझ मुंधियार ले पहुंच जहूं। खुमान ह अपन ददा ल दु हजार रूपिया दे के कांकेर वाले बस म बइठार के भिलाई आ गे। सरला ह खुमान ल पूछिस, सियान ह अउ कुछु काहत रिहिसे का?

खुमान-हव, दीपक ल समझाय बर काहत रिहिसे।

सरला-तंय का केहे?

खुमान-हव कहि दे हवं।

सरला-देख फेर जादा बोलबे झन नही ते देवर अउ देरानी ह रिसा जही ताहन फेर सियान मन ल जादा तंग करही।

खुमान-ठीक हे, मय फोन करके समझाय के कोशिश करहूं।

बिहान दिन खुमान ह दीपक ल फोन लगइस। दीगक के मोबाईल म खुमान के मोबाईल नम्बर अउ नाम सेव रिहिसे। नाम ल देख के दीपक किहिस-पाय लागी भइया!

खुमान-खुशी राह। ददा ह बने-बने पहुंच गे?

दीपक-हव भइया, काली संझौती कना पहुंच गे।

खुमान-अउ सब ठीक चलत हे, धन्धा पानी ह सब।

दीपक-हव भइया, सब ठीक चलत हवय।

खुमान-एक बात कहूं ते रिसाबे ते नही?

दीपक-नही भइया, आप जउन भी कइहव मोर हित बर कहू। एमा रिसाये के कोनो बात नइ हे।

खुमान-तंय आगू बढ़, बहू आगू बढ़य। ए तो हमर परिवार अउ समाज बर गौरव के बात आय फेर।

दीपक-का फेर भइया?

खुमान–ददा काहत रिहिसे–आजकल अवइया–जवइया मन के संख्या बाढ़ गे हे। हमु मन ल आराम करे के मौका नइ मिलय अउ कार्यकर्ता मन के मिले–जुले बर बाहिर म ऑफिस बना लेते काहत रिहिसे।

दीपक–अइसे कुछु नइ हे भइया, ददा ह शक्की हे। तिही पाय के ए सब बात ल बताय हे। कुछु कही देबे त नाराज हो जथे। ओकर हिसाब ले करबे तब तक ठीक हे। ओकर बात ल नइ मानेस ताहन मुंहु ल फूलो देथे। अब आपे बतावव, मय का करंव?

खुमान–अब कइसे करबे भाई, महूं तो केहेंव भिलाई म रहि जा कहिके फेर नइ मानिस। कांकेर म ही रहूं कहि दिस। पूछ लेबे तहूं ह, मान ले कांकेर म नइ रहना चाहत होही ते भइया करा रहि सकथौ कहिके। वोइसे भी महतारी–बाप के सेवा ल तो दुनो झिन करबो केहे हवं। महतारी–बाप के बंटवारा तो करे नइ हन।

दीपक–जी भइया जी। मय भरपूर कोशिश करहूं, दाई–ददा ल तकलीफ झन होवय।

खुमान अउ दीपक के बीच फोन म बात होवत रिहिसे ओ सबो ल बैसाखिन ह सुनत रिहिस। सुन–सुन के ओकर जी ह बगियावत रिहिसे। बैसाखिन के जीव ह खउलत रिहिसे। अब तो दीपक ह अपन ददा ल किहिस–अइसे तुमन ल का दुख देवत हवन तेमा बड़े भइया करा शिकायत करे बर चल देस अउ तंय ह दाई, हम्मन तोला का दुख दे हवन तेमा ददा ल भइया करा भेज देस। कुछु भी तकलीफ होवत रहितिस ते हमला बता दे रहितेव। बैसाखिन अपन सास ल खिसियावत किहिस–अउ का दुख देवत हवन तेमा गली–गली ढिंढोरा पीटत हवव। का उही मन पोस दिही का? अउ तुमन इहां दुख पावत हव ते, बड़े मन घर भिलाई चल देवव। हमी मन तुंहर गरम पानी अउ दवई बूटी के ठेका थोरे ले हवन। बैसाखिन ह घेक्खर हो गे रिहिसे। अब तो सास–ससुर के थोरको इज्जत नइ करत रिहिसे। अपन छोटे बेटा के बेवहार ले हिम्मत ल नइ हारिन बल्कि संयम राखिन। एकर बाद भुवन अउ निर्मला दुनो झिन अपन बड़े बेटा बहू करा गिन। भुवन मने मन किरिया खा लिस कि अब दीपक ल सुधारे बर परही।

खुमान अउ दीपक के एक झिन बहिनी कविता रिहिस। तीजा लाय बर अपन बहिनी कविता ल बाटे रिहिन हे। एक साल कविता ल दीपक ह तीजा

लाही त एक साल खुमान ह लाही। एसो खुमान के पारी रिहिस कविता ल तीजा लाय के। खुमान ह कविता ल तीजा लानिस ताहन सरला घलो अपन मइके तीजा गिस ओती बैसाखिन घलो तीजा गिस। गणेश चतुर्थी के दिन फरहारी करे के बाद अपन बहू मन ल लहुटे बर कहि दे रिहिसे। बैसाखिन घलो अपन ससुरार पहुंच गे। सरला घलो भिलाई पहुंच गे। गणेश चतुर्थी के दिन दीपक ल फोन करके भुवन ह बता दे रिहिसे कि पंचमी के दिन भिलाई म सब झिन के जरूरी मीटिंग हे। दीपक ह मने मन सोचथे आखिर का के मीटिंग होही ? रात भर बैसाखिन अउ दीपक सुते नइ रिहिन। बिहनिया कार म बइठ के दीपक अउ बैसाखिन भिलाई जाय बर निकल गे। दीपक अउ बैसाखिन जइसे सरला घर पहुंचिन, भुवन ह दुर्ग के वकील ल फोन करके बइलस। सबो झिन ल एके जघा बइठार के वकील ह नवा पावर आफ अटर्नी ल पढ़ के सुनइस-मय भुवन होसो हवास म लिखत हवं कि आज ले चिमनी ईंटा भट्ठा के मालिकाना हक खुमान, दीपक अउ कविता के सामूहिक रही। एकर पहिली जउन दीपक के नाम म पावर आफ अटर्नी लिखे रेहेंव ओला निरस्त करत हवं। मोर फैसला आज ले लागू हो जही। दस्तखत-भुवन लाल।

दीपक अउ बैसाखिन फैसला ल सुन के सन्न रहि जथे। दीपक कथे-चिमनी ईंटा भट्ठा ल तो करजा के बदला निकाले रेहे। भुवन कथे-मोला जादा झन बोलवा। चिमनी ईंटा भट्ठा ल हड़पे बर का-का उपाय नइ करे रेहेन। इहां तक करजा घलो लबारी रिहिसे। खुमान अउ सरला ल तो थोरको लालच नइ रिहिसे फेर दीपक अउ बैसाखिन ह तो पानी-पानी हो गे। दीपक अपन ददा के पांव पकड़ के रोये बर धर लेथे। मोर गलती के अतेक बड़ सजा झन दे ददा। बैसाखिन ह अपन सास के पांव ल धर के माफी मांगथे। महूं ल माफी दे दे दाई। हम्मन तुंहर थोरको खियाल नइ करेन। बैसाखिन ह अपन जेठानी ल कथे-मोला माफी दे दे दीदी। दाई-ददा ल हम्मन दुख दे हन। उंकर मान-सम्मान के खियाल नइ रखे हन। दीपक ह अपन बड़े भाई खुमान करा माफी मांगथे। अब मय अइसन गलती नइ करंव भइया। ददा ल समझा न।

अब भुवन कथे-सुन दीपक, हम्मन कांकेर जावन अउ न भिलाई म राहन हम्मन तीरथ धाम जाबोन। पावर आफ अटर्नी के कागजात ह कविता करा रही। ओह जइसन चाहे निर्णय ले सकत हवय। कविता कथे-मोर निर्णय ल सब झन मानहूं त तो सुनाहूं। भुवन कथे-हव ले बेटी सुना।

मोला मइके के धन के बांटा नइ चाही मोला तो बस एक लोटा पानी भर चाही। दाई-ददा ह बड़े भइया घर होवय, चाहे छोटे भइया घर होवय। चाहे हमर संग होवय, जिंहा उंकर मन रम जय उहां राहय। हां, फेर ए पावर आफ अटर्नी ह मोर करा रही। दाई-ददा मन के जाय के बाद का करना हे तेकर फैसला बड़े भइया, भउजी अउ मंय लुहूं। एकर बाद दीपक ह अपन दाई-ददा ल कार म बइठार के कांकेर म लेगिस। ओकर बाद फेर अपन महतारी-बाप के मन लगा के सेवा करिन। अब बैसाखिन ह करू-करू गोठियावय तेह मीठ-मीठ गोठियावय। अब लगिस भुवन अउ निर्मला ल "बहू हाथ के पानी" पिये बरोबर। कुछ दिन बाद भुवन अउ निर्मला के इंतकाल हो जथे। इंतकाल के बाद दीपक अउ बैसाखिन ह चिंता म परे राहय कि चिमनी ईंटा भट्ठा के का होही? काम बूता झरे के बाद खुमान, सरला, दीपक, बैसाखिन अउ कविता के मीटिंग होइस। खुमान कथे-ददा ह तोला फैसला सुनाय बर केहे रिहिसे। कविता कथे-ददा ह जउन पहिली दीपक के नाम म पावर आफ अटर्नी लिखे रिहिस उही ल सुनाबे केहे रिहिसे। बाद के पावर आफ अटर्नी ह तो दीपक भइया अउ बैसाखिन भउजी ल रद्दा देखाय बर रिहिसे। दीपक अउ बैसाखिन ह उठ के हाथ जोड़ के सबो झिन के आगू म माफी मांगिस। मोर ले जउन भी गलती होय हे ओकर बर माफी दुहू। एकर बाद दीपक, खुमान अउ कविता, सरला अउ बैसाखिन बीते दिन ल बिसार के सुम्मत के नवा जोत जलइन।